风物人间

雪小禅 著

北京联合出版公司
Beijing United Publishing Co.,Ltd.

㊛ 序　陆地仙人

　　这四个字简直是神来之笔，意味十足。妙到瞠目结舌，也不知道哪里好，偏偏哪里都好。

　　这是山西大同作家协会主席王祥夫老师赠给我的四个字。我出新书，恳请王老师为我新书写序。王老师便想了这四个字给我。文章题目好，文章更好。我见了这四个字便觉得石破天惊。劈面遇见的感觉简直妙不可言。当下心里是窃喜的。觉得自己的人生和生活是与这四个字相契相配的，不由得有几分得意，但又怀着忐忑，"仙人"二字太大，想想自己的俗气和热烈，又觉得还需修炼。修"仙"的过程，可不就是生活吗？后来清华美院的刘巨德教授又为我写了这四个字，我便裱了挂在书房里，简直玄妙。

　　想想自己已是知天命之年。如果有人问我生活是什么，我大概还说不清。但汪曾祺先生曾经说：我念的经，只有四个字——人生苦短。因为这苦和短，我马不停蹄，一意孤行。我想我对生活如此执着，大抵也因为人只有这一辈子，争取活出别人的八辈子而已。人活着，谁不是图个有趣儿？有自己钟爱之物之事之人，有坛坛罐罐花花草草，有柴米油盐，有琴棋书画，有猫有狗，有一年四季的花，有心底里的挚爱。

想想自己大抵是都有的。

庚子春节，我便自己写了春联。上联是：半榻有诗邀月共，下联是：一春无事看花忙。横批：陆地仙人。腊月二十八，我一边唱戏一边贴对联，表妹说："表姐，你就是个陆地仙人，没错哩。"

我的微博和公众号上有几百万粉丝了。这几年开读者见面会，很多人跑来，然后热烈地说：小禅，我不是你的读者，我没看过你的书，但就是喜欢你的生活——我喜欢看你做的饭、你种的花、你拾来的坛子、你的猫、你的装修、你的着装、你的书法和画、你去过的地方……全场就笑成一团。我想，喜欢一个人的生活是更为深切的喜欢吧。有个南京的男生跑到武夷山参加我的读者见面会，说只因为喜欢我的两只猫（后来有了三只，第三只叫喜凤，只住了十天，因为把"原住猫"打得头破血流被送走了。喜凤是只颇有颜值的布偶猫，我每天抱着人家不舍得放下。蓝眼睛和大长尾巴简直太迷人了。我表妹说我好像被男妲己缠了身，她管喜凤叫男妲己）。还有个南宁的读者说，只因为喜欢我从全世界淘来的餐具。

我总觉得自己虽然是个跨界小能手，其实哪一项也不算太出色：我是地道的理工女，大学学的是财经专业。我还是篮球队的中锋和排球队的二传手，高中时期，田径百米、跳高我都是学校里的冠军，后来我居然去中国戏曲学院教过几年学，教授的居然是戏曲文学。后来我又去央视和各大卫视去当电影评委、戏曲评委、艺术主持。身高173厘米的我还当过业余模特。四十岁之后开始写书法、画画、当厨子，业余时间拉弦儿唱戏……我觉得人生还很长，我才五十岁——我已经五十岁。

我愿意岁月给我的勋章是丰富的、立体的、多维的，灿烂光阴，愿不舍昼夜，步履不停。

我有一个朋友慨叹：时光真是太不经用了，转眼半百了。我亦有同感。才青葱少年，转眼知天命，但我格外喜欢此时的我，恰好的中年——万水千山走过，人世艰难看过，花开花落云卷云舒见过，平静的岁月都埋伏着曾经的山河岁月。著书立作三十年，出书五十本。一直保持自律：三十年如一日，七点以前起床，读书、写作、画画、做饭……愿意一直工作到很老很老，杨绛先生一百岁还每天早晨写小楷，张充和先生八十多岁还梳了髻子唱昆曲——她们活成了自己的陆地仙人，活成了"先生"。

如果有可能，我老了会在乡下找个小院儿。

有山有水，柴门掩扉。房前种松，一棵老松迎客，松下种牡丹、菖蒲、无尽夏。房子周围茂林修竹，栽植兰花、桂花树。日影中泡杯老茶，屋内四白落地，一茶一室二人二猫，又素又简，万卷书早已在心中，万里路早已走过，偃仰啸歌，兀坐空灵禅意。庭阶苔痕绿，往来不过三五人，明月之夜，去听松风看月影。

也种一棵枫树，一定是红枫，在窗前喝茶可以看到。也种满墙的蔷薇。五月来时，一枝绽放在门前，足以销魂。房间都有名字：雪隐，雪问松，禅园听雪，听雪庐。

所用之器俱是老器。冬天人鸟声俱绝就坐屋内看雪，想想这一生。墙上的书画都是自己所书所画，简单的几件衣衫、布鞋、柴火饭，和三五好友笑谈年轻时走过的千山万水，还有经过的人和事，他们都去了哪里？

如果我的猫比我提前走了，就把它们埋在松下陪我。

把一辈子淘来的坛坛罐罐放在院子里，想想它们来自世界各地，真妙。

春天最好。春花最美寂。一定要坐在松下喝茶看春花，用春水煎茶，日本铁壶炭火来煮，茶是自己存了几十年的"惜君如常"和"少年雪白"。然后听戏、唱戏、写字、画画。僧庐扫雨，暮色读书，云里看雁，雨中听禅。

用一生：慢煮生活，素喜光阴。

而我，也许已满头银发，不染，戴一对简单的珍珠耳环，穿素色旗袍、布鞋，在松下抱着猫：松花酿酒、春水煎茶。

此生，足矣。

小禅

庚子春

2020.4.28

◆
◇

目
录

◇ 风物

　　并不是所有人都要去忙忙碌碌地生活，房前种菜屋后栽花的生活是一种经历了红尘风雨之后的选择，它那么美丽、那么禅意芬芳。

壹

隐幽记

❖ 房前种菜，屋后栽花

我的一个女友从美国回来了，出国前她是清华的高才生，在哈佛读完博士之后我们都以为她会留在美国硅谷这样的地方，要不就是在华尔街做高级金领，这是她出国之前的梦想。

但她回来了。我们还以为，她回国，是想当个大公司的CEO（首席执行官）。现在海归派这么吃香，一定是要有更大的发展。

让我们想不到的是，她居然跑到一个山清水秀的地方，买一个临湖的房子。房子是木头搭建的，房前种了很多菜，屋后栽了很多花，她居然过起了闲云野鹤的生活。

很多人对她的举动大跌眼镜，她才三十岁，还有那么好的年华，况且，真的是前程似锦，可她居然放弃了，许多人大为不解。

我问她每天做什么。她说，上上网，看看书，把设计好的东西发到人家的邮箱换银子，穿布衣，吃自己种的菜，保证没有化肥农药，亲手修剪那些花花草草，下午睡醒后写写喜欢的小说。这是她喜欢的生活，她觉得很禅意很芬芳。

那多浪费啊。我说，你读到了博士，还从哈佛回来，这样慢慢老去，多可惜。

不，她说，只要你喜欢一种生活方式，那么，怎样选择自己要的生活都不可惜，难道说去做 CEO 就不可惜？每天穿行在钢筋水泥里，每天和机器人一样忙碌就是充实？

　　她曾经那样生活过，不久，她的胃肠功能紊乱，得了慢性胃炎，有颈椎病。为保持身材，她吃得少，头发掉得多，用含铅很多的化妆品，呼吸不干净的空气。可小时候她的梦想是有一个木头房子，然后房前种菜屋后种花，能坐在那个小屋子里写小说，这样的梦想是她最想要过的日子。

　　以前，她总想等到自己六十岁再过去，可是，怕活不到六十岁自己就累死了，还怕自己到了六十岁就没有这种心境了，还怕自己变得再也没有梦想，让钱和势利的眼光支配了一切，那是最可怕的。

　　既然自己现在能过一种这样的生活，为什么还要等到六十岁？三十岁为什么不可以？

　　我听呆了。这是一件多么美丽的事情啊，并不是每个人都有这样的心境，并不是所有人都要去忙忙碌碌地生活，房前种菜屋后栽花的生活是那种经历了红尘风雨之后的选择，它那么美丽、那么禅意芬芳。

　　我不再替她可惜，不再因为她是哈佛的女博士回来种菜种花感到不可思议，什么时候选择什么样的生活，用什么方式为国效力，完全可以自己做主，那也是一种境界。

　　就像前几天我们的同学聚会。大家抱怨着生活的无奈，有钱人说太累，做生意要堆着笑脸，有了钱还胆战心惊；没钱的也说自己累，怕下岗怕裁员；中间的小职员也在抱怨，抱怨工资太低，没有机会出国逛逛，只能过一般的生活。大家都有种种的不如意，没有人注意到春天来了，直到有一个人带来的孩子说："爸爸爸爸你看，这朵小黄花开得多好看，春天来了啊。"

这句"春天来了"让烦躁的人群停了下来，大家这才意识到，我们活得多累啊，为了名为了利为了钱为了权，居然忽略了整个春天。

而我的哈佛女友却明白，春天就在每个人自己心中，什么时候发现都不晚，不一定有闲情逸致就要房前种菜屋后栽花，只要快乐，其实做什么都是一样的。

所以，在这个春天的黄昏，我买了几枝梅花，插在自行车上，一路唱着不知名的小调骑车回家。上楼的时候，我看到捧着糖炒栗子的邻居，我赠了他一枝梅花，他给我一包糖炒栗子，大家笑笑，各自回家去。这样的生活，真过得有滋有味，那是因为，在我心里，也种了一枝花，那枝花，叫作禅意。

❖ 风物

风物两个字有气。一说出来就动人了。立刻会想到那些有风情有情调有景致的东西。或者想到日本——那个国度的气息有简洁干净的美，朴素低调却又有致命的吸引。

樱花、木屋、雪国、千纸鹤。草不着色、纸不印花、木不上漆，淘来的日本小柜子，简单到一丝纹饰亦没有，那小小柜子有着地老天荒的朴素。

八大山人的册页中有风物。桃子、荔枝、石榴……寥寥几笔，俱是风物神姿。那亦是他的姿态——孤洁高寒。齐白石也画风物，却是民间的情怀，每一寸都是活生生的，白石老人大抵知道这一切本为俗物，放在生活和日常中才能彰显它们的性格和命数。

侯孝贤的电影《海上花》，长三书寓里的风物更迷人——昏黄的老灯、老丝绸、老家具上的暗花，笛子、酒杯、歌声……这也是风物，懂得情调的人，自会把一切安排得妥帖。

野地中采来的小野菊、望日莲、荷叶、枯枝，插在那些破旧的瓶子中，或者残缺的瓦罐里，有着相互映照的美。

　　父母住的小院总会长出野花。晚饭花最盛。还长了一棵桃树。母亲说明年就能结桃了。母亲侠义，又长了一张天圆地方的脸，笑起来似弥勒，七十岁了仍然风风火火，自己烧菜煮粥做饭，牙齿一颗不少，她蒸的包子个大，摆在盘子里占满了，又要客人多吃，那小屋里满是笑声与热情。盆子里装着西红柿、沙果、苹果，母亲一刀劈了西瓜，召唤着大家吃啊吃啊……这样的情义附在那些瓜果蔬菜里，都有动人的光泽了。

　　我喜欢淘东西。隔三岔五去吕家营、高碑店、观音堂。那里贩卖旧家具、古董。
　　陶瓷做的石凳。上面是缠枝莲的图案，用来盛米的"斗"，古旧敦厚。买了三个，每个只要八十块钱。雕龙图案的大柜子，可以放很多衣服，那龙像要飞起来，又因为旧，阳光打在上面时，像前生用过的物件。
　　对风物的痴迷几乎耽美。喝水的杯子是景德镇瓷，暗淡的汝窑。用来沏茶的是日本铁壶，日本的铁艺精致得让人动容。茶杯是台湾晓芳窑。整个下午，可以在这些茶器中流连。
　　又有一些黑胶唱片。豫剧、河北梆子、评剧、意大利歌剧。这些笨拙的黑胶唱片有着动人的朴素，声音难能可贵的清澈。人至中年，对于朴素清简的风物有了依赖和痴迷。那些烦琐的、富丽的，犹如我对牡丹的态度。很多人去洛阳看牡丹，但我从来没有生出过那样心思。几株枯枝、一枝瘦梅足以吸引我。画家郎世宁的画太过完美，画面也华美，从不让我动容。

　　常常写字的大红方桌上，放着三枝枯了的莲蓬，蓝印花布的杯垫，一块朴素的小石头，里面种了一枝绿萝，还有一盏马灯——从旧货市场上淘来的。身后是老衣柜，唱机里放着黑胶唱片，而黄昏的时候，我亲手去摘院子里的蔬菜、花朵，并且亲手种下樱花树、玉兰，等待春天来时，它们在窗前绽放。

❖ 玩味

　　玩味不是易事。懂得玩味的人，得经过些人或事了，心能沉下来了，会舍了，懂人性恶善了，才会玩味，不到一定境界一定年龄，只能玩乐，乐都乐不好，所谓声色犬马，不到一定品位，玩不出五花马千金裘。

　　声色犬马声排第一。年少时喜听摇滚、恩雅、小野丽莎，也听英文歌，到一定年龄，听大鼓、戏曲、相声，那些地摊曲艺、民间音乐，实然活生生地砸来。有一次看出殡的人吹唢呐，我哭得紧，又有一次街头看人拉二胡弹三弦，那人又是一把年纪，心中俱是凄凉了。相比而言，小区门口抱着红绿吉他弹曲的少年们，哪里知道愁滋味？

　　播放器里下载了各种音乐。从林志炫、德德玛、邓丽君、齐秦到京剧、昆曲。林志炫的《你的样子》紧挨着王珮瑜，虽然林志炫的声音也好，但和京剧一比，弱了，无味了，像从枯寂无聊的沙漠到了山水之地，京胡裂帛之声一下子收紧了人心——你才知已人到中年，值得玩味的事情多了，而应该放下的人或事，早就该放下。

　　听戏如此，品茶更如此。少年时孟浪，把头扎到凉水龙头那里去喝，亦没有闲情一壶壶泡来喝。去日本看漫不经心的茶道，那漫不经心才是风月无边。备了茶具泡工夫茶，壶是日本铸造的铁壶，小小一把，火是炭火，慢慢煮陈年普洱，茶具来自景德镇老窑，每个杯子里都画有莲花图案，古朴极了。老唱片是黑胶的，虽然有丝丝拉拉的声音裹着，倒更有值得玩味的沉香古意。

也偶尔画画或临帖。临褚遂良较多，朋友朝晖也临褚遂良，把他的字化在了褚体里，分外的老，像古人在写字了，真好。我初画植物，叫不出的植物，反正画什么便是什么，多用钛白、翠绿、藤黄、玫瑰红。这四种颜色用得极费，小花儿们像从水中捞出来，纷纷投奔我。画了两个半月，便自顾选了两张去裱了，裱的画轴，张风给我裱的，每张 50 元，她笑起来像菩萨。

朋友说我，小雪同学喜欢水墨，自学成才不怕热。我笑得呵呵的，一面看自己画一面乐——人生快意，值得玩味的事情极多，一粥一饭，一个黄昏一个早晨，一个值得倾心相恋的人，一张旧帖，一张拙朴古画……想想心里就欢喜。

绿豆汤又熟了，红枣的香味出来了，先去喝绿豆汤，再画画。

❖ 我的猫

我有两只猫。美短虎斑。一曰富贵，一曰狗蛋。男生唤富贵，女生唤狗蛋（心里大概一万个不愿意吧，毕竟一个女孩子被人叫了狗蛋）。

它们已经一岁半了。从去年四月来到禅园，从小奶猫变成了小老虎一样的大猫。

其间多次动念头写它们，又舍不得——总怕自家宝贝让别人看到后抱去，但又想留个念想。写它们时，它们一个卧在我的书桌上看着我，一个在我脚下打着小呼噜。一幅其乐融融的人间美景。

名人中，丰子恺先生养猫，说养猫的好处是：遇到客人不知道说什么便说猫。林肯的业余爱好便是"吸猫"。诗人叶芝对猫的宠爱简直是上了天，有诗为证——《猫和月光》。我印象最深的是海明威的一张抱猫照片，柔情无限，另有一种性感。海明威爱喝威士忌，就给猫喝牛奶，一人一猫，对饮，是最好的陪伴。

村上春树养了二十几只猫，这样的陪伴才能写出空灵文字吧？

还有还有：马克·吐温、季羡林、八大山人、萨特、史航、钱锺书……

我十二三岁时养过一只大白猫。它每天只围绕着我。下了晚自习，三九天，冰雪中回了家，被窝上卧着我的大白猫在等我。它和我一起钻进了被窝，我便抱着毛茸茸的它抵御寒冬。

后来"大白"吃了死老鼠，死老鼠是吃了老鼠药的，躺在地上挣扎。我抱着大白哭，一直哭一直哭，大白死在我怀里。那年我十三岁。

那应该是人生中第一次生离死别，居然是和猫。

之后很多年很多年不敢养猫。不是有九条命吗？那八条去了哪里？我总梦想大白还魂而来。

果然来了。还来了两只。

人已至中年，调子、性子、生活都慢了下来，再也没有那么急火火的事情，于是又想养猫。

孩子听了便留了心，又怕我脾气躁养不了，便建议："我周末给你抱过来拍照，拍够了再送走。"

我觉得这是个妙招，既和猫玩了，又没有猫屎猫尿，我和孩子说："妈妈越待越独了。"他说："好像是。"

于是不到两个月的小奶猫便来到禅园。

我永远忘不了见它们的第一眼：两个小可爱从包里放出来，小小的，和一对小老虎一样，毛茸茸、肉乎乎，瞬间把人萌化了。它们仿佛不认生，觉得这里就是家，一会儿就上蹿下跳，把我种的文竹、蓬莱松全咬断了。

我还嘻嘻笑着。

孩子说："妈，你看着脾气真好。"

我给它们拍了很多照片，又逗它们玩了很久，它们玩累了，竟然躺在我脚下睡觉。我爱不释手，并且在微博上给它们俩征名，最后大家同意了我起的名字，

男猫叫富贵，女猫叫狗蛋。

它们俩个头差不多。两个月的小奶猫看上去像个柔软的小兔子，眼珠转啊转，像小精灵。

孩子告诉我这是名猫，叫美短。我看它们黑白相间虎虎生威的样子，瞬间就爱上了。

因为第二天要出差，猫又被送走了。猫一走，我心里空空落落的。那次出差本来十天，我五天就回来了，放弃了主办方组织的旅行，然后打电话让人送猫来，并且官宣：这猫是我的了，再也不送走了。

我从此开始养猫。

这次养猫和小时候完全不一样。小时候住院子，也没人知道啥叫猫粮，只知道猫爱干净，拉臭臭从来不让人看见，然后用土盖上。我回想起来都不知道"大白"在哪里吃喝拉撒，甚是遗憾——那时的猫全以吃老鼠为生。

但狗蛋、富贵过上了贵族般的生活。

最好的猫粮（我觉得比我吃得都好），猫砂。连盛水的器皿都是日本柴烧器皿。

但它们并不老实、知足。简直有些让人忍无可忍，但我还是忍了。

比如我收集了很多坛坛罐罐，还有从世界各地淘来的器皿。它们上蹿下跳、打闹，从不示弱。狗蛋简直不像个女孩子，甚至比富贵更顽皮，它们一次次打碎我的各种器皿，有几次我心疼得差点儿哭了，不远万里背回来，就是为了打碎吗？

最心疼的有三件：第一件是日本一个名家手作的粗陶泡茶杯，它们用脚直接扫到地上，以此为乐。凡是桌子上的东西，皆能伸出小手小脚拂到地上，因为我的猫没有禁忌，360度无死角，爱上哪儿上哪儿。我后期给它们拍了抖音，它们一直陪着我吃饭，一大桌子菜上来，它们便卧在饭菜旁看着我，也不知道深情不深情，反正也不把自己当外人，就那么卧在桌子的花下看看，陪我吃完了，便去睡觉。我想想自己太幸福了，吃个饭还有俩猫三陪，值了，也就悄悄地原谅了它们。

第二件是从云南带回来的坛子。云南腾冲的朋友小娟自深圳离职，然后在腾冲开了客栈，我看见两只坛子花纹、器型、颜色全雅致，极喜欢，小娟便送了我。

我用坛子插了荷花放在案几上，富有禅意而空灵。有时猫也在案几上发呆，我觉得这便是人间仙意了，得意地拍了照片留着。过了几天正在卧室小睡，翻看几千张猫的照片，忽然听见客厅一声巨响，冲出来发现坛子掉地上，碎了。

它们俩追逐，碰倒了坛子，于是坛子碎掉了。我气疯了，把它们抓起来关在阳台上，它们便扑到玻璃上，整个身子竖起来求我放出来，外面是40℃的高温，阳台也有40℃。我给楠姐拍了视频：破碎的坛子和关了禁闭的猫。楠姐为它们求情：快放出来吧，一会儿孩子们就中暑了，你又该心疼了。

想想也是。于是放了出来。没想到阳台上的花已经一片狼藉，我哭笑不得，自认为它们是来折磨我的，我上辈子欠二位的吗？

第三件器皿是景德镇朋友为我特别烧制的蜻蜓个人杯。那蜻蜓是雕刻上去的，橘红色的蜻蜓好看生动。杯底还刻了我的名字。不好意思，也碎了。我总想找机会爆揍二位，这个机会没找到，也不是没找到，是舍不得。这么可爱，器物又算什么呢？历史上那么多美器美物，还不都碎了没了消失了？

接下来我让它们叫我妈妈。当然，它们也就成了我的一儿一女。

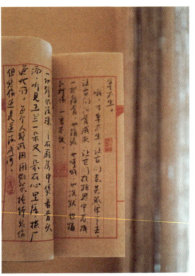

　　有一天儿子回来，我抱着富贵说："大儿子，让妈看看。"

　　我儿子一脸蒙："老母亲，猫是你大儿子，我是谁？"我说："好吧，你是大儿子，它们是你的弟弟妹妹。"我就这样逼迫儿子认了弟弟妹妹。好友宏芳来家小住，我让狗蛋富贵管她叫姨妈。她一脸惊悚，然后问她儿子大庄："大庄，你对猫叫我姨妈怎么看？"大庄说："挺好。"宏芳怕猫，但猫爱跟她，卧在她旗袍上，一片祥和，是她的嬉猫图。

　　两个猫孩子各有特点。富贵傻、憨厚、胖乎乎、有人缘，谁来了都喜欢虎虎生威的富贵。且黏人，走哪儿跟哪儿，哪怕去卫生间刷牙上厕所，一抬眼，总有它。后来我也习惯了，偶尔上厕所它没来，还会叫它：富贵富贵。我上厕所脚下蹲着猫。

　　它陪我睡觉。和我躺一个枕头，枕着我胳膊打呼噜，我不敢动，怕惊醒它。它肉乎乎趴我身上睡觉，打呼噜打得厉害。爱吃肉，每天早晨来我卧室叫我起床，看见我起来了，便满地打滚，肥硕的身子像个球，就为了让我喂肉。之后它便领着我去厨房，狗蛋默默跟着，也不讨好也不打滚，高冷，每天早晨在厨房吃肉，除了猫粮，肉补很重要。

　　富贵后来做了绝育，一下长到十五斤，胖乎乎的。小康大夫说猫做了绝育寿命长，富贵发情早，早早做了，每天无欲无求的样子，很快长成了大胖猫，更可爱了。

　　狗蛋高冷，不亲近我，也不让抱。永远远远地观察、看着。但狗蛋默默陪伴我，比如我写字画画、临帖时，它就蹲在桌子上，左手搭着右手，开始还看，后来就睡着了，也打小呼噜。

　　狗蛋还爱看我浇花。每次浇花都陪着，富贵从来不陪，也不看，到底是男孩子，不喜欢花花草草。但狗蛋细腻、疼人，陪着我画画、浇花、喝茶、听戏……

傻富贵早不知道去干什么了。

儿女有别。每次出门回来，迎接我的永远是狗蛋，在一进门的红桌子上，看见妈妈回来了，马上跳下来，满地打滚欢迎，富贵没这个心眼，还在傻吃傻喝。

有一次猫差点儿丢了，我差点儿疯了。

那时它们还小。吕表哥说带朋友来吃个饭，表妹、楠姐都在热烈准备着包饺子。我感觉好长时间没见到了。因为来回倒垃圾又开了几次门，我便找猫。不停呼唤它们，找了半小时没找到，我快哭了，哭腔呼唤我的猫。

表妹自知猫在我心里的位置，吓得脸色惨白，楠姐爬到18楼去找，又到小区里呼唤。

猫丢了。

我瞬间好像万念俱灰了，不顾自己的年纪和身份，坐在沙发上放声号啕。刚从英国回来的钱老师从上海来看我，惊得手忙脚乱，表妹吓得不知如何了，没有了猫的屋子顿时死气沉沉。此时吕表哥和他的朋友来敲门，他们抱着鲜花和美酒。我哇一声就哭了：表哥，我不要花，也不要酒，我的猫丢了，我不想活了……

我完全快疯了，不顾体面，也不管新来的朋友。表哥很尴尬，本来带着朋友想露露脸，却碰上哇哇大哭的我。

他说感觉饺子吃不成了，酒喝不成了，赶紧招呼小区所有保安找猫。

又过了一小时，我正哭着，忽然听见猫叫。

二位睡醒了，从卫生间马桶后面散着步走出来，我紧紧抱着它们，热泪盈眶。

此后，门户极紧，以防意外。

感谢命中有猫。有狗蛋、富贵相陪，写字、画画、喝茶、听戏……猫的寿命只有十五年，想想它们多年后就会离开我，黯然神伤。我一定找个小院，默默埋下它们，让它们永远陪着我，更感激的是此时，狗蛋在，富贵在，陪着我，过时光。

❖ 慢生活

　　女友是 4A 广告公司的创意总监，月收入三万，在北京，这个收入也算相当可观了。

　　每次见她，她都风风火火的，语速极快，听着跟凤凰卫视的主持人一样，而且她有自己的生活标准，早晨要喝正宗的蓝山咖啡，中午是绿茶，晚上要去最有情调的酒吧里谈工作。即使与我这样的闺密在一起，她也要摆出一副白领丽人的姿态，连锁店的咖啡是不能喝的，一定要拉我去五星级酒店的顶楼去喝，俯瞰全北京的夜色。

　　我们平时都忙，见了面本来想静静心，哪怕什么也不说，在下午的光阴里，看着暖阳，坐在摇椅上，听听音乐，或者捧一本书看也好。

　　可我们每次见面都像在打仗。我语速不慢，她比我还快。

　　抱怨总比赞美多，总之，一个字，累。

　　前段时间她却辞职了，然后来了电话："来吧，亲爱的，我在丽江开了一个小书吧，4A 广告公司的创意总监我不干了，我准备几年换一个地方，要过自己想要的生活了！"

　　啊？我很吃惊，怎么会这样？

　　原来，她去了一趟欧洲。那里的人们都在慢生活，他们说，其实，慢生活是一种生活态度，即使有再急再忙的事情，意大利的商店也要在中午关店两个小时。即使再忙碌，很多法国人也要去度假，还有比度假更重要的吗？没有好的精神，怎么会有好的生活？

她说，我们都太像一只只重压下的蚂蚁了，不知道自己搬运的东西有多大的用处，而去国外的一个月，她感觉到那种慢生活才是在享受生活、享受人生。

所以，她天天觉得累，觉得疲惫的生活无尽无休，所以，常常穿着宝姿站在镜子前觉得自己天生就是农民，要努力地耕种，否则就有吃不上饭的危险。所谓的白领，就是付出更多的劳动者，有什么区别啊？稍微有差池，便成了鱿鱼。

而工作带给她的副作用什么时候可以完结？前几天公司给员工做体检，她竟然有一大堆毛病，神经衰弱、颈椎病、腰椎病、视力下降……长期以来，她要服用安定才能入睡，那种如花草一样自然醒自然睡的时候几乎没有，压力让她的体重一直在下降。而三十余岁的雀巢公司女经理莱梅尔，在斐济奥瓦劳岛旅游时与当地一名部落村长的儿子一见钟情。回英国后，她毅然决然地放弃了年薪四十五万英镑的工作，来到了斐济和部落村长的儿子过着柴米油盐的夫妻生活，晨可看朝晖，夕可看落日，用嫩树枝刷牙，晚上席地而睡，每天吃鱼、水果，过着土著人的生活。

当然，辞职后她所挣的只有一两千块，但她说，宝姿可以不穿，她穿家常的麻的衣服就行，几十块的衣服不觉得寒碜，因为心态好了。兰蔻可以不用，用大宝和儿童霜也觉得很好，那些几千块的化妆品，不过是为了掩蔽我们超负荷运转后的道具。丽江的空气好，这里的人都很悠闲，去听听纳西古乐，做做义工，感觉很美。

我不是同样吗？甚至，我不知道我每天喝的咖啡是什么味道，吃的饭是什么味道，甚至，我曾经忽略了春天的颜色，它是什么时候来的呢？

我每天在忙着，觉得自己没有时间。

朋友找我聊天，我说，没时间。

同学找我聚会，我说，没时间。

父母打电话让我回家，我说，没时间。

我来去匆匆，每天觉得时间不够用，甚至身体不舒服，我都觉得没有时间去做个体检，直到有一天，我彻底病倒了。

我躺在床上，看着外面的阳光，一寸寸地挪动着。我忽然想：假如我现在死了呢？我还有太多事情没有干啊，我想万水千山走遍，我想去一个异乡的小镇和自己的爱人相守，我想写好多本好看的书……

女友说，放慢生活的脚步，其实是对自己的宽容，而宽容，才会有一种美妙的心态去看待人，看待事情。

"十一"的时候，回了老家。一进门，看到父母正在切黄瓜，都是那种菜市场买来的小黄瓜，一条条地切着，然后要腌制黄瓜。而这种腌黄瓜，超市里有好多卖的，"六必居"就有我常吃的腌黄瓜。

可他们很认真地切着。

当然，还有茄子皮，冬天炖肉时放到里面，母亲说，味道极美。

还有苦瓜，母亲买来一大筐，切了晒好，泡茶喝，据说可以降血脂。

甚至，我还吃到了春天才能吃着的荠菜，是父母春天时在田野里采来的，然后冷冻到冰箱里，可以吃上一年。

从前，我为这个没少和他们吵，何苦呢，又不缺少这俩钱。

可这七天，我天天守在他们身边，和他们一起去菜市场，买小黄瓜，切黄瓜条，然后晾晒到阳台上。中午，亲手给母亲擀皮包饺子，说着家长里短。晚上，陪父亲去广场上看唱戏，我不再想那些琐碎的事情，我的生活彻底慢了下来。

这才明白，生活处处皆风景，红了樱桃有红了樱桃的好，绿了芭蕉有绿了芭蕉的妙。我给女友一封手写的信，发黄的信纸，淡淡的红条，美妙的柳体。我说，亲爱的，慢生活是这样的禅意，是我们众里寻他千百度得来的，在灯火阑珊处，你我，素衣淡茶，执手相看，我已经是艳不求名陌上花，只求活出平常心，有素色的光芒，好与坏，我都要一一品尝。

　　贴上邮票，小心地投到邮筒里，我知道，我投去的，是素手剥清心的一片芬芳。这慢生活，是一种情，一种调，一种弥漫着清香茉莉的禅意。

❖ 器物

对器物的敏感几乎是天生的。像一个人对孤独、艺术、生活的感觉一样，后天修炼的成分极少。一切皆是上天的旨意。

喜欢逛旧物市场，逛这种市场的多是中老年。中年以后，心境渐渐老下来，如秋后的柿子，经了霜冻，反倒甜了，形状不似年轻那样壮美，却自有一种踏实与朴素。

那些质朴的、古拙的、敦厚的器物让我欢喜。就像喜欢日本那种清简的情调：草不着色、纸不印花、木不涂漆。那种本分朴素得让人心动，心疼。

淘过一件粗木家具。有明显裂纹，上面的雕花全斑驳了。桌面上还有油点。谁曾在上面摆过东西吃过饭呢？朋友建议我涂上清漆，这样看起来会新一些，我执意不肯。那上面的气息有人间的烟火味道，用起来并不隔阂。那些贵气的、流光溢彩的东西不能打动我，朴实无华的物质总觉得可亲可怀。植物我不喜欢大花的绚丽，小花小朵更耐人品味。器物，越是低调越是憨厚，钟鸣鼎食，越是简朴，格调便越高——八大山人的画简，但模仿者终不能画出其味，是因为内心太繁芜。

还淘过一只粗瓷碗。敦厚得都带着涩了，像陕北汉子。古朴的旧、细细的裂纹，里面印着老莲花。索性养了一枝绿萝，绿萝长在老瓷碗里，萌出的新绿像枯木逢春，都隆重得让人心疼了。

　　一个人对器物的审美与心态都映照他的内心。那些华美、繁复的器物，它的主人也有侵略感和挑衅做派，他们家一定是金碧辉煌的——灯要千头，墙面贴满玉石，门要纯铜。连保姆的眼神都闪着大理石的冷光。

　　而我喜欢那样的家——四白落地，挂一张清远的山水画。屋顶用木头条钉成。木要原木，不上色，老老实实的原木色。椅子要藤或纯木的，地板铺实木地板。窗帘是亚麻的，有淡淡的纹理。器物要又老又旧。窗边摆着古陶，笨笨的样子，里面插着残荷、菖蒲、芦苇，还有些不知名的野花、野草……家具是旧的，有日式那种清简的家具，老木匠用最老的方式打制成的，几乎没有光泽……一面墙全是书，书五成新，有的还残破了，没有那种几十本成套的书，每本书都是仔细挑来的，每本书都曾有人在上面涂涂抹抹。

　　连喝水的杯子都素白白。顶多画个残荷。

　　茶要清。坐在窗前发呆，听着黑胶唱片，窗外种了法桐两棵、银杏一棵、海棠一棵、山楂一棵，一抬眼可以看见云雀在叫，那叫声是绿色的，染着屋内的老器物。

　　那些器物渐渐有了主人的性格——不张扬，却自有独特的温度与特质。

　　曾几次去观音堂淘东西。那里的旧物性价比高。器物的品相更拙朴。

　　在那里淘过一件青海老柜子。四四方方的笨样子，实木的板子。柜子扣是铁的，生了锈。紫色的漆，上面画了绿花。因为年代久远，那颜色掉了些许，但味道更拙气动人。可以放很多衣服，一个夏天的衣服全要放在里面。再放上樟脑，老柜子有种迷人气质，它也有自己的性情、温度、姿态。那姿态是青海的，是过去式的。M 说，再也没有那样的老木匠了。那些民间的手艺正渐次消失。

还有一件藏式柜子。西藏因为宗教、地域、气候，有风长气静的空旷，但家具是热烈的。那些花朵都绽放着，它们为了温暖那空气稍显稀薄的藏区。阳光打在这些老花朵上时，总有一股安静的、凛冽的力量破空而来。

这些器物有着让人心疼的力量。有时候，我和慧谈着宗教与信仰。也谈着柴米油盐。她知道，我是孤独的。每个写作者都需要有必要的抑郁和孤独——这是好文字必要的质地。那些器物也知道。它们低温、不事张扬、敦厚，有着模糊的、不确定的、朦胧的美和幽欢。它们与我神交已久。

还喜欢收藏一些宣纸。在北方，干燥的北方，是适合收藏这些青檀树皮和沙田稻草生产出的宣纸的，它们被我装进老箱子里，纸慢慢褪去青涩和火气，有了绵长的柔和和有刻度的深沉了。装宣纸的老箱子是纸糊的，一层又一层，再裹上浆，外面画上很多民间的画。

那些宣纸和旧箱子有着相辅相成的融合，像到老还痴恋的老夫妻，再不说爱了，可是会说把骨灰埋在哪里——当然埋在法桐树下，一起听风、听雨、听法桐叶子沙沙响，像他们年轻时在说情话。忽然风吹来，他们戛然而止。继而又重复，重复着风，重复着那树叶之间的缠绵。

还有木雕、石雕。以徽州和山西为主。那些雕刻之精美让人不舍。我把它钉在墙上，那些雕刻的莲花与小鸟全都复活了。

从徽州淘来八仙过海的木雕条屏，钉在白墙上。有时和它们说说话。即使不说话，也已经很美。它们沉默的美无须表达。

器物让我觉得有了知己。万物有灵，器物是我的朋友。一八四五到一八四七年，这三年，梭罗一个人在瓦尔登湖。他在此处，又在彼处。大自然，便是他的器物。他把大自然装进心里。这是梭罗的桃花源、山外山。

那些与我重逢的旧器物，更无花态度，全是雪精神。

那日子都是有肌理的，那器物，在肌理的最里层，散发着只有我能看到的光泽。

❖ 无用

世间有趣之事，多为无用之事。

九大雅事：焚香、品茗、听曲、赏雪、酌酒、莳花、寻幽、抚琴、弈棋，听起来都不切实际，但恰是中国文人雅士灵魂之慰藉。

除了衣食温饱，总还有几种动情动心处方好，处处无用，无用方为大用。

有人种花，去很远的地方挖土，又买极贵的肥，花只开一季，鲜艳不过几日，但只看那几眼，心满意足。我每每出差，最惦记的是家中几盆菖蒲，它们喜水，一日不浇便黯淡。我央邻居每日浇水，心心念念想回家，只为自己的花花草草，倒似亲人了。

服装设计师马可的无用生活空间在中国美术馆后街，需预约方能前往。

会讲英文的四十几岁女人开了门，暗的灯光、泥的墙、老榆木门板做的地板，别人废弃的家具她加以改造。面对面坐着，她素服柿麻色，梳着麻花辫子，总爱低眉。茶是树叶子，又大又苦。杯子是原始的胎，没有上釉，有一搭无一搭说着话。她的气场是灰色的，压抑又性感。但我喜欢她起的名字：无用。

当天有她收藏的器物展。多是南方乡下竹编的篮子，朴素动人。那灯光投在泥墙上，没有一丝亮烈，都恰恰好得不招摇。好女子是有光的，但这光绝不刺眼，绝不令人不快。

去珠海时，朋友老张带我再访马可工作室。在一个公园里。是冬天，珠海的绿植还那么好，翠绿翠绿的。冬天的珠海有种说不出的寂寥，我却又喜欢这寂寥。

那公园里有无数清水观音，日影照在上山小径上，清水观音包围了我。

门依旧是不上色的旧木门，工人说她去乡下收东西去了，不在。寻隐者不遇。索性坐在清水观音里发呆，看日影。

不遇也恰恰好。

去了几次日本。满街的黑灰白，遇到红男绿女多是中国或韩国人。八十岁的女人个子不高，穿了灰色衣裙慢慢走，脸上是淡淡的妆。日本临街的小店都陈设禅意，里面无用的东西极多，有的餐馆有一半的室地用来做了枯山水，大面积的留白。

去过武汉一个网络学校，学员们高声喊：不为了钱为什么要写作？我平静地说：为了让灵魂过得更从容更踏实。那晚我讲了很多写作之外的东西，无用的东西。很多女孩子给我发私信：从今后，只为自己的内心而写。

写作有什么用呢？

不能带来巨大的经济效益，有的作家甚至温饱难以解决，仍然有那么多人以赤子之心热爱着它。因为孤独难平，写作恰是慰藉，这个慰藉，是任何物质所不能替代。

侯孝贤拍《海上花》的时候请了阿城当顾问，阿城说了一句相当重要的话，电影里，无用的东西要多。于是，有了长三堂子明明灭灭的烛台烟火、昆曲、酒、胭脂、华服、骰子……那些无用之物把环境营造得无限颓迷，而这颓迷恰恰是一个风月场所必须有的腔调。

我少时喜欢戏曲、书法，看很多闲书。母亲总说别的孩子好，说我看这么多闲书是没有用的。小小年纪去戏班子里听戏。母亲总嫌我的心野，但我的确心野，从小不合群。我不期望看闲书和喜欢戏曲给我什么，但多年之后它们都给了我巨大回报。

因了戏曲，我有机缘写《裴艳玲传》；因了戏曲，又去中国戏曲学院教学几年；因了戏曲，做了山西卫视《伶人王中王》的评委……写了很多文字，成了别人眼中的作家。我喜欢这些事物，始终抱着单纯美好的态度，没有任何目的。

年龄越长，越觉得无用的事物才让灵魂更丰润。读诗、品茗、闻香、画画……三五知己聊天、秉烛夜游。

哪有那么多意义呢？

很多无意义便是意义。就像喜欢一个人不必说出理由，有理由的喜欢还是小喜欢，真正的心动只与这个人有关。

有一天执意要去日本看樱花，订了机票便去了，去了发现樱花落了，也没有沮丧，拾了落樱花回来。还去看朝霞、拾枯枝，还去闻雨的味道，和樱下的花儿去说话，给它们拍照。有时候走很远的路去看一个池塘。在池塘边有几棵松树，松树是很有姿态的树，和松树发发呆。带着自备的茶具。茶具又粗糙又朴素，却有质感。就一个人，待半天。

还去寺庙里听雨，听上半天。心里阔朗起来，心素然起来。多好。

❖ 茶可道

禅茶一味，其实说的是茶可道。

说来我喝茶极晚。我想这源于家庭影响，父亲只喝茉莉花茶和高末。母亲常年只喝白水。我少时是孟浪之人，上体育课渴了，便跑到自来水龙头下一顿痛饮，那时好多女生亦如此，倒有脚踏实地的朴素温暖。

有野气的人日子过得逼真亲切，那清冽的凉水回甘清甜，自喉咙流到胃里，真是凉。少年不觉得，热气腾腾的血性很快平息了那凉。那个镜头，竟是再也不忘。少年时不自知，亦不怜惜自己，反倒是那不怜惜，让人觉得亲切、自然、不矫情。

上大学亦不喝茶。一杯热水捧在手里，或者可乐、雪碧、啤酒。我一向拿啤酒当饮料喝，并不觉得醉，只觉得撑，一趟趟上卫生间。几乎没人仰马翻的时候，也不上瘾。后来，茶让我上了瘾。特别是去了泉州之后，我每日早起，每每泡了早茶才开始工作。空腹喝清茶，就一个人。大红袍、绿茶、白茶、普洱……以绿茶居多。早上喝普洱容易醉，茶亦醉人。

泉州真好，那么安宁的小城，风物与人情都那么让人满足。泉州有一种自足的气场——刺桐花开的老街上，不慌不忙的人们，特色小吃多如牛毛。散淡的阳光下，到处是茶客。丰俭由己。有时是紫檀红木，有时是粗木简杯。

没见过比福建人更喜茶的了。泉州人似乎尤甚。早晨起来第一件事便是喝茶，与朋友谈事仍然要喝茶。从早喝到晚，茶养了胃，更养了心，泉州出了梨园戏，骨子里散发出幽情与文化的梨园戏，就着新茶，最好是喝铁观音，美到惊天动地了。

我是从泉州回来才开始早晨喝茶的，这一场茶事，应情应景，烦躁的心情会随着一杯茶清淡下来。早晨的心情因为有了茶香便有了慵懒，粗布衣服，素面，光脚走在地板上。有时盘腿坐在三十块钱淘来的蒲草垫子上。

打开收音机，放一段老唱段，然后一杯杯喝下去。我的茶事从一开始就是老境，因为人至中年才如此迷恋茶，像老房子失火，没有救药——茶是用心来品的，没有心境，再好的茶亦是枉然。

起初我喝绿茶。龙井、碧螺春、台湾高山茶。龙井是名仕，明前茶用透明高杯沏了，宛如一场翠绿的舞蹈，那养眼的瞬间，却又伴着无以言表的灿香。那是只有龙井才有的大气的香，又清冽又妩媚，像那个养育它的城——那放纵又收敛的书生之城。它裹了江南的烟雨妩媚，却又掺了风萧萧易水寒，杭州城的大方不是其他城市所能比——能不忆杭州？而我忆它最好的方式是泡一杯当年的新茶，看着小叶子一片片立起来，清清澈澈间，全是迷人的清气。龙井，是"仕气"味道极好的绿茶。

碧螺春的传说有关爱情。情爱到底是薄而浅的东西——有时，它竟不如一杯碧螺春来得真实，它另一个名字怪可爱——"吓煞人香"。也真吓煞人，香得不真了，但自有别具一格的清润脱俗，它与江南贴心贴肺。

高中同学老胡自保定来看我，带了酱菜，我最喜那瓶雪里蕻，名"春不老"。

有一天早晨，"春不老"就着炸馒头片，然后沏了一壶碧螺春。吓煞人的香和"春不老"，凑成一对，倒也成趣，滋味是南辕北辙的。我喜欢得很。

　　西泠八家之一丁敬有闲章两枚：自在禅，长相思。我亦求人刻了两枚。自在禅要配好茶，而长相思可以放在心里闲情寄美。

　　我心中的好茶可真多：太平猴魁。哦！这名字，惊天动地地好！像怀素的书法，他披了最狂的袈裟，却有着最宝相庄严的样子，他用自己的样子颠倒众生。我第一次看到太平猴魁时简直惊住了！或许，那是茶本身最朴素的样子，它真像一个高妙的男子，怀素或米芾，人至中年，却又保存着少年天真。那身材的魁伟，前不见古人，后不见来者。那滂沱之相，那清猛之气，一口咽下去，人生不过如此，了得了。

　　六安瓜片亦好，但立秋之后，我不再喝绿茶，绿茶寒凉，刮肠胃的油。秋天亦凉，不适合雪上加霜，秋天时，我喝乌龙茶和红茶。

　　因为杀青不彻底，有了半发酵的乌龙茶。我喝得最多的是铁观音和台湾高山茶。但郁达夫说铁观音为茶中柳下惠，我倒爱那非红非绿、略带赭色的酒醉之色，实在是与色或情有几丝联系。有一阵迷上台湾高山茶，喝到快迷上了，那种冷冽冽的香像海棠，我总想起褚遂良的字来，便是这种端丽。高山茶喝了半年，换了大红袍。

　　我顶喜欢"大红袍"这三个字，官架十足，摆明了的骄傲和霸气。男人得很。大红袍是岩茶，乌龙茶的一种。因了闽地的高山雾重阳光寡淡，那岩骨花香生于绝壁之上，以其特有的天姿让人倾倒。翠色袭人，一片沉溺。我喜欢大红袍，那卷卷曲曲一条索，肥美壮观清香悠长之外，却又如一张古画，气息分外撩人，但却不动声色。好男人应该不动声不动色，应该是最起伏得道的行书，一下笔便是标杆与楷模，让身后人万劫不复。

顶级大红袍色汤极美，从橙红到明黄，这是醇厚之美，一口下去，荡气回肠，肝肠寸断，简直要哭了。那种醉心的归属感，配得上冬天的一场场雪，没有彻骨清凉，只有温暖如初。

乌龙茶中的水仙和凤凰单枞亦动人，不事张扬的个性，茶盏中的润物细无声。两个名字像姐妹花，总让我想起唱越剧的茅威涛，本是女子，却英气逼人。水仙茶的气质总有逼仄英气，个性里有醇厚和仁心，亦有清香绵延。这茶，可以喝到半醉而书，写下"山高水长，物象万千，非有老笔，清壮何穷"。这是李白的诗句，可以配给乌龙茶。

绿茶是曼妙女子，乌龙茶是中年男子，红茶是少妇，普洱是六十岁以后的老男人，白茶是终身不婚的男人或女人。最符合我的，自然是红茶。

小言从斯里兰卡为我带来红茶，我掺了祁红，又放了滇红，然后加上牛奶与核桃仁煮。在冬天的下午，奶香一直飘荡着，都不忍心去干什么事情了。

穿了个白长袍发呆，自己宠爱着自己。

红茶细腻瓷实敦厚，正山小种也好。喝惯了茶，胃被养坏了，沾不得凉。

加奶的茶还有湖南的茯茶，一大块粗粝的茶砖，用刀剁下来，放了盐与花椒，再加上牛奶煮啊煮。M煮得好喝，她公公煮得更香，我每次都要喝几大碗，那种两块钱一个的大粗碗。坐在她乱七八糟的家里，喝着刚煮好的茯茶，觉得还原了茶原本的气质——茶本就这么随意，本来是这一片片树叶子嘛，本就这么衣食父母。何必那么道貌岸然地杯杯盏盏？然后又日日谈什么禅茶一味？真正的禅茶一味，全在这杯粗瓷碗湖南的茯茶中，不装，不做作，直抵茶的本质。

M一家离开霸州后，我再也没喝过那么好喝的茯茶了。

如果白茶清淡似水，普洱则浓情厚谊了。白茶太淡，无痕真香，总在有意无意间弹破人世间的佛意，但我仍喜普洱。普洱是过尽千帆走遍万水仍然宅心仁厚，仍然表里俱清澈。所有戏，大角必然压大轴。毫无疑问，普洱在我的茶事中必须压大轴。

普洱是颜真卿的字，一直用力地用命来书写，那是神符，那是标度，那是尊重与敬畏，那也是人书俱老。好东西必须直抵性命。

我第一次喝普洱并不觉美妙。只觉被发霉味道袭击，加之凛冽视觉的冲击，那浓汤让人觉得似药。忍着咽下去，那醇厚老实的香气缓慢地升上来——一个好男人的好并不是张扬的。我几乎一瞬间爱上这叫普洱的茶。

第一次沏普洱失败。茶汤分离慢了，汤不隽永了，有了浊气，损了真味。以后沸水鲜汤，把那一饼饼普洱泡得活色生香了。

朋友 R 只喝普洱。他泡普洱是铅华洗尽的淳朴与端然。好普洱让人上瘾。让人上瘾的都难戒，它们慢慢让你熨帖，在香而酽的茶汤里，做了自己的终南山隐士。

R 说，普洱茶可以把人喝厚了。绿茶可以把人喝透亮了，红茶可以把人喝暖了，白茶可以喝清了，乌龙茶把人喝智了。

人生应该越来越厚吧，那一点点苦尽甘来，那步步惊心的韵味，那情到深处的孤独，都需要一杯普洱在手。

春风秋月多少事，一杯清茶赋予它。有事无事吃茶去，繁花不惊，长日清淡，赏心两三，唯有伊人独自。有浅茶一盏，门前玉兰开了，头一低，看到杯中伊人，各自都是生命的日常与欢喜，足矣。

❖ 觉茶如是

一直想写篇闲散的吃茶文章。尽管写了许多关于茶的文字了。不满意。不够散，不够淡，不够飘逸，茶气不足。茶气是什么气？说不好，但应该又轻盈又厚重，又飘逸又有力道，中性，似男又似女。恰好的火候与劲道，一眼看得透，一眼又看不透。

适逢七月半，狂风骤雨。水淹了七军似的，外面是风声雨声，屋内是菖蒲、铃兰、石竹、文竹。特别是南方带来的菖蒲，摆在我书桌上，雅配。我煮了七年的寿眉，一屋子的药香，如猛虎嗅蔷薇，恰配我这爱茶痴茶中年听雨的禅园主人。我的小家叫"禅园"，雪明先生的书法"禅园听雪"挂在墙上，屋内堆砌着坛坛罐罐的文玩，不知真假。这样的屋子就有了茶气。我光着脚走在"老榆木"的地板上，有些硌。老榆木的纹理恰恰好，是我在古旧市场上一块块淘来的。风吹的风铃直响，我呷了几口老茶，觉得心满意足。上午临完几张旧帖已经觉得心满意足，此时更甚。

周作人在《北京的茶食》中说：我们于日用必需的东西以外，必须还有一点无用的游戏与享乐，生活才觉得有意思。唱戏、喝茶都是。今天这雨，最适合吃茶。

说来我吃茶时间短，不过十来年。少年孟浪，白水就行，父亲常喝高沫，那奇异的茉莉香，我从前受用，现在觉得根本不是茶。父亲用茶缸盛，是用来解渴解乏的。

中年开始习茶，从绿茶开始。香啊，明前绿茶，娇嫩嫩的小姑娘似的。绿啊，一杯新龙井，透明地舒展了。俨然一派青绿山水的做派。让我想起王希孟的《千里江山图》，十八岁的少年画了那么绝美的画卷，留下了那么好的青绿山水。绿茶是王希孟，十八岁的王希孟，只这一季。隔年的绿茶是不能喝的——像到了中年的妇人，又疲惫又憔悴。

初开始喝茶时迷恋红茶。红茶是女性的，婀娜而娇柔，再加上奶，简直可以温暖一个又一个冬天的下午。但简直不像喝茶，像调情。说不完的情话与蜜意。没有厚重感，也像听越剧和黄梅戏，男欢女爱，小情小调。留在舌尖上的感觉更像散文。金骏眉、正山小种名字真俏，特别是金骏眉，像一个人的名字，性感中有妩媚，丰满而娴熟的中年女人。线条也柔和，口感也柔和，与女友喝茶，红茶宜配。

有一次去苏州，在寒山寺喝到一款碧螺春，有寒山寺的早春味道。极好。还在南京鸡鸣寺喝过秋茶，是冻顶乌龙，也好。鸡鸣寺的梅花更好。杭州的灵隐寺，与禅师喝过清明龙井，小师傅刚刚从龙井坡上采下来，还带着雾气，坐在古树下，那天也有小雨。难忘在云水谣喝红茶。付老师陪着去的，还有连先生，几个人坐在云水谣那棵几百年的古树下，那天晚上喝了一次静坐红茶。味道醇厚绵烈。

爱上乌龙茶是在台湾。随着旅行团进了许多茶店。都是乌龙茶。阿里山的高山茶、冻顶乌龙……香啊。那个香不像茶的香，厚实，但又飘逸，能喝出苏轼的《寒食帖》之感。从台湾回来我带回很多乌龙茶，那卷卷曲曲的茶叶陪我过了一个冬天。每次喝乌龙茶，总是先想起冻顶乌龙，铁观音倒排在了第二位，可能是那香气扑倒了我。我喝过三十年的铁观音，在苏州冷姑娘的茶坊里，那老茶老得惊了魂似的，在早春喝出热汗来，想想那苏州的小桥流水和冷姑娘的美，没齿难忘了。

开始喝白茶是四五年前。朋友送我牛皮纸袋子装的老白茶，上面是毛笔写的三个字"老白茶"，字老实，敦厚。是七年的寿眉。用日本铁壶煮了喝，一屋子药香，我迷得不行，舍不得喝完。每天只煮一点点，到底还是喝完了。后来又喝过白毫银针和白牡丹，都敌不过这款寿眉。那低调而骄傲的味道始终翻滚在我的味蕾上，我喝完这些老白茶，每到外地遇茶人斗茶，一口品个八九不离十，差不了个三两年。这是味蕾的积累与记忆。老白茶有股清气，像八大山人的画，你明明知道就那么三笔两笔，可是你画不出来。看过很多别人的画，三两眼就忘了，大同小异，八大山人是二十泡之后的老白茶，还那么醇厚。

我没事的时候就煮点儿老白茶。新茶不行，没那个味。只有老了的白茶才像生活结了晶，分明有了风声气，偏偏叫人喜欢得紧。

我们现在的喝茶方式是明以后形成的，用水泡。唐朝人喝茶先用油炒了茶，再加花椒、大料、葱、姜、蒜……我认为是喝茶粥。去广西和贵州时喝过"擂茶"，就是唐朝的喝法，喝不习惯，但记忆深刻。宋朝是抹茶。在日本喝过抹茶——形式又隆重又复杂，让人心里起了敬重，千利休说：我只对美好的事物低头。他向茶低头，我也向茶低头。常喝茶的人，都有一身素清清的茶气。

茶气里有人才爱。王羲之奉橘，王献之献梨，颜真卿乞米……呵呵，小禅吃茶。

"今送梨三百。晚雪。殊不能佳。"王献之送梨，我爱送茶，且是普洱生茶，行生古树茶。

我初次喝到普洱生茶闹肚子。肠胃接受不了它的生猛，跑了几次卫生间。后来喝了一段熟普。茶人的最后一站只能是普洱，普洱两个字带着地老天荒的美感，说不出的天高地厚。黑茶的一种，黑茶就太直接了，普洱绕了千山万水又回来的意思，又蛮荒又文明。奈何奈何，就是这么迷人，喝到最后，人至中年，还得是普洱。一款老江湖的茶，但是风霜，味道十足。

喝普洱久了，再难喝别的茶——像终于爱对了人，分分秒秒要跟他在一起呢。

去西双版纳原始森林里，采过古树茶。与茶人一起去的，先是坐了摩托车，崎岖山路，下面是万丈深渊，后来连小径也没有了，只好步行。拄着拐杖，在腐叶和古树间行走，遇梅花鹿、大象和其他各种小动物，也不觉得害怕。忽然想起一首词："素月分辉，明河共影，表里俱澄澈。悠然心会，妙处难与君说。"恰好那天月光盈洁，照在我脸上，也真是表里俱澄澈。

坐在古茶树下，把茶叶放进嘴里嚼着，甘甜美味，我用唾液泡了古茶树的叶子，自是难忘。

后来在终南山喝过一款生普。清冽自然，想起词的下半阕："应念岭海经年，孤光自照，肝胆皆冰雪。"我忽然想起王维来。肝胆皆冰雪。

"清时有味是无能，闲爱孤云静爱僧。"杜牧爱他的孤云和僧，我爱我的老茶。禅茶一味我不在乎，我在乎雨落纷纷之时，我泡一壶老茶，坐在窗边，看着自己郁郁葱葱的菖蒲，喝它个汗流浃背、喉咙生甘，这样的日子就是日常，喝茶喝出广阔天地来，常与茶友约茶，在一起喝老茶，只说茶里春秋。

也有了几款老茶。从西双版纳运回来的贮存罐子。朋友说等过三十年一起喝我的老茶，我掐指一算，再过三十年也真老了，茶也老了，约个旧人，一起喝茶——哪有那么多前尘旧事？最好的就是面前这杯茶、身上这件衣吧。

❖ 风物盏盏

风物这两个字真好，妙不可言的好。盏盏就更好了，又俏又妖。

亦不知道是什么时候开始喜欢器物的，居然渐渐有了规模。猪槽子种了水葫芦，明代城墙砖做了茶台，老汉砖凿了洞种菖蒲，日本淘来的抹茶工具、橡木茶盘、老茶托，野地里捡回来的竹枝与石头，腌菜坛子种了多肉，文莱的茶壶中插着菊花，丽江农村的大木碗里装了黑茶……

陪伴我最多的是这些风物，光线照进来打在它们身上，美极了。它们好像也喜悦起来，我陪着它们一起喜悦，山河日月也一起喜悦。

我和它们玩一会儿再工作，浇水、修枝、陪它们说话，它们听得懂我说话呢。风物通灵。我孤独的时候它们沉默，安静地陪着我。日本的铁壶用炭煮水，宜兴的紫砂壶泡之。壶上有我的名字，专门来泡生普，用老茶养了许多年，有了轻微茶垢，刚刚好呢。杯子是苏州寒雪的日本茶道杯，蓝色的小鸟在树枝上唱歌。还有几只杯子也是心头好，一只晓芳的仿汝窑杯、日本锤目纹水晶杯、在景德镇自己捏的杯子、南昌无相壶送的一只乳白色公道杯……没事的时候，会一只只抚摸它们。连时光都有了包浆，何况它们呢？

最喜欢的是那些无用之物，狂野之中的破木头挖洞种了花，废弃的腌菜坛子有几十个，一个个摆开，给它们起名字，茉莉、仙枝、翠莲……可以做我小说中的女主角似的。然后种上花，多肉居多。肉乎乎的，在风大雪大的时候，看这些多肉挤在一起，真温暖啊。

出差的时候，会和花花草草、坛坛罐罐打招呼。"我走了啊，听话啊，过几天就回来啊！"它们听得懂，因为是依依惜别的样子。

有时候想想它们等待我回家的样子，那些风化好的老榆木地板，等着我赤脚踩上去，老柜子上的雕花等我擦拭，老烛台上的蜡烛熄灭好久了，菖蒲该浇水了，手绣的团扇有了灰，从宁波乡下淘来的食盒中还有绿豆糕。有时候真想养只大黑猫，但出差了怎么办？这些器物如此让我惦念，再养只大黑猫还了得。

别人不知道，我在外地超过一周就心焦，那些风物在召唤我了。"主人快回来，主人快回来！"我便开始失眠、焦虑。回到家，便着急地说："想我了吧，我回来了！"它们一副不爱搭理我的样子，受了冷落的样子，尘土厚了就不高兴了。我一边擦着它们，一边说："这不是回来了吗。"于是就唱戏给它们听，它们就又欢喜起来，家也欢喜起来。那些点心模子更俊了，茶席也更好听了。

红柜子上的喜鹊要飞起来了吗？还有旧窗上的人物，合和二仙在唱戏，薛平贵在调戏王宝钏。书林送我的木雕是彩色的，大朵的牡丹与时光彼此绽放、消耗。木匠用的兔子墨盒在诡异地笑。多少个匠人在嘲笑我们的效率和速度，有多少人忘了倚着门窗看看闲月了，一屋子的匠气。旧时工匠窗下的器物映照着时间，期待我回来与旧人、旧时光重逢。

我孤独地写作时，它们陪着我。一把榆木的老椅子，风化过的痕迹真迷人啊，像有故事、有味道、有风韵的中年女子，却还散发天地初开的少女气息。老天爷真是公平，我这样的急性子，竟然选择让我一笔一画地书写。

十年没用电脑了，每篇文章都是毛笔写在宣纸上。想想好孤独啊，仿佛坐过的那把老椅子也孤独起来了，还好有那几百只碗陪着我，盛着不同的食物在我面前。

日本的碗朴素大气，有重彩和繁丽的花。欧洲的碗，洛可可气息。还有潮州的竹花碗、云南的孔雀碗、陕西的蓝花大面碗、景德镇的柴烧碗，它们都是长久的陪伴。我爱用一只只蜻蜓的蓝花碗，做一碗翠绿的菠菜汤，放些小虾皮。我知道我是因为这些美器才喜欢做饭的。

没事的时候，我就在厨房转悠，一把翠绿小香葱、几根红辣椒，就想起那只古朴的陶碗。我做一碗手工面，其实是为那只碗。红的红，绿的绿，泼上些辣子，放上山西宁化府的醋，盛在最古老朴素的碗里，心里会美上好一阵子。这是我的秘密。

母亲说我就喜欢这些破烂。我无法告诉母亲这些侘寂的生活美学因为残缺、风化、包浆而衍生出来的迷人味道，这是中国文人内心的纹路啊。

手边是谷崎润一郎的《阴翳礼赞》，他这样写道："一看那浑厚蕴藉的肌理，就知道这是中国的玉石，想到悠久的中国文明的碎屑都积聚在这团浑厚的浊云之中。……中国有'手泽'一词，日本有'习臭'一语。长年累月，人手触摸，将一处磨亮了体脂沁入……'寒冷却风流'……'污秽出风雅'……"是的，我喜欢那些常带有人的气味，油烟、风化、沙化的光泽，不足以外人道也。在暗中欣喜地观察摸索它们，似初恋发心，又似久别重逢。

拍摄《我在故宫修文物》的叶君导演来家中拍我。这些风物日常也让他动心啊。我穿了灰色旗袍、黑色网格罩衫，坐在爷爷留下的那张百年老桌子前。那是他十几岁当木匠时亲手打的，没有一根钉子，完全的榫卯结构。桌子上有干枝梅，插在一个废旧的玻璃瓶子中。

那个瓶子是我从福建带回来的，是一个收藏药酒的王老师的瓶子。他的药酒盛在这些瓶子中，酒喝完了，我把瓶子带回来。上面有二十世纪五六十年代的暗花纹。王老师夸我有眼光。

我用广州的点心模子当了茶托，茶盘是画着黛玉葬花的木盘子，盛了栗子水果。我、叶君导演、万逸小姐，三人坐在草垫子上喝老茶。他们用薄瓷的"小禅杯"，温润如玉；我煲了骨头汤，用老砂锅，上面有兰花。

王艺先生给过一盒日本的颜料，舍不得用。名字太动人：镰仓朱、祥光朱、浅葱、米树、素鼠、花白绿、青瓷、莺茶绿。美的物有袭击和杀伤力，我被席卷得遍体鳞伤，却乐此不疲。

风过来，来自日本的铁风铃叮咚作响。我看着那些坛坛罐罐，开始修剪菖蒲、文竹、石竹、多肉……然后谢谢它们一直陪着我写作、画画、唱戏、发呆、静观、看云、闻香、听吟，是最为长久和深情的陪伴。

风物盏盏是故人不相忘，是苍黄光阴中的惜君如往常。我泡一杯老茶，用余生陪它们。

❖ 闲章二三枚

没事的时候，就喜欢把玩自己的闲章。

算来总有几十枚闲章了，懒散地躺在檀木盒子里，画完画或写张字，随便找一个，钤上去。画一下就活了，字也活了。像刚出锅的雪白馒头，迅速点上个胭脂红点，那馒头生动得像小鹿，带着欢喜和异常。闲章就是为了锦上添花的。

也不记得第一枚闲章是谁给我刻的了。刻的是我的名字"雪小禅"，月牙形。我蘸了西泠印社的印泥，印得宣纸上到处都是。那天真是欣喜。

后来断断续续有了很多闲章，大多是朋友所刻，居然收集了有上百枚。每每把玩，内心欢喜，久了是一个有温度的陪伴。

还记得去台北"故宫博物院"，看到先秦的一些篆刻，一时被惊住。小小的青铜上，方寸之间，把文字之美之精微表现得淋漓尽致荡气回肠，那上面的篆书美得朴素、浩荡。

"篆刻"为何叫篆刻，大抵因为3700多年前，人们在那印上刻的是篆书吧？那上面的阳刚之气、朴素之风、一派天真，刀刀见了先秦之风，仿佛开天辟地就这样苍茫古朴。

在我看到的印章中，这些先秦的印章无可比拟，开天辟地，自有一种天地光阴交融在一起的大气凛冽。我在篆刻馆和书画馆停留的时间最长，没有去看玉白菜之类。那天的气场，我一直记得，午后闲散的阳光，我一个人在先秦的一方方印章前，仿佛自己亦是先秦之人，痴了呆了，内心里是荡漾的。

至元末，画家王冕偶得一块花乳石，便刻上"会稽佳山水"，印到自己画的梅花上。他肯定被惊到了，怎么这枚章仿佛画了龙点了睛般？怎么这张画如此生动起来？我试猜着他的惊喜，所有的开始全是不经意，一刻意就矫情了。

就这样，文人墨客都有了自己的闲章，很多文人诗书画印俱佳，从前的文人不必说，近代的吴昌硕、齐白石都是以篆刻开始。所谓"金石气"是从篆刻而来，吴昌硕、齐白石的篆刻是一印难求，手上、腕上的力气有了，金石气自然扑面而来。

当年齐白石流落京城，亦没有什么名气，在一个寺庙为人制印，忽然有一天陈师曾来了，看到他刻的印，惊得没了魂儿——怎么有这等奇人制印？他把齐白石的画推到日本去展览，引起巨大轰动，再回国，人人知道齐白石。

可惜陈师曾死得太早，不到五十岁，他是齐白石的伯乐，一眼勾了魂儿的，便是齐白石的印——天然古朴，有说不出的拙朴，大概和这个湘人长于乡间有关吧。他的印章也有意思——木居士、鲁班门下，他原本也是木匠，"人生只识三百字，哪见文字锅里煮"，很多人喜齐白石，我却觉得他的画里到底少了中国文人的"贵气"和"静水流深"——说到底，文化和文人到底需要底蕴来托起"清气"。

闲章二字，在于一个"闲"字。

闲得怡情，闲得趣味，闲得自在，所以文人墨客的闲章十分有意思。

　　画家吴湖帆，一侧鼻孔常堵塞，请人刻一印："一窍不通"；徐悲鸿有枚闲章叫"一尘不染"；张大千当过和尚，出身卑微，有闲章"苦瓜和尚"；清代汪士慎画梅极好，一目失明后，刻了一枚"尚留一目看梅花"。

　　印学之徽派开创者何震有闲章："放情诗酒"，深得我心，因为纵意；吴昌硕想念他早亡的妻，刻下了"明月前身"；近代陈衡恪自刻美印两方："花开见佛""美在己"。而我自己近百枚闲章更是百花齐放的样子，每枚都有姿容，有"银碗盛雪""禅园听雪""一捧雪""小富贵""拈花微笑""听雪庐"……因为真名中有个莲字，便又刻了"莲"。上面还有半朵莲花。

　　同城的燕杰为我刻了小对章"小禅"。小是朱文，禅是白文，印上去古朴自然。静姑娘是画家，人生得美，美到似不食人间烟火，人又善良得让人心疼，不仅画画，还制得一手好印。

　　有一次我们一起去厦门，在机场，她羞涩地掏出一个精致到极致的木盒子，长方形，盒上面贴着宣纸的小条，小条上是潇洒的一行小字：小雅铁石馆制印。那里面，乖乖躺着一枚印章。印章料石极好，寿山石，刻了三个字："雪小禅"。她只说刻得不好，但过几天，我印在自己书上，便有三两懂印的朋友说：小禅，这枚印好，要好好留着。

　　那印真是好，仿佛自带清风似的。静姑娘有让人心疼不已的贞静和朴素。每次见她，她静如处子一般，她的印也静如处子，我舍不得用。

　　有一次去西安讲座，一个叫素玉的女子跑来，塞到我手里一枚闲章。那闲章也好，是"秋水"二字。她低头浅笑：雪老师，适合您呢。

　　为我制印最多的是在民间有盛名的董老师。很多画家求他一方印极难，他的印接引古风，一片苍茫盎然。他本在民间，久不出江湖，独自一人守着笔墨纸砚，但凡耐得孤独之人，都有非凡之天分，董老师便是。

我偶然遇见董老师，便冒昧求几方闲章。过了几日，快递让我到楼下去取件。我见是董老师寄来的，竟是一箱子闲章——董老师为我制印几十枚，各种形状都有，石头不是什么好石头，但笔笔存孤，绝不雷同，那"雪"字刻得像一场大雪纷飞。

后来中国邮政为我出的一套系列邮品便选用了这枚印章，明信片、书套、帆布包、笔记本……到处用的全是这个"雪小禅"印章，美得很粗粝很野性，但野性中又有着天真浩荡。真让人欢喜。

我有一个盒子专门盛董老师的闲章，董老师江湖名气大，这一方方闲章也有江湖气。江湖气是什么？是人间百味，到底至亲至近。

还有几枚印章甚是难得，我写过一篇文章《山僧》，写的是一音禅师。他在没有出家之前，篆刻在京城小有名气，一印难求。出家之后虔诚礼佛，几乎不再制印。有一天我晒了几方印，他看不下去，说是刻得太粗糙。

他半夜执刀，一连刻了六方印给我，且用料讲究，每块石头都价值不菲。分别是："雪小禅""禅园""一捧雪""禅""小禅""听雪"。每每印在我画上，印比画还要夺目。高手轻易不出招，出了招便夺人。

丙申年我写的书，是关于中国传统文化的，书法、绘画、戏曲、园林，取名"惜君如常"。我和一音禅师求了两方印，一方一长，都刻了"惜君如常"。他连夜刻制，其中之一用战国时期楚文刻之，生动素朴，空灵干净，令人一见如故，欣喜若狂。

忆感自己的闲章，总是动情，每一枚都有来历，十分让人不舍，闲时把玩，皆是欢喜异常。中国文化养人，是敦厚的老者，阅尽风情也不动声色。篆刻是其中的女儿，红白之间荡漾着中国文脉的深厚和清澈。没有几枚闲章，怎么能算中国文人？又怎么养就心中一般春呢？

亦不知从前那些文人闲章去了哪里？滚滚黄沙红尘，一切俱已淹没。

我只求现实安稳里，写词画画听曲儿，然后印上自己的闲章，像平凡日月中，忽有奇想踏雪寻梅或雪夜访戴，或者如张岱一样"湖心亭看雪""金山夜戏"，那偶尔的放纵，便是给好日子钤上了闲章，颜色自然是白里透红、红里透白。

好日子一定是半红半白，那悲欣交集才是人生呢。

我卷了袖子和面，今儿正月十五，好好包上一顿元宵吃，也是生活的一枚上好闲章呢。

❖ 听戏

从前我总说去看戏，有一天遇到一个听出耳油的老戏迷，鼻子往上翘着，然后慢条斯理地吐出了一句话——"你真外行，真正的戏迷，全叫听戏，只有刚入门的，才叫看戏。"我看了十几年，才刚刚入门，脸上的汗未免下来，流得紧。他又说："听戏，听出耳油来才好，知道老谭吗？"我赶紧点头，他又说："听过《碰碑》吗？"我又点头，他方才流露出稍微满意之色，慢悠悠地说："老谭的《碰碑》，一上台就满目黄沙，几句反二黄三眼，你就立刻觉得一片荒凉，那意味，啧啧……"

听戏的人都有把风致骨头。从前听戏是流行，放三四十年代，干什么去，最时髦最流行的娱乐活动大概就是听戏捧角儿。现在不行了，这个星那个星太多，戏，倒成了小众的东西。张爱玲在《洋人看京戏及其他》里问自己："为什么我三句离不了京戏呢，因为我对于京戏是个感到浓厚兴趣的外行。"对于人生，谁都是一知半解的外行吧？在她眼里，戏就是那青罗战袍，飘开来，露出红里子，玉色裤管里露出玫瑰色里子，踢蹬得满台灰尘飞扬……而于我而言，听戏是听人生，一出出——才子佳人、嫌贫爱富，唱腔委婉高昂……或者性与爱的冲突，秦腔和梆子我总觉得是性压抑，所以拼了命地嘶或吼，简直是不顾一切了，能喊的都喊出来了，昆曲的雅也和那个曼妙的小城有关，苏州不产生昆曲，时间都不允许……

　　我爱听程派，自然观察演程派的人。程砚秋先生去得早，我只能当追梦人——他天生脑后音，人又生得高大，我想象不出他现场是怎样的端倪，唯一留下来的电影资料是《荒山泪》，身材高大，扮相并不算美，半点儿也不翩翩，声音却如深山古钟，照样惊魂。我常常看得忘我，那穿青衣的胖胖的程砚秋，倒比曼妙的梅兰芳更打动我。他的眼神，有着凄寂的味道，不圆润了，不光洁了，可是，是寥落的清丽，听得我心里一颤一颤……

　　火丁天生适合演程派。从长相到气质，脱俗自然，如淡泊一秋菊。在天高远处看到飞白，分明的冷，分明的艳。可是，又有着紧紧的丰腴。那丰腴，你得细听才听得出来，她脑后音更重，许多唱程派的不认可，我偏偏情有独钟。又因为她曾经在廊坊评剧院，我路过那破落的小院子时，总喜欢瞄上几眼，仿佛那院子还有她的味道。去长安看戏，我唯一难忘的就是火丁，她的表情，总是寡寡的，铅华洗尽的干净。不讨巧，不张扬，倒似她的做人。有人说火丁家门槛高，不好进，我听了，倒觉得正应该如此。她是《锁麟囊》中送去的那块素白白的帕子，早生了几十年，有格格不入的迹象，但我分外迷恋这格格不入。

　　迟小秋的戏唱得苍老浑厚了。暗藏波澜，在台上非常大气。不适合演小女儿，《锁麟囊》剧中，她唱最后一段最合适，有种兼容并包的痛快。台风也好，一出来，能抓住人。在廊坊演出时，邻座的小伙子总是把"好"嚷得恰如其分，每次总是戏迷老友老卢同志嚷"好"，这次让人家抢了先，他有些许郁闷。据说有一次在长安大戏院唱《三让椅》那段时，迟小秋昏倒了，我总觉得《锁麟囊》最后几个唱段太过紧密，如果不是长期练内功的人，就那一段《三让椅》的原版足以让人崩溃——那段也的确好，线条流畅，洗净铅华，也是程派的写照——似杜鹃，啼别院，巴峡哀怨动人心弦……我总听得泪水涟涟，程先生的录音我听过，赵荣琛的录音也听过，最爱听的是王吟秋的，又深沉又艳丽，深也是那个深法，艳也是那个艳法——火候是小锅炖了红枣、莲子、银耳、枸杞，银耳正白，红枣正红，莲子已经炖出糊糊来。那段唱腔，可以叫炉火纯青了。

刘桂娟像小花旦，过于喜庆。拿手的是《陈三两爬堂》，师从李世济，那夸张也像。我和别人说，我顶不喜欢听李世济，因为夸张得厉害，欲于表现。正和程派背道而驰，程派讲究的是低温低调隐忍，驰马观书，不炽烈，却绿意铺张得到处都是，如飞舞着的蜻蜓，落处有静，静处有动。风骨之中，看得到清幽似深山古泉，只这一点，别的派别无法模拟。

听刘桂娟唱《春闺梦》，太俏。俏得举重若轻，不是地方，但分明是放错了位置。不似张火丁唱，张火丁有陈老莲画的味道，又清又寒，能把人的心尖尖唱酸了，忽上去，忽又下来——死活跟着她了。但桂娟唱戏，总是在唱戏。天分仍然在。如果刘桂娟唱花旦，一定也不错。

说起花旦，看过小翠花的录像。那叫俏死人。一句"奴家，白素莲"。穿了月白小短衫，满场皆惊，鸦雀无声。黄裳曾经说："然而描写荡妇，写'最毒妇人心'的女人，则只有小翠花。"实则是最大褒奖。虽演俗艳女子，亦不单调浅薄，那叫真本事。

她也演《水浒传》中阎婆惜，死命地欺负宋江，到底被宋江杀掉。

宋江问："手拿何物？"她便答："你的帽子。"

他说："分明是一只鞋，怎么说是帽子？"

她骂他："知道你还问！"

这是京剧的可爱，小翠花演起这种戏来，驾轻就熟。如称惯了一斤的糖，一把抓上去，就知道几斤几两，一点儿含糊没有。听戏听到叹息一声就知道是谁来，耳油算出来了。

我比较喜欢听赵荣琛清唱，嗓音极浑极厚，穿透力如闲云野鹤，散淡之中柔肠百转了。

后来亦迷恋上听老生。喜欢言菊朋，言慧珠的父亲。《让徐州》唱得好，一句"未开言不由人珠泪滚滚"唱得人心酸，味道就在那句"珠泪滚滚"，四海之内，此句算上上佳。后来听言慧珠，虽然梅派也唱得珠圆玉润，到底差了火候。在昆曲《游园惊梦》中演梅香时和书卷气极重的俞振飞配戏，后来结了姻缘。其实后来证明，很多姻缘是孽缘，如此张扬明快的言慧珠，配上太书卷气的俞振飞，其实是秀才遇上兵。

刘海粟说程砚秋是"雪崖老梅"。极好。避短扬长他算极致，荀派我不太喜欢，太佻达，尚派没落得没了踪影，梅派华丽，是没骨花鸟，一团团牡丹富贵，真适合《色戒》中王佳芝和易太太打着麻将听。

也听过孟小冬。骨力强劲，不过听说她晚年打麻将时只唱梅派，那小曲哼得呀，听过的人说，"比梅大爷唱得不差"。

后来有王珮瑜，除了个子矮些，实则是大家。挥洒得十分浓墨重彩，有人说她唱《乌盆记》中的一轮明月，那个"一"字唱出来，满场风搅雪似的静，回肠百转，悲在其中。我喜欢听女人唱老生，有大处落墨的清丽，也喜欢听男人唱旦，底气足，有异样的感觉……到底是男人呀。

武戏看得少。爱看《长坂坡》一出，纵横驰骋，那杨小楼听说长靠短打非常出色，先声夺人，靠旗飘带，纹丝不乱，听得我耳朵痒。从网上下载了他的唱段，哗啦啦的风声紧，听得到战马雷动似的，耳油似乎要冒出来。

有老戏迷，听完戏，怕散场乱，为保留那心中的锣鼓点，要把提前准备的棉花塞在耳朵里，然后再慢慢退场。

我听得目瞪口呆，只觉得自己才刚刚听戏，离着听出耳油来，实在差得太远了。

❖ 唱戏

写作之外，大概我最喜欢的就是唱戏了。虽然我唱得挺"二把刀"，但在作家中应算是可以的。

我迷上唱戏都二十多年了。摇滚迷过了，西方哲学迷过了。忽然有一天听张火丁的《锁麟囊》，也不知道什么是程派，就觉得这个东西等我太久了，一下子就掉了下去，再听摇滚和流行歌曲，白开水一样，迷不倒我了。

我开始听戏，听着听着嗓子就痒痒了，就想唱两口。一开口根本不是那么回事，歌味儿。后来就去公园坐着，看人家怎么发声，也翻书学习。程砚秋先生说要有鬼音，要有脑后音。啥叫"鬼音"，啥叫"脑后音"？茫然啊，但一天到晚哼哼。哼了有半年吧，有一天在广阳道上散步，一下子找到了脑后音——就是声音从丹田里出来，有了力度与厚度，我高兴坏了。这个东西只可意会不可言传。我也不知道怎么找到的。

我迷上了唱戏，得空就去我们城市的小票房唱上几嗓子。第一次跟伴奏一身的汗，根本是唱乱了。心跳足有180下。日子长了就淡定了，多大的场合都敢唱。我大学里的讲座多，万把人的场子也唱过。也给一个人在苏州园林唱过。基本上是老三段——《春秋亭》《一霎时》《春闺梦》，都是程派名段。程派的幽咽婉转对我的路，一派中国文人的寒凉之气。是秋水长天的意思，和中国山水画一脉相承。我也喜欢别的流派，到底不如程派来得刻骨铭心。

开始票程派以后，就爱去北京看戏。特别爱看张火丁的戏。火丁是天生为程派而生的。

最难忘的唱戏有几次，忘了哪一年了。石家庄，青创会。铁凝还没有去中国作协，毕飞宇来做讲座。那天晚上一起喝茶，铁凝说："小禅，唱一段儿吧。"那天唱了一段儿，毕老师说唱得好。后来在南京一个领奖晚会上，再次遇到毕老师，又唱了同一段《春秋亭》。毕老师说比从前唱得好了。

第二次是在上海的三山会馆。王珮瑜的新专辑首发式。上海京剧院的专业伴奏。那天唱了一段《春闺梦》，乐队把我包得严丝合缝。难忘琴师刘老师，拉得出神入化。

第三次是《裴艳玲传》的首发式，研讨会。因为喜欢戏所以写先生。先生说我写得好，写出了她的孤独。那天现场裴先生哭了，我也哭了。先生唱了《翠屏山》，我唱了《一霎时》。一霎时把前情俱已味尽，想透了伤心处，泪湿衣襟……唱走了调。因为心头有哽咽，写了三年，不易。多少个夜晚与先生秉烛夜谈。戏是她的命，戏不是我的命，但我因戏得福，写了《裴艳玲传》，又去中国戏曲学院教了几年学，最近还上了个电视，山西卫视《伶人王中王》。都是因为戏，戏对得起我了。我没有认真唱过，就觉得唱戏好玩怡情养性，文人们哼个二黄写个书法画个小画，再收藏些坛坛罐罐，有趣、别致——中国的东西到底还是太迷人，也说不出哪里迷人，迷人的地方都在暗处，挺招人又不动声色。

没事的时候就去公园街头唱戏。管他呢，又没人认识我。有一次去西安，看人家唱秦腔。在城墙根底下，老人弦儿拉得好。老人见我痴迷，给我拉了一段，围观的人都说好。我得意极了，晚上吃了两碗羊肉泡馍。

　　因为喜欢唱戏，认识了很多戏曲演员。知道了她们的辛酸和不易。有时候能跟着她们去乡下演出，就睡在老百姓的炕上。一个月挣不了多少钱。"唱戏是个苦命的事情"，她们说，但当票友是快乐的。张伯驹是票友，老舍是票友，袁克文是票友。言菊朋、奚啸伯、俞振飞是票友下海。写字之余唱唱戏，是件让人愉悦的事情。嗓子一拉开，可以吃三大碗米饭。我试过——唱得越努力越容易饿。但唱前不可多吃，饱吹饿唱，吃撑了发不出声。

　　算来当票友也有二十多年了，认识很多老老少少的朋友。忘年交赵老师是一位神人，北大图书馆系毕业，又喜欢篆刻。唱戏之余，指导我发声、嘴型，还给我刻了一个金文闲章"小禅藏书"。赵老师懂易经，说自己七十二岁会仙逝。我们自然不信，我出差去杭州，票友老商局长给我发短信：小禅，赵老师去了。

　　掐指一算，赵老师正好七十二。赵老师说：得信命。赵老师给我算过命，说我是富贵命，还说我上辈子是个伶人，唱过戏。

　　我从前不信赵老师的话，但现在越来越信赵老师的话。年纪越大越信了。

　　我上辈子也许真是个唱戏的呢。

◇ 人间

　　想想古人，知己二三人，在深山古寺，一人松下抚琴、一人煮
茶、一人诵诗。窗外雨纷纷、雪纷纷。也不需要别人知道。也就是
告慰内心，那个渔隐江湖的样子，是中国文人的样子。

贰

须臾时

❖ 饮客踏舟来

有时候觉得当个现代的古人真好，也不用跑去深山古寺，就一个人在院子里喝个闲茶：有猫有狗有喜鹊叫，屋前种一棵老松，屋后种一株枫。廊上有竹帘，在帘下听雨喝茶，放着若有若无的戏，然后，有客而至。

不约而至。雪夜访戴也是。大概就是无比想念一个人。或者，他的眼神，他泡的茶，他种的花。

永远怀着想见一个人的冲动，然后千里迢迢去看她，无论她在闹市还是深山，无论她年轻还是年老，她在便是一个召唤，而奔向这个召唤，是一种能力。

尤喜"饮客踏舟来"五字，妙极。

怀文有诗：霜之乘雁去，饮客踏舟来。无论饮茶还是饮酒，总之，踏舟而来。"踏"字真好，急切的、喜悦的、跳动的、迫不及待的，何况是踏舟？何况是饮客？

到中年反而觉得爱啊情啊低了。反而是懂最难。一个人懂一个人，可以无论男女、老幼、地位……便通宵达旦地说。宇宙、星辰、江河、山川、历史、雅事、茶趣……说开去，一任江河万古流。或饮酒，或饮茶，或饮松下露、枫中语。

己亥仲夏，去杭州小住。杭州于我，是故人故城。我对杭州抱着前世权是故乡的热烈。拉住任何一个随行人便说：你看杨公堤。你看孤山。你看这家杭帮菜……说着说着便心跳：江南忆，最忆是杭州啊。每来杭州便心心念念，抱着十二分的欢喜，每离杭州便依依不舍，抱着万分的不舍。仿佛对杭州的一草一木全熟悉，仿佛西湖是自己的。

便在西湖边唱《白蛇传》：人世间竟有这美丽的湖山。也学《青蛇》中的张曼玉和王祖贤，扭着腰肢在西湖走。

那天我穿了件粉袍子。俏俏的。

简直白素贞。

来杭之前便约贵先生。他书房内便挂了"饮客踏舟来"，似隶非隶，拙朴大气的字。他住杭州老街区，拐弯抹角的小巷，我顺运河前往，左拐小巷右拐老街去寻他。无非讨杯闲茶喝。

朴素书卷的小屋。一起看碑拓、汉隶，又看他写的小楷，屋内炎热，便又喝了他泡的岩茶。他安安静静待我饮客。贵先生的岩茶真好喝，岩韵十足。他微笑起来，更有佛的美意。贵先生好友徐老师也来了。爱唱戏、爱喝茶。他说："我们索性去运河边喝茶吧。"

于是运河边茶楼里喝茶。一边看着运河水汩汩东流，一边喝着徐老师泡的闲茶。茶名真好：不知春。是放了十年的"水仙"，味道极老极润，却又是茶的本色。

我们又谈戏。出神入化地谈，无边无沿地谈，他前几日去梅兰芳大剧院看纪念杨宝森一百年演唱会。"简直太过瘾了。"这世界上还有比看戏更有趣的事情吗？

他的人生也如戏。

当年厦大高才生，当过律师、主持人，经过商、出过书。初恋客死他乡。"我忘不了她来宿舍找我，光打在她头发上。"

人忘不了的就那么几个刹那。

下午又去满觉陇喝茶，一边喝一边叹息，他继续说往事，我竟听得落泪——人生果然如戏。他第二次离婚，现在一个人，就一个人喝茶、听戏、会友、品石。够了——有时候婚姻会带给人的反而是无尽伤害，不如一个人尽情绽放生命华彩——爱情和生命相比，和独立的个体、人格魅力、生命格局比，简直太小。

宁肯闲云野鹤。宁肯放浪江湖。宁肯云隐人世间。且，一个人。

杭州，值得饮客踏舟来。皆因人因景因前世因缘。

想想古人，知己二三人，在深山古寺，一人松下抚琴、一人煮茶、一人诵诗。窗外雨纷纷、雪纷纷。也不需要别人知道。也就是告慰内心，那个渔隐江湖的样子，是中国文人的样子。

人到中年，或许只想和舒服自在的人一起发发呆、喝喝茶、吃吃饭、看看天气。或者只想一个人，在雨天看松听枫逗猫。哪有那么多爱恨情仇？哪有那么多生生死死？哪有那么闲心闲情去做无谓的消耗——和不喜欢的人在一起，就是对生命最大的消耗。

中年听雨客舟中，江阔云低，断雁叫西风。客舟中，一人独饮，江阔云低，万千心事，花开见佛。一言不发，一字不说，有同饮者，踏舟而来，相对坐，煮茶喝酒，也不询，也不问——哪个中年人不是一本书？哪个中年人不千山万水？喝好当下这杯茶，便是大好。

我与徐老师喝了一天茶。惜别。我想念大运河边的舟楫声和满觉陇的桂香、梅子酒。

这就是饮客踏舟来的中年了。只与相悦的人来往，只与自己欣赏或欣赏自己的人喝茶。"寄予爱茶人。"这个寄，很挑人。

盛夏。唐公子来喝茶。一身儒雅逸气，带来香和月饼。阴天，垂下日式帘幔，慢慢喝了白茶（七年加枣干煮、岩茶、碎银子），中午用新割的韭菜做了水煎包。给他看那一串串腌菜坛子，里面有泡菜、腌辣椒、腌黄瓜、腌豆角……

他是会喝茶亦懂茶的人。谈了很久茶。

"我二〇一二年才开始喝茶，太遗憾了，这么晚才开始喝茶……不知道茶这么美好。"

我记得十几年前的冬天，凛冽的北风中，我开始喝老白茶，一上手就是十五年老白茶。从此后极少喝绿茶。

喝茶，吃韭菜鸡蛋木耳的水煎包，说起京都、苏州、杭州的寺庙。

"有一年我去苏州看明前茶碧螺春，那些茶地里长着一棵棵野生的玉兰、樱树……简直美到惊心动魄。开山门便看到整片的茶山。还有去潮汕，在小巷井边，看到一棵过千年的金凤花，开了几万朵的花，整棵树像火炬，热烈地燃烧着。我在树下喝茶、听风，和当地的潮汕人聊天，像活在古中国。"

人世间，那些不期而遇的美好总是体贴人心。希望有生之年一直 遇到，不惊惊乍乍，但是细水长流，有三五知己，饮客踏舟来，也有梦想和跳动的心，一直在路上，步履不停。

这样的人生，就是别人的八辈子。

❖ 须臾记

深冬。已好久不和任何人联系了。

一个人待着。

听戏，写字，习书法，发呆。整个冬天，风都很大，雪亦多，轻易不下楼。偶尔去楼下爱芬超市买些菜，和她聊聊湘菜做法，她是湖南人，每炒菜必放小米辣。她教我做辣椒酱——把小米辣剁碎，放上盐、白酒、糖……这种辣椒小巧灵透，红彤彤的，但辣起来惊天动地。我在湖南和云南都疯狂地吃过，胃里热烈，但不灼。

听戏，听老戏。三四十年代的老伶人唱段。程砚秋的《春闺梦》、孟小冬的《搜孤救孤》，那声音穿在钢丝上一般。恍惚间，以为是三十年代的旧人。特别是孟小冬，一点儿雌音全无，铿锵之下，尽是悲声。那悲声经了时光沉淀反而更有别样妩媚，女人一旦有男性的铮铮，反而妩媚更烈。

亦听少春先生的"大雪飘，扑人面，朔风阵阵透骨寒。彤云低锁山河暗，疏林冷落尽凋残。往事萦怀难排遣，荒村沽酒慰愁烦。望家乡，去路远，别妻千里音书断，关山阻隔两心悬"。他亦是余叔岩的弟子，男伶中，比他长相奇俊的人几乎没有。他是我的同乡，霸州人。他眼神中有复杂的悲欣，五十几岁便去世，最好的时光没有到来。有的时候，人到晚年嗓子会更奇妙。声音老了，心态老了，那味儿也许倒出来了。比如黄少华。

我是通过黄少华迷上的荀派。

之前是抵制荀派的。荀派在我印象中是薄俗粉腻的，那粉腻又是略微贱的，所以一直不听荀派。

但重阳节在长安大戏院突然看到黄少华，她已然八十岁，多年不唱了。那天，她唱了两段。

第一段是《绣襦记》。

"顾影伤春枉自怜，朝云暮雨怨华年，苍天若与人方便，愿做鸳鸯不羡仙。"她那个"春"字唱出来，绕梁三日，一波三折……刹那间眼泪喷涌而出！这才是荀派，如此妖如此媚如此让人不舍。听得呆了过去，顾不得鼓掌，顾不得拭泪，心里怦怦跳着，像寻着了那初恋，居然不能自持。

第二段是《玉堂春》中《嫖院》一场。多少人把玉堂春唱成了一个轻浮浪荡的妓女，但她把玉堂春唱成这样情深义重、为爱情飞蛾赴火的女子："公子不用亲笔信，叫人此事好担心，轻移莲步出院门，上了香车趱路行，道路不知远与近，我望看公子不见身，苏三心内拿不稳，苍天佑我会情人……"最后一句"苍天佑我会情人"，唱得人百转温柔肠，八十岁的女人，把十八岁女孩子的娇俏唱得从容、干净、动荡、缠绵！你叫我如何不迷恋她。

下载了视频，就这样听她，一听一天。

仿佛亦是苏三或那痴情的女子，在她的唱腔下不知所以。

亦会练习书法。

初临褚遂良、欧阳询，开始是喜欢的，再临，觉得瘦、薄，而且女气。书法一旦有女气，就没有凛凛之感。在西安碑林，看到颜真卿时会透不过气来，只在那一块碑前有那样强的气感。他的字是带了兵的队伍，一个个杀将过来，每个字都是万里长城，每个字都带着鬼气和巫气。欲罢不能。西安博物院的小孙从小临颜真卿，整个人看上去有兵气，她不像女子，倒似是兵马俑出来的将士，铁骨中柔肠分明。我与她惺惺相惜，好得竟然半日不说一句话，但山河浩荡之声，彼此清晰明了。

又翻那些旧帖，还是喜欢王羲之。他怎么会写那么好。这不是天赋，亦不是勤奋，这真是上天厚爱这个人。后来的人并不比他吃的苦少，总是笔下少了那份从容与淡定。他有行云流水的不紧不慢，有些人的字，心态流露于字上，一笔一画全是讨好，或者吃力地想诉说什么，可是王羲之不是，他只顾他自己的情绪。这些字是他的乖巧情人，臣服于他的安排，心甘情愿地倒在他的笔中。

临他的《圣教序》，感觉笔墨之间的欢喜。行书可真好！一个中年男子的挥洒自如一般，楷书还是少年，处处拘泥，草书太狂放了，个性外露。只有行书，是中国文化中的太极，可松可紧，外圆内方。它应该重时就浩瀚、豪迈、壮丽、刚烈，应该轻淡时就平静、清淡、化繁为简……那挥洒是半梦半醒之间的，是你知我知的。它亦狂，可狂得有度有法；它亦收，收得那样从容跌宕。这样的冬天，我在宣纸上铺张浪费着感情，毫不吝啬。

在少年时，爷爷独处一室，陪伴他的只有笔墨纸砚，他的被子是不叠的，床上摊着刚写过的字，屋内阴暗，笔墨的香气犹如鬼附体，缠绵在他的晚年、我的少年。那时我不过十岁左右，和其他人一样笑他痴。小镇人道他是书法魔怔了脑袋，完全没有天伦。别人说笑他时，我以他为耻，总是快速逃开。他对于书法是着了魔似的，除了书法，还是书法。

他除却书法一无所有。他与奶奶分居，与孙子孙女不来往，亦不开玩笑，假如有人和他说书法，他便愉悦，并与之交往。他没有别的任何话题。在二十世纪八十年代，他显得那样孤僻与格格不入，这在当时是让全家略显羞愧的事情。连父亲亦觉得他异类，说少时爷爷逼他练书法，他便逃跑，但爷爷去世时，父亲拿起笔来，一写就是那个体、那个味道。父亲临《柳公权玄秘塔碑》，犹如神灵附体，写得亦是从容，流水一样宽厚。父亲把原稿交我保存，只说他百年之后给我留一份念想，他说得从容，我听得惊心。

十八九岁去石家庄读书，同学徐习书法，每日必写。好多女生围着他，看他写字。我并不在意。那时正是青涩而文艺的少女，看那些厚厚的外文书，哪里在意中国文化的好？但他逼着我练了硬笔书法，日后我写得一手漂亮钢笔字，不由得感叹甚多。毕业后，他又寄书法作品和书法名帖给我，但我仍旧不自知、不在意，甚至觉得他真是无事可做。那些他写过的书法作品大多零落，因为被随意放在了哪个角落，渐渐就忘记了。

喜欢书法是近一两年的事。忽然开了窍，而且喜欢得不行了。一发而不可收。于是想起爷爷和同学徐，珠泪滚滚的，根本忍不住。爷爷去世十年了，倘若活着……我与他一定秉烛夜谈，让他告诉我那些魏碑的好、杨凝式的简练、张旭有多狂、徐渭有多傻……

这真是定数。以为此生不会喜欢的事或者人，中年以来，那些低温的、稳妥的、空明的、独钓寒江的人或事物渐渐进入内心，不再慌张，不再讨好、强求，对于热烈或热闹的事物有着坚定的拒绝。

静影沉璧。清远深美。料峭独寒。习惯一个人独处时，是喜欢了一种生活方式。

早晨起来泡冻顶乌龙，之后是浓烈的大红袍，中午泡普洱，下午白茶，晚上太平猴魁收场。有时也喝金骏眉，间以花茶。佐以桂顺斋小点心。茶能收心，特别是一个人喝。有时也微醉——空腹喝时。爷爷和父亲喜欢喝浓茶，酽死人的那种，茶缸里有刻骨铭心的茶垢。印象中爷爷起来第一件事要喝茶，记不得他喝什么茶了，不会太名贵，父亲喝花茶，只喝花茶，张一元，高末。每次回家给他称上二斤，喝不了几天就喝完了。他喝不了太高档的茶，刚下来的西湖龙井要一万元一斤，他说给他也喝不下，是喝钱呢。

家中亦有过了期的龙井和雀舌、绿茶，放不下身段似的，带着江南的虚张声势和恍惚。春天的时候喝它们，有一种恍惚，仿佛置身江南。我总是莫名其妙地想念江南，它是一种存在，与我的气息谋合在一起。北方干冷的冬天清冽和凛凛，泡一壶龙井的时候会忆江南。

亦会煮粥。

粥是踏实的，平民似的踏实。今年我和小慧腌了很多的咸菜佐粥。十斤黄瓜，放上一斤的盐，泡一天一夜，把水控出来，黄瓜蔫了，像人收了心。然后放上一斤糖、半斤醋，再放上辣椒、生姜、蒜，四斤酱油，入腌菜坛，十日后便可食。

腌黄瓜脆、香、辣，和粥是天生一对的情侣。粥有时是小米粥加枣、杏仁，有时加南瓜，有时是白米粥，有时是黑米粥。各式各样的粥在冬天温暖着清凉的胃。有时喝粥太多就忘记吃主食，粥成了这个冬天的主人，喧宾夺主了，可是，那么好。

砂锅是路上买来的。推车卖砂锅的老人在廊坊到处走，一车的砂锅也卖不了几个钱，十几块钱一个。砂锅不精致，甚至潦草，买来煲汤自然是好的。有时候写着书法字帖，闻着砂锅里的气味冒出来，感受光阴的老实和笃定。

中午的时候，日影照进来。老家具都泛了光泽。每件老家具都有故事。它们被我一一从市场上淘出来，然后搬到家里来。那个中药柜子写着很多中药名字，淡蓝的颜色十分鬼魅。有时候我坐在日影里一动不动，看着光影一点点落下去，落下去。那些日影多像是一个人的灵魂，四处游走，在这里与我合二为一。哦！那些雕琢、那些华丽、那些装饰、那些不必要，都没有了！甚至，那些文艺的小情小调，那些内心的纠缠与顽抗，它们悄然远去，只留下这笃定、静默。是一幅老了的山水画，虽然黯淡了，可自有它的光泽与美意。

山水册子里，倪瓒的山水真空灵呀。钱选的梨花我看到的不是盛开，而是寂寥！还有沈周的山水、黄宾虹的浓墨，还有八大山人的空灵与绝孤、徐渭的疯狂……配上黄少华的声音，人书俱老，人声俱老。

姑姑来电话，让我陪她去老家上坟，给爷爷奶奶烧纸。之前总是她一个人去，这次我陪她去了。她跪在坟前，没有眼泪，只说："爸爸妈妈，你们在天上要好好的，不要再吵了，我爸写字就让他写吧，给，这是给你们的钱……"纸钱烧起来……烟火极大。我亦没有眼泪，才想起爷爷留下来的东西那么少，书法作品大多让他烧掉了，陪葬的是几支毛笔和一台用胶布缠着的收音机。只有一幅书法作品，姑姑收藏着，上面写着：春和日丽无限好。我展开看时，居然准许自己落泪了！这前世今生，这独孤的少年与老年！这血缘，这因缘！

暖气烧得不太好，有些微冷。好友梁剑峰整个冬天只穿一条单裤。上面是一件短袖T恤和一个外套，就这些了，然后还有一双球鞋。他有一种简洁与干净，四十岁男子少有的清澈与简单。他站在舞台上弹吉他或者唱京剧时像一株植物。我爱看他弹吉他，给弗拉门戈舞伴奏，吉他快疯掉了，那跳舞的女子也快疯掉了。而他似一株朴素的植物，淡淡的，永远散发着少年气息的植物。

多年来我常养一种植物：绿萝。撕几片放在水中，随便的一个容器就能养活它。刷牙的杯子、碎了一半的瓦罐、写着四季平安的民国老花瓶……家中全是绿萝。我爱养绿萝——永远不会死的绿萝，安静生长、不惊扰任何人的绿萝。亲爱的绿萝。它们这样顽强，只要今生这样的美、这样的好、这样的寂静，蚀骨的寂寞之后是蚀骨的艳。剑峰说：要那么热干什么？凉一些，心里冷静。

还有裴裴。我们都喜欢叫他裴裴。有人介绍他是裴盛戎的孙子，在北京京剧院唱花脸。他不以为意。我喜欢他神情冷漠，不是装出来的冷漠，是那种永远温暖不起来的冷漠。

他喜欢戴帽子，各式各样的帽子。样子极像顾城。眼神那样忧郁。他唱戏时亦是那样的忧郁眼神。铜锤花脸是凛凛的神情，但他唱起来，居然也是哀伤的。

他还唱越人歌，声音在午夜像是一个人在唱经——心悦君兮君不知。他让我给他写这些歌。在一个法国音乐人家里，他和那个法国人唱的歌也是哀伤的。

有一天黄昏，我们俩把车停在雍和宫附近。冬天的风大，红灯笼在旗杆上飘得好高，上面有个灯箱，写着三个字：京兆尹。我分外喜欢那三个字，不知道什么意思。"是吃饭的地方吗？"我问裴裴。"不知道。"他回答。但这三个字就够了，在北京的黄昏里，分外地诱人。说不出的气息与味道。

我们就在车子里发呆，发好长时间的呆。

去"小吊梨汤"吃饭，剑峰吃素。我没有说，其实我也吃了好长时间素了。不想吃肉，一点儿也不想，说不出为什么。

　　偶尔也笑，笑得万籁俱寂。一个人发笑时更加动人，更为彻底的孤寂与美幻，电话早就关掉了。砂锅里的粥冒出成熟的味道，"一得阁"的墨汁还有一点点。外面的风更大了。黄少华的声音依旧沧桑饱满。

　　下午的时光又醉又美。如果是在二十世纪三十年代的旧上海，那些银行家两点要去青楼里打牌，四点吃点心，晚上八点吃青楼菜。那些青楼菜有着家常的温暖——黄鱼、带鱼、鲤鱼在上海是粗菜，青楼菜会做出它的端丽与细腻，那些青楼女子知道，留住男人的胃便留了男人的身。据说杜月笙请客，一桌青楼菜是一千大洋，外加二十根小金条，气派而有面子。但杜月笙最喜欢吃猪下水，这个习惯提示着他的出身。难得他喜欢戏，而且钟情于孟小冬。真好。我在下午要喝一碗红豆粥，或者泡一壶茶。一个人。

　　以为一天很长，就这样须臾之间过完。很快天黑下去，万籁俱寂的黑。新开路上的路灯灭了。雪光照进来，也白亮亮的。然后很快太阳升起，要泡一壶新茶了。

　　以为冬季很长，收敛了心性的一个季节，过得从容不迫。很快有了春的消息，不过须臾之间。

　　在这冬天，烟水缥缈的光阴里，清澈无尘的冬季，我一个人，忽而盛开，盛大而隆重地绽开。我把光阴席卷而去了，你打开一看，哦，只是须臾。

❖ 闲散帖

乙未年仲夏日，每日临帖、赏荷、焚香、煎茶、听戏。一个人既忙且闲，不亦乐乎。

忽接茗茗电话，约了晓枫北京见。恰好那天先去北京参加"和堂叙"听荷雅集，便欣然前往。

雅集是清儿老师与和堂叙主人叶老师组织的。清儿是服装设计师，头一次在月溪香林见便觉得亲。她的眼神亲切朴素，自有光芒，梳一条麻花辫子，穿自己设计的棉麻衣裳。多是茶服、禅服，布是自己染就——她在泰国有一大片棉花地，每年在那里种植、采摘最天然的棉花，做成会呼吸的布。

清儿为英国皇室和泰国皇室设计衣服。十月份在北京有发布会。那天她给了我一件浅灰色袍子，肩膀处织了孔雀的尾羽。那天我们喝了很多老茶，吃了自己摘的杏子。

她的脸上有自足的安定和朴素，又有说不出的贞静和烈气。

叶老师也是。叶老师是南人，广东人，但个子极高。穿上棉质扣襻儿的白衫子，站在荷花池边，看着工匠们把古琴一张张钉到墙上去。他来京近二十年，在郊区租了 50 亩地做工作室：拙朴木门、篱笆、满池荷花、老树、茅檐屋舍，尽是拙朴雅器。一进来我便觉得这院子是自己的，处处心生欢喜。没有上漆的桌子有裂纹、日本的草编竹席、旧坛子、中式椅子、茶器是粗陶的……院中有一池水，有老枣树，叶老师恰好与古琴气息天人合一，惊出不凡的高古之气。猛然想起倪云林来，那份清幽凛凛的，实在是隐逸之人才有的清冽。

叶老师自己制作古琴多年，身上难免有了古琴之气息，笑眯眯地站在荷塘前，又大气又端然。

院中的荷花实在太多。荷插在旧坛子中，养在大缸里，又剪了放在枯山水中，摆放在桌上。那天我与荷腻在一起，自觉是惊天动地的好光阴。清儿、延延、小金……都没了年龄似的。站在荷边，不说话，舍不得说话，怕人声惊了那荷，我们是来听荷的。那荷是八大山人的荷，是陈洪绶的荷。是不早不晚的荷。

晚上我去北京饭店找茗茗。酒店是晓枫订的，非常热情，都有说不出的温度了。我只在张家口笔会见过晓枫一次，却认定了亲近。莫名的亲近。因为有心疼。多年前看到一篇写图案的文字——蛇的图案、豹的图案……惊为笔下有鬼。忽翻作者名字——周晓枫。牢牢记得。同行相轻，但于我是同行相重。对晓枫文字有莫名的敬重与心疼。她的文字直戳人心底。有一次与乔叶聊起晓枫来，都是一样的感觉。写文字的女子多敏感。但晓枫的敏感是超重的。有时候与她的人联系不起来——她在现实生活中有一张幽默伶俐的嘴，俏皮得让人以为她智商"爆表"。

嬉笑怒骂，弹指间灰飞烟灭。她做张艺谋的文字统筹，写下《宿命：孤独张艺谋》，只说是凭着良知说句公道话。某天深夜，读她的《初洗如婴》，心里一抽一抽地疼。她怎么把疼痛和不堪写得这样荒凉无底。

"阿尔茨海默病"。雁过寒潭般的意志、失忆，我忽然想把她搂在怀里，抚摸她的头。

及至北京饭店见了，说家长里短，说巩俐、张艺谋、倪妮……疼痛不被提及，两个人欢声笑语。她仍幽默到无与伦比。

我们仨去 798 尤伦斯看画展，皆因昨晚西川老师推荐。西川老师在央美教学，英语说得极好，那天到半夜，说些诗歌及诗歌以外的种种，他天然有诗人的长相和禀赋。我们是第一次见。他推荐我们看一个英国画家的画展。但我们三个一直说笑打闹。茗茗长得美，又比我和晓枫年长几岁，却不生白发，我们便嫉妒她，我和晓枫撩起白发让对方看，并不觉得惊心。两个人笑称胡茗茗妖精，长得这样美，还有我们这样的铁杆朋友，让她定要万分珍惜。看完画展去逛 798 买衣服，茗茗试来试去，我与晓枫负责赞美她。她如少女般喜悦婀娜，连那空气都是轻佻的，可是那么好。

她果然买了。是一件果绿的褶皱裙，短到刚刚过臀部。一走就险些露出内裤，可是她喜欢，穿上就万种风情。一走一跳简直像小鸟。

中午晓枫请我们去"九朝会"吃饭。二〇〇九年来过一次，还听了昆曲。如今是二〇一五年了，算来六年矣。

"九朝会"的冷气凉，腰开始疼。菜品是淮扬菜，三个人要了一大桌。剁椒鱼头几乎被我一人吃掉。晓枫仍然健谈，每句话大珠小珠落玉盘。茗茗忽然落泪：晓枫你愈是这样我愈是想哭……三个人沉默了一会儿。其实我也是。昨天半夜与茗茗聊天，谈及她的婚姻事，眼泪唰地就来了——女人间的体己与心疼。

两点时《北京文学》的王秀云来了，比从前胖了。她穿着葱绿的长裙，一脸的水灵。想来认识秀云姐亦是多年了。她仍然这样朴素敦厚。

饭毕，四个人去"言几又"书店听鹦鹉史航说话。鹦鹉史航在网上名声大噪，一肚子的诗书，且，养猫七八只。

史航先生比照片上好看，但那天他说得并不生动。我提前离场，回家，腰开始疼痛，自上次去土耳其坐了十四小时飞机后便开始疼痛。

周一去中医院拍了CT，看了很多无奈的病人。在病和老面前，人们无能为力。

大夫说无大碍，但需要躺着，硬板床。

我便在三伏天躺着，听佛经、听戏、听《锵锵三人行》。

躺到中午，叫了一份外卖，听着外面疯狂的蝉声，吃完了，又躺下。

躺着躺着就天黑了，躺着躺着就睡着了。

❖ 拾荒记

有一次接受一个采访，被问到来生想干什么。我说如果有来生，第一想去唱戏，第二想当个收藏家。后来想了想当收藏家太破费了，没一定财力不行。比如大收藏家张伯驹，把大四合院卖掉才收藏了《平复帖》，马未都先生的观复博物馆收藏极丰，但一看离我极远！我更喜欢馆内那几只猫，想想还是当个拾荒者更接近可能。

小时候就喜欢拾荒。见个砖头瓦块，只要是喜欢的就往家折腾。母亲趁我不在家又都扔出去。有一次见一个瓦盆，青灰的，只有多半个。我捡回来种了羊蹄甲，开了一个夏天。

没事的时候就爱泡杯老茶，看家里的所谓宝贝。这些"宝贝"基本都是捡来的。

泡茶的茶台我最喜欢的有三块。第一块是汉瓦，在丽江散步时所得。

是丽江的古村落，在雨中走，走着走着看到猪圈边上的一块瓦，上面的花纹好看，也认不出是什么瓦就背了回来。后来有朋友告诉我是汉瓦，也许不是，但用着极好。还有一个茶台是砂锅盖子。朋友的砂锅打碎了，要扔掉，我看那盖子又质朴又粗糙便捡了，后来微博上有人问起是什么，我不免又得意。第三块是闽南的六角红砖，古法烧制。

我去福建南安的一个寺庙，寺庙名字也好听——雪峰寺。在山顶上，听风，喝茶，与方丈唱经。在走廊走的时候，看到墙角堆着很多六角红砖，被废弃了的，扔在那里。

问方丈可不可以讨要两块。那是福建的老红砖，古法烧制，已经不可多得。从前福建人家的地上多铺这种闽南的六角红砖。方丈说：当然可以。我想托运又怕碎掉，便提着两块六角红砖上了飞机，回家后擦干净当了茶台，美得很。

当然我捡得最多的是坛子罐子。每次见到都欣喜异常。捡了有多少呢？总有一百多个。北方的不必说，腌菜坛子、罐子就那几种，几乎被我收全了。我母亲也四处给我捡来，还发动我二舅给我去捡。有一天我二舅骑着三轮驮着我和母亲去捡，拾破烂的人刚把那些坛子罐子扔到村边的大坑里——当看到有几个被砸成碎片时，我都快哭了。

母亲和二舅嫌捡破烂丢人，一直在看四周有没有人。我倒不在意，把脏兮兮的坛子放在三轮车上，手脏极了。我母亲说："你就是个疯子。"但母亲又帮我捡——可惜款式都太一般。

我母亲一边嫌弃着，一边帮我捡，二舅也是——北方的菜坛子基本被我收全了款式，回家洗净种上花，自己觉得美滋滋的。

有一次乡下朋友打电话说有坛子，小金开车接我去。小金的车是奥迪Q5，来回上百公里，去了看见一个特别普通的坛子，我心里想，不够油钱。但还是捡了一个用来蒸馒头的箅子，高粱秆穿的，让风雨淋得有了点儿意思，挺高兴地捡了回来。

印象最深的是去南方一个叫"洞头"的地方捡坛子。洞头是一个县，四面皆环水,早年有个电影《海霞》便是以那里的女民兵为蓝本拍的。洞头从前是个小渔村,现在是一个小海岛,里面的渔村保持着七八十年代的淳朴,还有很多石头砌成的房子。这些和坛子比起来太不重要了。

那次是去笔会,我先期到达。当时的洞头县作协主席施立松小姐陪我去看老渔村。我一进渔村就傻眼了——天哪,不计其数的坛子被扔在每家每户的路边,而且形式各异!那天我心跳极快,生怕别人知道了这个秘密。我开始捡坛子,一个又一个。天气正热,香汗淋漓,立松也帮我捡,半天弄了几十个。面对一堆各式各样的南方坛子发了愁:怎么运回北方?

后来又认识了刘海鸣老师。他去渔村更多。他开车带我去一个个渔村去捡。到后来我快审美疲劳了——此生我见过遍地都是坛子的就是在洞头,到底又捡了几个形态奇异的,简直得意忘形。

那几天开笔会,总怕别的作家知道我捡了那么多坛子,夺爱怎么办?乔叶也在,她说:“别担心,没人要。”

果然也没人要,人家对我的坛子都不感兴趣,我大汗淋漓地提着一个又一个坛子。天知道,我上辈子可能也是一个坛子罐子吧。

接下来便发愁了。一千多公里,如何运回北方?快递根本不收,捡来的坛子全打木箱吗?得上万块,又舍不得。

给北方的朋友打电话求救,他想了想说:“甭管了,我给你找辆车捎过来吧,温州每周要拉海鲜到北京,给你捎过来。”我欣喜若狂,觉得一块石头落地了。

但海鲜车这次送到了石家庄。我又从石家庄找车往回拉,坛子全到家时,炒了几个小菜喝了些小酒,这次算捡出圈去了。

好友圆光隐居皖南山上,每日种兰花、喝茶。春天的时候去过他那里一次。

泥墙、木制房顶、兰花、鸡、狗、猫、湖水……还有坛子。

他的坛子也是从村子里捡来的，大多也有残缺，但那残缺真好，特别是两个绿坛罐，神韵格外动人。我动了心。圆光说："禅姐，知道你喜欢，送给你。"

当然家中除了坛坛罐罐还有明式家具、藏式家具、山西的柜子……还有老门板做成的地板、书架，各种各样没用的砖头、筐、竹编篮子。

最震撼的一次是去宁波下面的一个县，宁海。在宁海看到了一百多个古戏台，也认识了很多藏家。

比如黄老师。

黄老师收藏了很多南方的竹编篮子。明清时期的细腻动人，还有一些近现代的。他拉开自己贮藏间的刹那，我的眼睛就不够用了，每见到这些旧物都会心跳。

黄老师给了我一个小提篮，编织极其精致。我欢喜地提着它上街，像个古人。小提篮里装了闲散用品，上面的红格子简直迷人。

然后到了何晓道老师的私人博物馆。进去就几乎不能动弹了——那些江南民间所用器物几乎被何老师一网打尽。成千上万种民间物在那里等着我——雕刻、堆塑、绘画、手工床、万木轿、梳妆箱、针线篓、荷包、香袋、红色漆碗、梳头箱、提篮、春宫床……还有一对陪嫁的箱子，里面画着动人的春宫画。

下午，何先生请我在他的园林中饮茶。青梅树下，一派江南文人的格调。石磨、石臼、石缸。世界上的同类都有相同的气息，我居然微微嫉妒了何先生。

何先生私人库房收藏更甚。我在一个漆盒面前不动了。那漆盒上画的水果生动而瑰丽，木质又极稳妥。何先生说："小禅，别贪恋地看了，送你。"这是何先生成千上万宝物中的一件，于我却是唯一。我平时提它去买菜，招摇极了。

闽南乡下的竹篮我也提过，竹编的，在垃圾堆旁，提回来洗干净，盛了老茶。

有一次去泉州，被领到一个书院喝茶，看到主人收了很多木匠用的墨盒，还有民国时期的老锡茶叶罐。我的眼睛就一直瞟啊瞟，主人得意地说："就知道你会喜欢才叫你来，经常看你的书，你是一个有趣的人，我愿意把老东西和有趣的人分享……"他送了我墨盒和锡壶茶叶罐。

半生拾荒淘宝，已经变成一个惜物之人，也常常会变废为宝。

明代的青砖挖了洞种菖蒲，乡下亲戚的猪槽子种了铜钱草，热爱生活的心时刻跳动。一个人待在屋子里也不寂寞——是一个长久的与器物陪伴的过程。彼此养着气场，都有了温度与光辉。

家和是我在潮汕的朋友，她经常去潮汕的一些古镇，一个个用脚去丈量，然后拍照片给我看。那些小镇上的旧物——灯笼、竹花碗、长命锁、草头（店家以真正的草根卖，以物寓意，买家买了以后，女儿出嫁时用，以表示在夫家是原配夫人）、竹屏风、鲤鱼花灯……

家和寄来竹花碗，又旧又朴素，用来盛粥。朋友说"也不知道什么人用过"，一副嫌弃的样子。她不知道，正是被人用过，才带着人的温度和光阴的暖意。那些器物靠人养着，有一种"气"在里面，这个"气"，要等到与老器物在一起才懂得。

我有时就十天半月不出门，用老茶碗喝茶，看着一屋子拾来捡来或者朋友相送的老物件，一件件去摸它们，觉得日子润透了、好透了。

❖ 味道有清欢

一家杂志社的记者采访我时,问：你到一个城市中最喜欢去的地方是哪里？

我的答案是：菜市场。

这是一个出其不意的答案。不，绝非我故意要玩弄什么噱头。他们以为我会回答这个城市的广场，或者剧院、博物馆、大商场、公园、古迹……不，这些远远不如菜市场更诱惑我。

一个城市的菜市场，最能体现一个城市的味道。

那里最民间最真实最烟火，最有这个城市细微的神经末梢。

有些味道，只有这个城市中才会有。

在成都，我看到了最干净最雅致最饱满的菜市场，那成堆的辣椒仿佛都有秩序。在西宁，我看到鲜红的枸杞被成堆成堆地摆放在莫家街上。在昆明，那些竹筐里的菜有些凌乱，可是，非常新鲜动人……

我不喜欢超市，那种井井有条让我感觉到生活的无趣。

生活中最让人记得的是什么？有趣。

有一天去大画家韩羽家做客，这个八十多岁的有趣的老头用山东聊城话和我聊天，他说："我真是怕死，一提起死就腻味。"又说："活着多好呀，可以吃那么多好吃的。"因为聊城话有很重的鼻音和拐弯的地方，听起来就更加生动，简直是趣味盎然，让人心生欢喜。

这种趣味，菜市场也有。

去菜市场的人，有着最凡俗的心。我喜欢那种凌乱的拥挤，这种拥挤恰恰有着人世间的温暖。

卖肉的脸上有横肉，一刀劈下去，过瘾极了。卖鱼的在刮着鱼鳞，冬天，手上全是冻的口子，一刀刀刮着鱼鳞，鱼血溅到围裙了。嘴上叼着烟，还问着房子的价格，抱怨煤又涨价了。世俗里的味道，残忍而生动。

在菜市场，可以闻得到城市的味道。有的城市激荡，有的城市清淡。其实，菜市场最民间最普通，一餐一饭才能体现城市的气息和味道。

那鲜红的辣椒、碧油的青菜、细细的豌豆苗、青脆的萝卜……让人看在眼里，暖在心头。

菜市场是每个城市最有生活气息的地方，张爱玲说："看不到田园里的茄子，到菜场上去看看也好——那么复杂的、油润的紫色，新绿的豌豆，热艳的辣椒，金黄的面筋，像太阳里的肥皂泡。"

这是张爱玲对菜市场的迷恋和描述。她还喜欢新鲜的汽油味道、樟脑味道，这种味道关乎最真实的生活。

我喜欢下过雨的味道，有一种新鲜和清洁。

也喜欢新衬衣里散发出一种清冽的味道。

也喜欢年轻人黑头发里散发出的年轻味道——人老了也有一种味道，的确不讨喜，再怎么干净也是一种挥之不去的僵腐的味道，那真是没办法的事情。

台湾女歌手辛晓琪有一首歌叫《味道》，唱得很隐忍，也很疼痛。它表达了真正的爱情是什么——其实是想念着一个人的味道。

想念你的笑

想念你的外套

想念你白色袜子

和你身上的味道

我想念你的吻

和手指淡淡烟草味道

记忆中曾被爱的味道……

回忆挥之不去，也是想念和他在一起的味道——一起吃一块烤红薯的味道，一起吃一盆水煮鱼的味道。以为忘记了，猛然回首，闻到类似的味道，心一下子就回荡起来。味道这东西，隔了多少年还停留在那里。胡适让人从北京带一包土到美国去，为的是闻一闻老北京的味道。

前几天折腾旧衣，翻出一条黄裙子。这是我青春时代唯一留下的一件衣服。它带着飘带，大裙摆，很矫情的一条衣服。在二十岁的时候，我几乎天天穿着它。那黄裙子上其实早有了苍茫的味道——它收敛了青春的记忆，每次看，都觉得更老了，这么年轻的颜色啊，这么刺激的颜色啊，也只有在二十岁才会穿吧。

年龄长了，人生是慢慢往回收的。年龄越大，越不轻易动感情了。爱不动了，也恨不动了，就想安静地一个人发呆，也无风雨也无晴。学会了克制，人生必须有必要的克制。灵魂的地貌趋向于平坦了，不再陡峭了，不再一波未平一波又起了，那是一种沉静的味道。

"达衣岩"这个品牌有一款服装叫"沉静紫蓝纸"，宽大而飘逸的一件衬衣。穿在身上，是有一种安静的味道的。紫蓝纸是什么样的？不晓得。但我闻得到，岁月赠给人烟尘时，也把品味生活的灵敏度相赠了。

就像我年轻时喜欢浓烈的辣，而现在，喜欢清水煮尘。这种舌头上味蕾上味道的改变，其实更是心境的改变。

就像多年前如果有记者采访我喜欢去城市中的哪里，也许我会回答歌剧院或美术馆这种地方。现在，我毫不犹豫地回答着菜市场，我知道，那里接着地气，接着人世间最温暖、最寻常、最脚踏实地的味道。

❖ 孔雀窝

一个人的审美意味是随着光阴侵略有所改变的。

少年时只喜欢白色。那种素净净的白，白到骨子里透着青的白。有一次洗衬衣，发现都是白衬衣。一旦经过时光晕染，白衬衣会泛黄、变色，倒不如别的颜色来得干净，澄澈了。

前几年开始，我几乎不喜欢穿白色了，迷恋上了明烈的黄和宝艳的蓝，特别是宝蓝。后来看见一个颜色分析说，认为喜欢明黄和宝蓝的人内心都忧郁决绝，渴望温暖。我仿佛一下子被袭击了似的，那看似张扬的背后是艳与寂的愁凉。

孔雀窝有这种明黄与宝蓝。倒像杨丽萍这个人，其实寂艳之外，更多的是清凉——她瘦得倾城，跳舞跳成自己没有性别亦没有年龄，只觉得天地玄黄，该有个杨氏丽萍了。代言孔雀窝这样有异域气息的品牌自然是十分吻合。

每到杭州，必去孔雀窝，那里有我的气场与气息。店长是黑子，东北男人，一个好裁缝，在店里时总是做一些手工首饰，项链、戒指，皆是他亲手所做。店员吊吊，温柔端丽的江南女子，不温不火地笑着推荐那些极有风骨极有味道的衣服。老绣片在那些手工织的宝蓝色布上借尸还魂了。每一件都惊心。有一件明黄的龙袍，亦是旗袍的样子，简直豪夺人目，上了身，吊吊说，镇得住。

还是舍弃，穿龙袍的人命硬，宁可越活越从容下来。

选了宝蓝色长裙。云南手工织就的蓝布，蓝得很艳却又不妖，配了老绣片，像一个好女人遇到一个好男人，很妥帖地相爱了。

黑子为我选了一件宝蓝色的长旗袍，紫色扣襻，本不欢喜紫色，但配在这里，恰如其分。

黑子是东北人，显然已成一名地道的艺术青年。有一天看到黑子和他的父母蹲在店门口晒太阳，黑子一个人玩手机。他父母显然来自乡下，带着农村人的质朴与拘谨，茫然地看着杭州的天，不远处就是西湖。我蓦然感到心酸，也说不出为什么，只觉得世间一切皆为难，黑子永远不会回东北去了，吊吊亦不知何时嫁人……而我，何日更重游。

❖ 最是日常动人处

我喜欢"日常"这两个字，一点儿也不浮躁，特别脚踏实地。

开始的时候，我们都喜欢有情调的，喜欢那日子上的一点点粉红或苍绿，可是，终于有一天，我们会喜欢日常。

日常，多好呀！

早晨起来，清水洗尘，骑车去上班。路上吃早点，也许就是两根油条或者一个烧饼，很匆匆。

日常还是，苏州山塘街的老街巷里，各式各样的老摊子摆在狭窄逼仄的巷子里。有人挑着喜蛋沿街叫卖，刚下过雨的青石板上有水洼，服装店紧挨着鸡店，一枝桃花开在苏州人低矮的窗口。近前去闻，有酱汁肉的香味。那对卖古玩的老人说，他们会在清明前后炖酱汁肉，好吃极了。

为了证明是真的好吃，他们用筷子挑起极大的一块酱汁肉，然后让我吃。

我没有客气，吃了一大块酱汁肉。那和北方肉显然是味道不一样了，有一点点粉。是的，粉，加了很多糖。但明显和东坡肉不一样，很大的一块，香极了，好看极了。颜色不黑，也不红，是那种稍微粉的颜色。他们还穿着厚衣服，因为下了雨，用苏州话和我说着苏州。我听不太懂，可就是喜欢听。我喜欢这样的日常生活。波澜不惊，小桥流水。

街道乱哄哄的。我喜欢这种乱哄哄，一点儿也不洋气。充满了底层的那种平淡和乐趣，这是真实的生活，非常鲜活，一点儿也不浪漫。虽然依傍着小桥流水，那是诗人或旅游者的小桥流水。他们的生活是这样积极、生动，看似秩序混乱，其实非常安定。每个人都在忙着自己的事情——卖鲜笋的，一块五一斤，梁姐每每路过都会慨叹。这个热爱厨房的女人多么喜欢这些肥美的鲜笋呀，那是北方所没有的。

鲜嫩的小葱，绿的，几根捆在一起，很"苏州"地躺倒在湿润的地上。

卖肉的挂着更为新鲜的猪肉，油菜心被盛放在编织袋里。也有女人守着十几只咸鸭蛋。还有腊肉、辣椒、草帽饼、新鲜的芒果……我每到一个城市，愿意去逛它的菜市场。成都的菜市场太干净了，连菜摆列得都那样让人有疏离感。我还是喜欢苏州的老街市。生动的乱，那种混乱是生活的、家常的，喧哗着，鲜活着，却又和小桥流水相辅相成。

真正的艺术都是生活。

老街上铺子一家挨着一家。这家是卖酱菜的，红色的豆酱看起来十分有食欲，还有酸豆角，味道很正宗。隔壁是一个茶馆，几个穿着脏兮兮的人在喝茶。大阿二生煎包在街的中央，老苏州人说这家最正宗。五块钱八个，外焦里嫩，牛肉新鲜。杂货铺和水果店夹杂其中，烤鸭店的生意非常火。

也有老理发店，像贾樟柯的电影。只有一把老椅子，可以放倒的那种，像是二十世纪三十年代的那种。因为旧，都生了锈。很实。油乎乎的剃头推子，破镜子上有很厚的灰尘。我很多年没有见过这种老理发馆了，它老到让我以为是二十世纪的事情了。不，比二十世纪还要久远。

L要洗个头，店主走出来，矮而胖。白大褂上有很多补丁，我疑心他穿了一辈子。我住的城市，门口有个爱维丽，我总是去二楼剪发，从前四十块，现在六十八块——剪一次头发要六十八块。洋气明亮的装修，很现代，但与我隔着什么。

他说："我只给男人剃头剪发。"送上门的洗头生意他都不做，很懒散，眼神也是无所谓的。

小屋只有几平方米，里面是做饭的地方，墙皮都掉了。椅子旧得要散架似的，木头桌子上一片狼藉地摆着各种理发东西，场面破落，带着些凄凉的味道。整个小屋像是怀斯的油画，有种淡然的凄楚。

我喜欢这种味道。

我拍了一张照片放在博客上。有人说，这个老人真是行为艺术家。

我反对这种说法。那些自命清高的人，怎么会懂得生活的艺术才是真正的艺术？这些街巷、三轮车夫、叫喊的小贩、喝茶的人、卖假冒陶瓷的人……比那些自以为过着高档生活的人不知要幸福多少呢！都市里的一些人一掷万金，却可能没有快乐，没有激情，没有灵魂。他们住在几万块钱一平方米的房子里，可是，生活那么空洞，那么虚无。

我在这条街上游荡了很多天，和很多老人成了朋友。我听不懂他们讲话，他们讲老苏州话，不会讲普通话。听不懂有什么关系呢？他们讲得很认真，吴侬软语仍然是动听的，虽然他们的声音也老了。

窗外的桃花和玉兰开得正艳，我拿了一个白瓷碗，撮了一点儿茶叶，然后沏上一杯。

这样的下午是用来"浪费"的。

我们就这样在春天发着呆。

茶就是这样,此时此刻,对我的口味就好。我问他们喝的茶叶的价钱,他们说,十块钱。我笑了。茶叶的味道和心情有关呀,对我的口味,喝得神清气爽了,口有余香了,就是好茶。如果心情不佳,喝价值千金的茶,也是树叶。——这多像爱情,一眼看上去,喜欢了,上刀山下火海也值了;不喜欢,你给我命,我也觉得你贱气。

日常的动人还在于它的重复。每天复制着每天,不会有太大的改变——卖水盆的,卖青菜的,有个姑娘蹲着洗头,好像用的是皂角。有人在生炉子,火苗极高,在小巷中有了鬼魅之气。有人在喊孩子回家吃饭。老中药店,名字非常动人。

再过去,是一家人在外面吃饭,菜有三四个,用的是粗糙的碗。还有卖烛台的,破纸片上写着"修汤婆子"(旧时用的取暖扁圆壶,宋代即有,材质为铜、锡、陶瓷等。),这四个字真生动。我疑心是烛台,像鲁迅笔下的故乡。

陆文夫是苏州人。他写过《美食家》,看得我流口水。其实他写的也是日常的苏州。

就像我去平江路上排队买烧饼吃。

两年前我来苏州,那里整天排着长队,从早到晚。

一年前我来苏州,那里整天排着长队,从早到晚。

现在我来苏州,仍然是这样,长队还在排着,从早到晚。

生意做到这个份儿上，真是欢喜。

烧饼叫王氏林记烧饼。用木炭烤出的，用上等面粉、猪油、上等脱皮芝麻……有个小伙子说："我奶奶九十岁了，不爱吃别的东西，就爱吃这家的烧饼。我儿子得了厌食症也爱吃。"他每次要买五十个。

所以，一般要吃上这家的烧饼，你最好留出两个小时的排队时间。

我总是戴着耳机，一边听昆曲，一边在苏州的平江路上排队买烧饼吃。

这是最美的日常生活，心怎么养，心到底是什么？光阴之物到底是什么？这是我从前追问的问题。

现在有答案了。

❖ 两个女人的芬芳下午

那天和老公吵了架，我背了一个大包就离家出走了。

当时很气愤，想走了就不回来了。可刚走出门就又后悔了，上哪儿去呢？明天还要上班，总不能两口子打架班都不上了吧？回娘家，这着儿更恶俗，怕是妈的血压又要气高，想来想去，还是去找她吧。

她是我闺中密友，从十几岁我们便在一起死缠烂打，彼此熟悉到用什么牌子的洗发水和卫生棉都知道。和我不同，她辞职了，一个人在家做 soho，写点儿文字，搞点儿策划，总之，是看着很悠闲很得意的那种女人。

何况，我们总是"臭味相投"，比如喜欢血拼逛街。反正女人那些小爱好我们都有，还有的时候，我们就那么静静待着，她干她的事，我在那里看看书唱唱京剧，每次去她那里，都好像回到家一样。

打了电话过去，她恰好在家。她在电话中就尖叫着："快过来，看看朋友送我的新画和我新设计的衣服。"

打车到她楼下，顺手买了几枝打折的百合。她这种小女人，总是喜欢花，我想，今天下午，她会成为我的垃圾桶，我要把烦恼处理给她。

开了门，她微笑，夸我说："真懂事，还知道送花。"

我的大包，被她随手扔到地毯上。

她拉着我的手，说："来，看朋友送我的字画。"

我去看，桌子上，摊开着散发着墨香的画和字。画是油画，一个女子静静弹古筝，上面题一句诗：悠悠自欢，何必觅知己？看得人心里开出一朵花来，这句话，好有禅意。

再看字，是一位八十多岁的老先生送她的，"剑胆琴心"四个字，非常美妙。

有朋友真好，她说，可以感觉出那种生命的欢欣。我想开口说自己的烦恼，想和她说今天晚上想住她这儿，话没有开口，她又拉我去看她自己设计的衣服。这家伙总是穿得稀奇古怪，用她的话说，是衣不惊人死不休。

的确是很美的衣服。蜡染的云南布，再画上抽象的图案，真丝雪纺的长裤，配上亚麻色的肥大衬衣，把她的人衬得美极了，我如欣赏一幅画。她粲然一笑，说："嫉妒吗？"我说："又嫉妒又欣赏。"

她随手从衣柜里拿出几件，说："看看，喜欢哪一件，拿去！"

全是她自己设计的，我一件件穿着，她在旁边不停地给我配鞋子配丝巾，突然她离我很近地看我的脸，说："啊，老家伙，你怎么还有眼屎？没洗脸吧，要不就是没洗干净。来来来，洗洗脸，用点儿化妆品，让我把你打扮成妖精。"

半个小时后，镜子前是一张桃花脸了。哭过的眼也掩饰得很好了，她又给我喷了点儿香水，说女人怎么可以不用香水。在她细致而温婉的气氛中，我已经忘记来的目的。我不停地换着衣服，在镜子前臭美着，她为我用数码相机照相，然后输到了电脑里。我看到镜头中的自己是那样年轻美丽，是啊，有什么过不去的呢？我和她说了，不就是还要把烦恼再重复一次，而且能解决问题吗？

不过是生活中的鸡毛蒜皮小事，有什么大不了的！

那时我已经决定不和她说了，只和她说一起美好快乐的事情。

我挑了一件黑色蕾丝长裙，又配了一串白色项链。她说我要倾国倾城，这样的女人，男人是要爱死的。

臭美完了，她放上音乐，浪漫的钢琴曲飘荡在散发着艺术气息的屋内。我们开始交流最近的读书心得，再相约五月去长安大戏院看京剧《春闺梦》，越说越开心，不觉间天色已黄昏，而她为我泡的铁观音已经喝了三道，小点心吃得我心里甜甜蜜蜜的。华衣美食，加上禅意芬芳的人，这个美妙的下午我怎么舍得破坏掉？

我知道和自己的小烦恼比起来，这个美妙的下午应该是芬芳的，日子总要过下去的，我们的生活更多的是柴米油盐，但是，有了这样一个下午，生活是多么美好啊。

手机响了，熟悉的铃声，是他。

他说："我订了一个雅间，请你吃饭，我们吃水煮鱼吧。"

他知我最爱吃水煮鱼的。

我轻轻笑了，说："二十分钟之后到。"

想必，他也知道，把我气跑了，他一个人会孤枕难眠的。

背着扔在地毯上的大包，我对她说了再见。

刚出电梯就收到她的短信，她说："喜欢我用这种方式为你解除烦恼吗？"

聪明如她，怎么会不知我为何而来？她却避重就轻，四两拨千斤，这样的女人，怎么会不让人喜欢？

坐上公交车，正好看到一路繁花开得正美，人间四月天，原来这样美得让人心跳。他的短信也来了，问我到了哪里，说正在饭店那棵梧桐花树下等待我，我到站一看，他笑着，好像我们俩初恋，要在这里约会一样。

我也笑了，一起进饭店，去吃水煮鱼。

我想，这个下午，是能叫作芬芳而禅意的。

❖ 梦话

我和 H 说，我想嫁给苏轼、张岱、李渔，特别是张岱。

H 说，他们都死了呀。

他们哪里死了呀，他们一直打着灯笼到处找我呢。

昨天，我、阿文、海和 H。我们四个坐在博物馆对面的台阶上，忽然狂风大作。那只天上的孔明灯忽然不知去向了，我有时不知自己在哪里——这两年出差多，常常住酒店，梦里醒来，不知身在何处。

在沧州同学聚会，和二十年前的老同学 X 说，我觉得自己是汉朝或者宋朝的人。

X 还那么清瘦，书法写得越发好了，他说，民国也行。

在清风楼对面吃烧烤喝酒，他指着清风楼，说，看，那是你的楼。他又给我看通讯录，手机上还是我二十年前的名字。那时我的名字中有个红，现在终成了彩虹的虹。

"这个红，刺进了心里。"他说。

对他说着自己的梦：老了，有个院子，种银杏和法桐，院子中间挖池子种莲花，养条大松狮狗，泡杯陈年老茶，或普洱，或老白茶，和自己喜欢的男人聊聊天说说家常，然后一起去散步，偶尔画张小画，他题了字，裱上挂墙上，一边看一边笑，穿平底布鞋，不染头发了，随便白去，穿宽松的旗袍，有一个贴心的老姐姐，在一起做饭说家常，偶尔唱唱戏，或者去访友，老了，不去忒远的地方，守着光阴发呆。

X 笑我，这个好，像你的桃花源。

我说，不是桃花源，是生活。

那天我又做梦，梦到穿了汉服在竹简上写字，写的是金文，好多字不认识，急醒了。

但我仍然喜欢那梦——那梦里的日子大气、朴素。我鬓边一朵海棠花，是从拙政园中掐下来的。那个掐花的男人也穿了长袍，麻色的，儒雅飘逸。

我坚信这不是梦，这是前世。

❖ 你听见风了吗

你听见风了吗？H问我。

我听见了。不仅有风，还有小虫飞来，打在脸上，发出生动的响声。

每天晚上，我与H去骑单车。

那条路真好，我想是因为那条路好我们才在整个夏天选择去骑单车的，我已经好多年不骑车了，都生疏了，第一次骑腿是麻的，伸不开腿了，老了。但我仍然骑得很快，H赶不上我。

那条路是不宽的柏油路，细细长长的，像一个人的相思，又曲折又蜿蜒，两边是高高低低的树，那树有了老意，总有几十年了吧？旁边又有河水，水里有莲花，一有了水，小路就有了灵魂，那魂儿带着颜色，有点儿绿有点儿艳。小路更是妖娆，简直是个女妖，又有风，风是紫色的，呼呼地吹过耳际。小虫子打在已经出汗的身上，粘在身体上，风又吹跑了它，有点儿像那些欧洲的音乐，又松弛又荡漾，怀着私奔的心情了。

路过一个村庄。

那村庄简洁干净，有狗来回走，亦有猫。小院外种着晚饭花，还有丝瓜、南瓜，还有叫不出名的野花。老人们在南瓜架下聊天，我们骑车路过，听见收音机中放着河北梆子。

哦，还有羊粪、牛粪的味道。

下过雨的小路有些潮湿，空气中散发着树叶与青草的味道，闻起来有些像薄荷的清气。羊群在坡上吃草，羊粪的味道新鲜动人，那小羊看着我，撒了尿，扬扬得意地走了。我喜欢它们的散漫，老了我也养几只羊，然后去和它们在草坡上玩。

我和 H 去的时候是黄昏，回来正是夜深沉。在黑夜中骑单车，前面是树、路，没有灯，有风、飞虫，偶尔路过电动三轮车，一个女人骑着电动三轮车，拉着很多东西赶夜路。

"这条路真像法国乡村。"我对 H 说，对于法国，我印象最深的是法国的乡村小路，细细长长的，两边是无边的麦田，天空在麦田的映照下是薄薄的红，很多骑单车的人飞奔在法国的乡间小路上。偶尔路过一所木屋，那木屋房前屋后栽满了花朵，连窗户上也是花。更多的是路过教堂，那教堂有一种静穆，静穆得让人想落泪。那尖尖的顶子像一个人的心，空旷而孤独，看着麦田，是时间的守墓人。

"那我们就像在法国了。"H 说。

"比法国更法国。"我骑得飞快，因为听见风的速度更快了，风穿过耳际吹起短发，在空气中有声音传来，那声音又美又好，都不好意思说出来，放在心里就好了，说出来就浅了、薄了。

天真的黑下来了，黑透了。我们在黑夜中的小路上飞驰。

"明天我们还来骑。"

"好。"

❖ 湘西记

"沈从文年二十岁,学生湖南凤凰县人。"这是沈从文第一次到北京时,在北京西河沿一家小客店旅客簿上的留言。

那一年,他秘密地想了四天:"好坏我总有一天得死去,多见几个新鲜日头多过几个新鲜的桥,在一些危险中使尽最后一点力气……似乎应当有意思些。"

于是他离开湘西,从湖南到汉口,从汉口到郑州,从郑州转徐州,从徐州又转天津,十四天后,提了一卷行李到了北京,那一年他二十岁。

之后他开始了跌宕、有趣、丰富、深邃、活了别人三生三世的人生。似乎他的一生都在一个影像中跳跃,靠回忆支撑起精神的明亮,文字中永远能找到那个地方的光泽。那就是湘西,那就是凤凰。

我的枕边书有一本是《从文自传》,快翻烂了。总感觉里面有个灵魂在召唤我。

我时常与他对话,看他如何调皮逃学,看他看到的苗妇人、剃头师傅刮脸、扎明器的铺子、打豆腐的作坊、妓女、山大王……他打架、赌博,去看杀人、苗人"放蛊"的故事……我简直爱他,简直觉得他像是活了别人八百辈子似的——那个湘西倒像是神仙地，又似魔幻界，让我欲罢不能。

丁酉初夏，我终于去了湘西。到了湘西却仿佛早已来过，连那一草一木都是人世间的贞亲。我走过沈先生走过的路，看了他看的云，心脏跳得快，连呼吸都微烫。

我见过这个男人年轻时的一张照片，那时他在军队上当文书吧，豹子一样的眼神，深冽。是，只有这两个字如此贴切而生动。那种深冽的眼神只有他有。那是中国作家的照片中最让我迷恋的一张。

我更喜欢他晚年的照片，八十多岁了，脸上一派通达练达之色，润极了，有点儿像富贵老太爷的长相，完全被光阴打磨出了包浆。他创造了一生的美，任何人不能复制。少年的桀骜不驯，中年的他似苏轼《寒食帖》，活得一派苦雨连绵，至晚年则天真烂漫。

他的一生，隐忍而放纵，克制而羞涩，总有少年一般的稚趣与天真，那散发出的迷人气息，雌雄同体，我早早就迷恋上了沈先生。如果生在同一个时代，我怕是要给人家写情书的那一个。

我便怀着这样朝圣的心情到了湘西。抵达张家界荷花机场时，周老师和学生吧啦在等我，两个来自湘西小镇浦市的女人。周老师人到中年似少女，两根长麻花辫子，斜条纹连衣裙，倒似民国人。学生吧啦一年未见，瘦了，见了我抱上来，依然亲切。张家界大雨，已是晚上十点，又开车两小时到溪布街一家客栈住下，我在雨声中沉沉睡去。到底是到了湘西。

第二天去张家界玩，到处是人。旅行社打着小旗吆喝着，觉得寡味。但武陵源景色真好，野、幽、灵、美、寂。山林之中猴子跳来跳去，那绿似幽灵一般，跳来跳去。我又在山峰间留恋，看石英岩地貌，地上 300 米，地下 200 米，壮阔而雄伟，暗自惊叹自然界的神功。这些好可以一眼望穿，沈先生的好却永远也看不穿、猜不透，那一派天真烂漫和人书俱老真是迷死人。

张新颖先生的《沈从文的后半生》一书中，提到他漫漫人生的苦痛，在今日看来是宗教般的"自渡"，以至于他的心里在晚年仍然开出烂漫之花，七十八岁去美国大学讲座依旧自嘲。

晚上在客栈与周老师、陈老师喝茶。周老师亦如我一样，走到哪里自带茶具。三个人说着湘西往事，我尤爱听苗人和土匪故事，沈先生这样写："小腰白齿头包花帕的苗妇人。"他又写到很多山大王和土匪头子，都有意思。

次日早餐后去凤凰。早餐却吃到一款当地人的辣酱，本是人家调配料用的，我一个人吃了一碗。问那厨娘，厨娘说现在五月正好有新鲜的木姜子，然后采来和小米辣、菜籽油一起炒了做酱。

这木姜子如折耳根，很多人吃不惯，我却觉得受用得很，一口气吃掉一碗。厨师只好又上了一碗，笑着说："你比湖南人更像湖南人。"

到凤凰，颜军老师在等。老实诚恳的湘西人，说自己是山大王。问我先去凤凰哪里，我问他有酒不，他不明白为何，只说有。我问什么酒，他说："湘西酒，九八年的，湘泉。"我答："极好。"他问："喝酒呀，这大早晨？"我又答："哪儿也不去，第一站，给三姐夫沈二哥扫墓去。"

雪小禅微刊副主编骄阳也到了，师徒三人跟着颜老师去沈先生墓地。

先生一九八八年去世，一九九二年骨灰运回故里，一半洒入沱江，一半埋在凤凰城的青山上。

我早说要来给先生扫墓的。虽然来得晚，但心里装下的山河岁月更多，很多事与物也更经得起打量了。

沿青石板路走入凤凰城，街上多是喧闹店铺，这早已不是一百年前的那个凤凰，已被过度开发到只有商品。但我仍然心跳，仿佛看到十四五岁的沈先生如何在街巷上打架、逃学、掷骰子、看杀人……那沱江水也绝不是从前的沱江水，混浊了很多，汩汩地往前流着。

我们四个边走边说，骄阳小小的个子，美而坚韧，一身黑衣恰配我的一身黑衣。她们还年少，不懂我为何第一站便直奔墓地。

在《边城》的结尾，夜里下大雨有雷声，爷爷在雷声中死去，白塔冲垮了，翠翠等待着那个人回来。可是沈先生这样写道：这个人也许永远不会回来了，也许明天回来！

沈先生自十几岁离开凤凰，就中途回来过一次，直到死，再也没有回来过。但他到底回来了，住在凤凰的小山上，拾级而上有青苔、有松柏，还有如我一样的人来看他。墓碑上缠绕着鲜花，而我终于看到正面写的十六个字：照我思索，能理解我，照我思索，可认识人。我又去反面看，那十六个字是他妻妹张充和所书：不折不从，亦慈亦让，星斗其文，赤子其人。

我开了湘泉，敬先生一杯，自己饮一杯。骄阳说我眼角有泪，我不自知。反而笑着说下辈子要找这样的男人来爱一场，哪怕不嫁，因为有趣、生动。

在墓前坐了好久，也让吧啦、骄阳给先生鞠了躬，并且命令她俩这几天叫我翠翠，于是她们便翠翠长、翠翠短地叫我。我受用得很。

三个人去买枇杷吃，五块钱一斤。我吃了很多，压压惊。我像被沈先生附体，借尸还魂一般，看满街上尽是土匪、翠翠，还有他笔下的妓女、农夫、船工、苗人、鞋匠、剃头师傅……觉得终于如愿以偿，却又觉得心里压着什么，怕惊动了沈先生，又想惊动沈先生——我爱他的人胜过他的文字。

人生动得像凶猛而有趣的猫，又像虎豹，又像蛇。

总之，沈先生这样有趣味有意思的男人，我没见过第二个。

小时候爸爸带他去看杀人，问他："小东西，怕不怕人头，怕就同我出去。""不，我想看看。"他拎起人头，又用小棍去戳人头的眼睛——这是怎样一个人啊。我爱。

沈先生后来对丝绸、刺绣、木雕、漆器……非常感兴趣，他的学生汪曾祺写道："他热爱的不是物，而是人，他对一件工艺品有孩子气的天真激情，使人感动。"他是"抒情考古学"。

而我受其影响，文字亦不破不立、酸甜适度、适宜留白，像五月"东魁杨梅"，有浓汁和恰好的酸甜，亦喜欢坛坛罐罐、花花草草。

我中这个老头的毒太深，这次从张家界得了一个旧坛子，宝贝似的随身提着，到凤凰又到浦市，坐汽车、高铁、磁悬浮，又坐飞机、大巴带到禅园。

看过那么多名人传记，包括我自己写的《裴艳玲传》，最好的，仍然是《从文自传》，里面有大慈悲、大寂寞、大孤独、人的哲学和宗教。好书，好书。

晚上，颜老师带着我去苗族石头屋吃饭，吃苗菜。

那苗菜有野性，厨师说不放辣椒不会做饭。

我言道："那多放辣椒。"那厨房是真好，脏、乱、差、生动。烟熏火燎，屋里正蒸着腊肉，用橘子树的木柴，又加上桂皮，在黄昏时异常生动，我爱那乱哄哄的厨房。

青翠的生豆、鲜红的辣椒、腊肠、烤鱼……还有几口大铁锅，木铲子被磨掉了一块，灶台下是木柴，噼噼啪啪地响着，一屋子辣气、酸气——我回家后常常想起那个厨房，比任何洋气的厨房都生动，我断定菜好吃。

果然，苗菜有草莽之气，口味重，酸汤豆腐妙极了。那米酒也香，香到神魂颠倒。我自知米酒后劲大，还是喝了很多。

那苗族女人出现后，我激动起来。

她开始唱苗歌，声音绮丽嘹亮，简直好到不能再好。她唱思念情郎，说摘下一片叶子，吹成清亮的曲子，像风一样到男人耳朵里，她又说："苗族只有两季，热天和冷天。"于是唱起来："我想你啊，从热天想到冷天，从冷天想到热天，我用全世界来想你……"我几乎被她唱哭了，然后喝了三大碗米酒，醉醺醺地一个人跑出去看山中的星星和月亮，都亮得很，亮到人心里湿润润的、亮晶晶的……

我掏出烟来，对着星空和旷野吸起来。真香啊。

湘西像翠生生的小姑娘，又像七八十岁的老人，有筋骨有野性。颜老师说湘西人倒算上三辈子都是土匪，他又开玩笑说："雪老师，你到土匪窝了……"我笑着说："我要当压寨夫人。这是个好地方。"

吧啦、骄阳与我每天在小城转悠，又买了竹编的篮子和筐。我见湖南人用竹篮子盛米饭，也买了一个，回来盛茶具，美得很。

小城住了几日后便奔吧啦老家浦市，我们在泥泞山路上辗转三个小时。吧啦说当年上学时没有公路，是坐船出去的，然后再一路辗转到大城市。我又想起沈先生当年，也是坐着小船一直走啊走，终于走出湘西。

吧啦父母站在香樟树下迎我。夫妻俩恩爱几十年，不曾红过脸。我们在西安见过，她领着父母去听我在西安理工大学的讲座。两位老人又羞涩又感动地握住我的手，感激我带出他们的女儿——其实我本没做什么，是我们之间有大因缘。

她家小院可真好，院外有远山和稻田，稻田里有牛和鹅，院子中有花草和二层小楼。

楼上是为我准备的卧房，崭新的被褥和蚊帐。她的父亲准备晚餐，母亲亲手为她洗衣服。三年前我说要来，一家人节衣缩食为我安了空调，我却没来……那空调一直在等我，我见了极感动，拉住她母亲的手不言，只指着远山说风水好。

吧啦父母真恩爱。母亲名字中有梅，她父亲便收集各种梅花：杯子、被子、雕塑、画、卫生用具，连洗脸盆上也是梅花，书屋叫"痴梅居"。两个人结婚三十年没红过脸，也没分开过一天，每天拉着手去跳舞，你侬我侬——我见到这样的爱情便羡慕。

吧啦身上温暖的气质来源于恩爱的父母。她父母身上的光芒朴素而温暖，我每每看到都觉得大好。父亲做了"社饭"给我们吃，而且又能看到夕阳和远山，我只觉得这民间中国生动而可爱。

次日我们去赶集。仿佛寻到了沈先生当年描写的集市，有一种热烈、坚定、朴素、丰茂、性感。新鲜的水灵灵的蔬菜，绿肥红瘦啊。背着竹筐的老人在买菜，马上就端午了，成捆的菖蒲被摆放到集市上兜售，还有很多卖粽子的小摊，牛肉米粉店、老茶馆、老照相馆、老理发馆、老裁缝店……仿佛回到二十世纪八十年代，仿佛时光被凝固了。

集市生动极了，甚至脏乱。那脏乱却是民间生动的力量，有支撑民间中国的骨架和DNA。

我坐在牛羊肉米粉店吃牛羊粉，放很多的辣椒和木姜子，香辣生动，那羊肉鲜得不得了。远处有人开始预备赛龙舟了，小伙子们的号子声传来。镇上的老人告诉我这是极大极隆重的事情，比春节都要隆重，外地打工的全要回家看赛龙舟。完全是民间组织，每个村子都要带着龙舟来沅江。沅江出现在沈先生的文字中很多次，宽阔疏朗的水面荡漾着龙舟。

老人说有一年赛龙舟，一个女子给本村加油，怀里抱着孩子，加油太猛，居然把孩子给憋死了……我站在沅江边看赛龙舟，只觉得地老天荒。

沈先生这样写端午："端午日，当地妇女、小孩子莫不穿了新衣，额角上用雄黄蘸酒画了个王字，上午 11 点钟左右，全茶峒人就吃了午饭，把饭吃过后，在城里住家的，莫不倒锁了门，全家出城到河边去看划船。"我又替沈先生看了一次。

小镇茶馆尤其好。老、脏、乱。里面没有女人，都是男人，且中老年居多。这里有复杂得说不清的气场。三块钱一杯茶，可以坐上一天，配一碟花生米、一碟瓜子、一碟兰花豆。还有斗纸牌的——那种细细的长牌。我拿了一把牌坐在茶馆中，后面的几个老茶客看着我。

吧啦拍下了这个瞬间——后来我发现那是她最好的作品，一张好照片一定是天意。老人们用"一辈子"的眼神看着我，复杂、深邃，说不清（迷人的东西都说不清），我手里的长牌向光阴深处不停探寻，我内心深处的青苔啊，你根本猜不透看不透——真正迷人的人从来都像孩童一样天真迷人，又像老人一样让人猜不透。"你的天真，你的可爱，你的优雅，你的邪恶，你的单纯，你的复杂，你莫名的孤独和绝望，你没有年龄的雌雄同体。"我爱那些无法描述的美和复杂，我爱那神秘交缠的时光气息。

老理发馆，二十世纪八十年代的理发用具。小镇男人在刮脸，花白的胡子。卖菜的老人穿着掉了色的旧衣等着理发，花白的头发和山羊胡，用疑惑的湘西眼神看着我。

我捧着老人竹筐里的鲜苋菜，回味二十世纪八十年代的少年时光。有些光阴是卤水点豆腐，一刹那就是一生。仿佛永远年少，又仿佛已经老去。

这一时刻，我迈进湘西的时光隧道里，与沈先生的少年和我的少年劈面相逢——沈先生，我愿做时光的逆行者，就这样与你在湘西相遇，一起活到天真烂漫、人书俱老，永远活得从从容容和丰腴自由，安静清寂又风日洒然——无论人还是文字。

我又去卦摊上与老人聊天说命，老人说我命格好。我便喜悦地在小镇上转悠，遇到跳皮筋的孩子，冲上去就跳，我以为自己几十年没跳早就忘了，没想到跳得非常好。

我又认了个表姐，是吧啦的表姐。我亦唤表姐，表姐给我按摩每天走两万步的腿，说硬死了……晚上带着我去看她父亲，她父亲是镇上有名的老艺术家，做了一辈子傩面具，慈祥敦厚地笑着看我。一屋子的傩面具，吐着舌头，很可爱。

老先生送我一个猪面，他说这个傩又可爱又憨厚，还笑得天真。我回家便挂到了屋里，真是又妖又蛊又美。

表姐是苗人，给我讲苗族故事，说苗人"放蛊"，如果放在烟囱里，家人一烧火这人便哭，还说苗族人剽悍生猛，唱山歌要几天几夜，不会唱歌都嫁不出去……浦市小镇上有很多坟茔，我们每天要路过很多坟，表姐说：每天要和先人对话，好玩。

我在湘西十天，几乎忘却时间。只觉得地老天荒。时光过得慢啊——也不去看时间，白天看鸡、鸭、鹅、牛在田里散步，小镇上逛逛老理发馆、老茶馆……黄昏看看远山和稻田，晚上池塘的青蛙大概有一万只，此起彼伏叫一夜，又生动又可爱——我在蛙声中睡去。

吧啦的父母待我如亲人，一日三餐俱是精细。父亲永远穿着军绿色外套在厨房里，母亲永远好眉好目地笑着叫我雪老师，骄阳喝醉了酒扎到我怀里。一九九五年的孩子有颗老心，眼睛里全是光芒，我抚摸她的头，有几分心疼和不舍。吧啦抱出我几十本书让我签上名字，我写得最多的是：来日方长。

我离开湘西先坐三个小时汽车到怀化，又从怀化坐两小时高铁到长沙，在长沙又坐磁悬浮列车到机场，长沙又飞北京，北京机场又回家……我与骄阳就这样折腾了十五个小时才回到家。在机场与骄阳分别，她说：其实相聚也不是那么容易，有时候见一次就是一辈子似的。我们假装嘻嘻哈哈地说笑，但进了安检就落泪了——在一起的十天就是一辈子似的，吧啦拍了我们分别时伸出车窗外的手——我没有再看第二次。

表妹开车来机场接我，我一路上不停地说着湘西，说啊说，说啊说。表妹说，真是个好地方。

湘西是野的、灵的、调子低的，但骨子里却张扬着一股浓浓的风情，仿佛眼角眉梢间全是灵动，像沈从文。沈先生的文字调子一直是低温的、软的，像湘西的水，但骨头里又柔韧，又具有天生的浪漫精神。在《从文自传》中，他这样写过："我最欢喜天上落雨，一落了小雨，若脚下穿的是布鞋，即或天气正当十冬腊月，我也可以用恐怕湿却鞋袜为辞，有理由即刻脱下鞋袜赤脚在街上走路。"这是多么可爱的沈先生。

当他辗转十九天，到北京在旅客簿上写下——沈从文年二十岁，学生湖南凤凰县人。当丁酉年初夏我从湘西回来，重读这一句，我站在窗前，突然热泪盈眶。

我知道我被湘西收了魂儿，被灵性和野性的湘西附了体。这多么好。你看，我又比别人多活了一辈子。

❖ 我心素已闲

喜欢安静，不与人语。

安静的时候，听一些古筝曲，听朋友读我的随笔《樱花呀樱花》。

听着听着，会睡着了。

越来越喜欢安静的东西了。清幽，散发出浓烈的清幽。莲的气息。或者，薄荷的味道。

我心素已闲，清川澹如此。有僧人愿意庵中吃苦茶，而我愿意在深蓝色的百叶窗下发呆。看着窗叶间透过的光，点点照在我的身上。衣服上，我穿了格子的丝绸衣服，那光与影在上面散发出私密的欢喜。

整个下午是清淡的。

煮了一壶茶。乌龙茶，淡淡的绿。这人间的烟火，这小城的春夏秋冬，织起了人生的繁花似锦，常常会让我觉得莫名地满足。

残雨斜日照，夕岚飞鸟还。常常想起少年时，总是喜欢一个人穿行在霸州一中的合欢树下，看着落英缤纷的花儿落满一地。那时就有少年的惆怅。

喜欢一个人在雨中发呆。静静地想一些事，写一些诗，后来那些本子大多散落了，但到底留下来了几个。有一天偶然发现一个本子，里面有那时抄的工整的诗，还有一些名人说的话，还有歌词。有一首歌叫《春天吻上我的脸》。我翻看着，内心十分潮湿涌动。那时我只有十六七岁，是独自孤高的少年，不喜欢与人打交道。这种性格，延续到了现在，改变不大。

故人今尚尔，叹息此颓颜。

已经有了颓颜。记得少年时有一年冬天，和朋友在一中的操场走了几乎一夜，不怕冷。说着一些梦想，后来她客死他乡。有一天梦到她，她站在我的床前，还是少年时的模样，而我是现在的样子。她说认不出我了，问我的长头发哪里去了。

醒了后特别怅然。空山寂寥的深处，开出了许多瑰丽的花朵。人的一生，总会有一些秘密或不如意，连自己也说不出口的。我永远记得我们一起走过的那个冬夜，她说，让我们好吧。

无声而漫长的时光，可以苒苒而过很多野草闲花。头上的灯光越来越少，我情愿在暗处。就像买的一些小干花，绝不华丽，绝不饱满。它们安静而寂寞，小小的，不与人争，但是，骨感而铮铮。插在陶里，好像我，也许，就是我。

安静下来了。

收拾了小半生的行囊，放在这最安静的角落。我心素已闲。春梦寂寞，往事般般应。世间的情分，是无可把握的。生死的恋情，易逝的风，凋落的莲，风中被摧残的牡丹，如此这般，都颓去了。于是有了素素的闲心一颗，就这样安静着、寂寥着。

穿着《锁麟囊》中薛湘灵的绣花鞋，悄悄走过阳光照过的地方。暗花的窗帘飘过很多的日影……我在穿过，穿过少年的时光，又穿过这倾城丽日。

昨天搬东西，不小心碎了一件，最珍贵又最不值钱的一件。很多年前上大学时买的一件石膏作品，一个少女忧郁的头像。在当年石家庄的中山路上，四块钱买来的。曾经悬挂于我的床头很多年。后来搬家，一直带着它，每次搬都小心翼翼。跟着我身边的物件，它最久了。很多个夜晚，都是它陪着。那景象，像最贴心的恋人，就这样陪着你。在无数个夜里，曾经与我相对，见证我的泪水。而昨天，它碎掉了。

我有心惊，但只是片刻的惊怯，马上心安。它一定到了碎的时候，怅然吟式微。于是照样拿了水杯，一盆盆去给花儿浇水，在百叶窗前发一下呆。它给我的情意，已经到此。不能再陪我了，是缘分到了。像那些过分放肆的青春，其实已经作别了我。

再丰硕再肥大的记忆，都变得寒瘦了，我只记得今天的好。只记得，要炖一锅排骨，煮一锅浓汤，焖一点儿硬一些有嚼头的米饭。这是时光赠给我的人间烟火，我低下头去，擦桌上的尘。

我的心里充满了欢喜意，而一朵朵清丽的小花，在我的心里，绽放成它们自己的样子，清淡，自足，悠长。这素心已闲，自有别一种端庄娴丽，万转千回。而那些青苔一样的幽幽记忆，再见了，再见了。

❖ 雪隐记

近两年被读者叫"雪仙"，说活成了陆地仙人。哪有什么仙人？不过就是过成了自己的柴米油盐酱醋茶。

有一段时间总想去山上隐居一段时间，也总是想想而已。因为一直忙忙碌碌，要出差、做讲座、当电视节目评委、写作……总之，总有各种各样的事情。

后来，疫情发生了。

整个世界像按下了暂停键——整整三个月，我几乎没有出门，小区物业每天送菜、米、面、油，放在门口，风雪中看见空旷的小区没有了人气，只有麻雀不慌不忙地散步。

三个月没有下楼，也不怎么洗脸，更不用照镜子。有时在微信里和朋友讨论疫情，公众号的工作也在微信里完成，每天临《张猛龙帖》，厚厚的一大堆纸堆在角落里。

好像冬天过不完了似的。庚子年的除夕到三月末，一直感觉莫名的寒冷，疫情改变了太多人的生活，想起时心里是痛的，不想一一赘述。

小区解封后我第一次照了镜子，吓了一跳——镜子中是一个憔悴无力的中年女人，鬓边有白发，眼袋很重，眼睛也没有了神采，上了体重秤，重了十五斤，当下觉得万念俱灰。在木地板上走了三圈，又茫然地逗逗猫，也不知道自言自语了什么，开始整理东西，准备上山上住一段日子。

朋友的房子在郊区的山上，四月，已满山花开，她告诉我密码，我便带着猫出发了。

之前看朋友在终南山、九华山和安徽查济古镇隐居，一直羡慕不已。

我带了花籽、草籽，是朱胜萱老师让大哥从云南寄给我的。朱老师是建筑设计师，是上海世博公园及园区景观的主设计师，后来因为身体原因到莫干山开了第一家民宿，他那并不魁梧的身躯却让人感到包含着无尽的动力。

四月初的山上还稍微有点儿冷，但花开得漫山遍野。迎春、杏花、桃花、玉兰……我被花开的气势吓住了，一时惊得说不出话。

房子有日本侘寂之风，深色调的老泥墙，几件上百年的老家具，器物皆是有了包浆的老物件。炭火煮茶，炉子是日本的老炉，核桃炭，壶是日本淘来的老铁壶。屋内的光线暗，是中年人那种不张扬的光。暖暖的色调，猫卧在我脚下打呼噜，裹了新西兰的羊毛毯，听着老曲老调，有时会慢慢睡着。

早晨是被鸟叫惊醒的，因为太过安静，鸟叫显得格外湿润而翠绿，哦，还有风声，有几只野鸡，也在早晨打鸣。

起来先去山里散步，去看野花。看到清泉石上流，看到松下落了松子，偶尔有松鼠跳过去，有时我会拣很多松果回来，摆在茶席上。

早晨多数时候加了牛奶煮上粥，有时加红豆、绿豆、红枣、麦片，看心情。山上小野果子多，便慢慢摘来加上冰糖慢慢熬做成果酱。

朋友决定在后院种一棵松。"我看日本人每家每户都有松。"我说:"是呀,还有枫。""那就前院种一棵枫树。"

于是种了一棵老松。

于是种了一棵红枫。

松下有两块老磨盘,我便坐在那里听松涛喝老茶。

枫树种在了前院,黑色的门,很日本,又映衬着几枝野竹子,简直妙不可言。

我们去山里挖竹笋,炒来吃,又挖来小竹子种成篱笆,几场春雨后就郁郁葱葱了。茂林修竹,我又开始种无尽夏、菖蒲、牡丹、芍药、玉簪,看着它们一点点抽出枝芽、长出叶子、开花,像看着自己孩子长大。

从山上拣来了石磨和石臼,种了莲花和铜钱草,很快就长疯了。

爬山虎慢慢爬上二楼窗子,绿荫荫的,手冲咖啡的香味弥漫了上来,我开始临旧帖、古画,翻到颜真卿一张旧帖,最后四个字是:情深惘然。内心轰轰烈烈的,总有一个时刻,时光在努力提醒:别忘了啊,那些人、那些事,别忘了啊。

黄昏后去山上散步,明月松间照,看到月亮慢慢升上来。宽大的袍子扫着林间草木,发出细碎迷人的声音,星空像离得近了,仿佛伸手可及。总是会想起王维,他晚年在终南山隐居,然后写下:晚年惟好静,万事不关心。倒是我此时的心境,唯有觉得此时的松间、明月、溪水最好。

偶尔也去山上寺庙坐一坐,和老僧讨杯闲茶、素面吃。寺庙总有几百年了,破败不堪,但风骨和腔调是在的。晨钟暮鼓里,总在廊下听雨,偶尔有野猫同坐,彼此看一眼,都不惊扰对方。

偶尔去半山看一棵老松,它总有千年了吧,就长在悬崖边,那种挺拔的傲骨和孤独,是隐士独有的味道。

提着筐去山下采买，山民兜售柴鸡蛋、野菜、山货。半路上会采一把花，插在拾来的瓦当里。

开始种菜了。

居然是第一次干农活，开始还小心翼翼，后来整天和泥土在一起，浑身是新鲜的土味。

种了韭菜、小油菜、茴香、玉米、豆角、花生、红薯、黄瓜、小番茄、小葱……还有茄子、辣椒。

这是我第一次种菜，我半夜爬起来去看它们，默默等它们发芽。

小小的种子长成各种各样的蔬菜和瓜果时，我真是惊喜又甜蜜。

我居然吃到自己种的蔬菜，韭菜包了饺子，里面放了虾皮、鸡蛋、木耳。有时也做包子，不用安琪酵母，用老面发酵，然后放碱，这个过程太迷人了。

在后院里垒起锅灶开始用柴火做饭，蒸馒头、烙饼、烙馍。

开始各种迷人的腌制。

菜太多了，只能都腌上，泡菜坛子总共有十来个，腌黄瓜、腌萝卜、腌雪里蕻、腌茄子。

还养了几只鸡几只鸭，我的猫开始和它们玩耍，我有时带它们去溪边散步看黄昏。

算了算，还少一只狗。

算了算，山上没有网络，也没有电视，也几乎没有手机，居然过得像在桃花源。

山下友人写信来，又收到了散发墨香的信，像回到了古代。

每天忙忙碌碌又天黑了，然后计划着明天看什么花种什么菜。

不知不觉五月了，月季、芍药、无尽夏、牡丹都疯狂地开了。"一春无事看花忙"，朋友说："你是一生无事看花忙。"

有半年没有再写文章，大多数时间种花种菜种春风，听戏喝茶腌咸菜，隔几日去古寺看松，隔几日去山下赶集。

朋友吃完我包的饺子又抽起了烟，她说："活神仙呢。"

活神仙，神仙腌菜吗？我不知道；神仙泡青梅酒吗？我不知道。

摘了青梅，开始泡酒。

青梅洗净，放坛子里，加老冰糖，加白酒，然后封上盖子，我给这酒起名："雪仙"，准备我生日那天打开。我生日是在秋天，经过三个月的发酵，肯定是坛好酒。裁了红纸，用毛笔写了古意的字，贴在了坛子上，上面的日期是 2020 年 5 月 28 日。

越来越觉得无事常相见是天大的福报，你闲来我无事，就松下闲坐坐，喝杯清茶。大概因为看了人生太多无常、离散、因缘聚集，珍惜和每一个人在一起的每一秒，人生海海，也许转身再也见不到了，再也见不到了。这一秒，和老友对坐，说天气、喝茶、腌菜、看花、听松涛，说说中年，当下，即是永恒，这一秒，便是永远。

我给自己住的屋子起名"雪隐"，给小茶室起名"雪问松"。

最喜欢下雨天。

茅草屋落下雨滴，美极了。抱着猫去廊下听雨，适合喝一款放了几十年的老岩茶，听一曲故人调，昨夜松边醉倒，问松我醉如何？临了半夜古帖，听了半夜雨声。

于是极喜欢应景的两句诗：

明月别枝惊鹊，

清风半夜鸣蝉。

一进五月，开始有青蛙叫和蝉鸣，采摘青杏做了杏酱、杏脯，反复写陶渊明的《饮酒》：结庐在人境，而无车马喧。问君何能尔？心远地自偏。采菊东篱下，悠然见南山。山气日夕佳，飞鸟相与还……恰好是我此时中年的心境。

此时当下最好，知天命之年，松下做个闲人，可读书、啜茶、看画、闻香。

山居日常才是禅意。桑葚熟了，加牛奶做了奶昔，猫趴在我怀里打呼噜，一边摸它一边临帖，写下：对酒不觉暝花落。

转眼是小满节气。

小满未满，人生适意，得之八九，已是尽欢。

人生不过是饥来餐饭倦来眠，每一秒都过得尽力有光泽，就是好人生了。

知道松风且停云，知道赏雪听松涛，这个停字，是人生的奖赏。

而我也愿意一生保持对美的这份敏感，哪怕它让我略显孤寂，我恰好喜欢这份和人保持适当距离的疏离感，亲密有间，各美其美，多好。

艺术让人生动、立体、开阔，灵魂的不安让我们有说不清的神秘和莫名其妙。

我在廊下听雨，想你和想自己一样多。

老友上山找我喝茶聊天吃饺子。

在松下、花下喝茶听戏，偶尔滔滔不绝，偶尔相视一笑，偶尔沉默是金。

真正的同类大概是三观一样，审美高度差不多，精神强度、高度在同一条线上，能互相点燃、照亮，而且互相不遮掩光芒，更多意义上，她们是彼此灵魂的建设者和灌溉者，以及明亮的提醒。每次谈话提供更多磁场的碰撞，不计较、不迷茫，明心见性，彼此提供更有能量的气场，往前走，看见光、力量、方向。

我们两个人在松下坐了一夜，喝了半夜茶、半夜酒。

月亮升了上来，明月松间照，清风吹过来，清风半夜鸣蝉。

◇ 从前慢

每个向往远方的人都是一个梦想家，具有别人永远没有的缭乱和动荡气质。

叁

追风人

❖ 亲爱的远方

"我不能停下来，我一停下来，固定在一个地方，我的心就充满了厌倦。我一定要逃，要走，要在路上。"

这是我听过的最动荡的话，我知道，也许天生就有这样的一种人，生就一根反骨，一定要格格不入，与亲密无间的东西总是反目，而最陌生的、最隔阂的，有着无限神秘和致命的诱惑。

有什么办法呢？远方！远方这个词，本身就充满了挑逗。是的，挑逗！她是一个女妖，知道她会迷惑我们，她充满了鸦片一样的邪恶，妖艳，颠沛流离，不温暖，不固定……可是，我们如飞蛾一样飞向了它。

在张国荣所有电影中，《阿飞正传》是我最喜欢的电影。他演的是他的宿命——我听别人说这世界上有一种鸟是没有脚的，它只能够一直地飞呀飞呀，飞累了就在风里面睡觉，这种鸟一辈子只能下地一次，那一次就是它死亡的时候。我每读这句话，就会想起那些在路上的人，不，不要归宿，要飞翔，要永远地飞翔，只有飞翔，才能找到最美的姿势。

也许每个人都在织线，用时间的丝一点点地织，如蚕把吐出的晶莹白丝织进去，其实也是在织远方！铁凝最好的一篇小说名字叫《永远有多远》，有多远呢？我不知道，她也不知道，她尤其不知道！

而文字仿佛结绳记事，把那些飘浮于时间之内或之外的人或事打成结，在远方的路上，写着，记录着，打结以记。每个人或每段事，都有小小的记号，在光阴老去的那些日子，成为寻找远方的印迹。

"当我拿到机票和火车票时，我就兴奋。我喜欢远方，喜欢一个人坐在夜行火车中看着远方的黑夜。那时候，我和时间在一起，和孤单在一起，和自己在一起。"

这是我很多年前的日记，我浸淫其中，恍兮惚兮。奔向远方的过程，其实是奔向了一种自由与放纵。远方，如果是自己，就是一场灵魂与精神的私奔。

是的，私奔。

与自己私奔。

所有时间萃取到的金子，都在远方。

阿飞说："十六号，四月十六号。一九六〇年四月十六号下午三点之前的一分钟，你和我在一起，因为你，我会记住这一分钟。从现在开始我们就是一分钟的朋友，这是事实，你改变不了，因为已经过去了。我明天会再来。"……我喜欢这样的台词，充满了变数，差一分钟也不行，没有早一步没有晚一步，亲爱的，你在等我吗，远方？等我千里之远去看，万里之远去寻你？

而最远的远方在心里。

无法抵达，没有车票，以为进去了，打开一看，仍然隔山打牛——谁能知道谁的内心呢？连自己也不知道，打开内心的钥匙，永远丢了。

与光阴的往来中，都是败寇。

它缴了我们的械，我们总以为在远方。亲爱的远方是一个如此迷恋我的女巫，我记得小时候最大的梦想就是离开我的小城，再也不要回去——我不喜欢那四声极强的家乡话，我不喜欢邻居对我观察的眼神，我不喜欢那些热闹而俗气的街道，就像我那时候不喜欢京剧。我总是抱怨外婆带我去看，她在看戏，而我沉沉地睡去了。

多少年之后，我成为京剧的一个热忱追随者，每听京胡响，无限动容……仿佛关乎着我的前世与今生。多少年之后，我想回生我的小城，终老在法桐树下，去找心里的远方。

"年少时你极力排斥的东西，在年长之后会一一接纳，当你意识到这一点时，你走向了怀旧与衰老。"我终于成了有旧可怀的人，我愿意怀念着远方——在十七岁，我梦想出走，我一个人骑车去北戴河看大海，我独自去旅行。三毛说："旅行是我的第一颗星，我愿意永远在路上。"

每个向往远方的人都是一个梦想家，具有别人永远没有的缭乱和动荡气质。我欣赏的摄影师肖全曾经说："我愿意在路上，我愿意找到一种确定。"浓烈、华丽、凄然、惆怅、刺激、新鲜、陌生、疏离，这些都是在路上所遇到的，一边动荡着，一边安慰着。我认识的几个写字的女子，常常在远方偏僻的小镇上独自居住。我常常接到来自全国各地的电话，她们在那些陌生的地方，找一些"苍蝇馆子"（指最有特色的小饭店）吃最动人的食物，在陌生的街巷里找寻前世的温暖。远方！多么美妙而略带苦涩的远方！

"不，不要给我固定，我愿意漂泊。"

在早晨，我听到这样的话，内心波澜起伏。我知道远方的魔力在于未知和不确定，我们迷恋不确定的东西像迷恋幻术一样，清嘉与宁静不属于远方。

　　假如我们早早知道一生是什么样子，即使荣华富贵，即使五花马千金裘，我们也会索然无味，也许早早就失掉了生之趣味。而远方的远，是隔着我们的灵与身。我们像骑在马上的人，去寻找远方梅花开放的消息。

　　还有比这样的寻找更有意味的吗？

　　这样一想，心里就荡漾开来了。亲爱的远方，它在远方，也在近处，在外省，也在心里，我靠近着远方，却又远离远方，真的太远了。

❖ 成都：宽巷子，窄巷子

味道，于一个城市来说就是它的标签。

我喜欢有味道的城市。

毫无疑问，成都是中国最有味道的城市之一，懒散、艳粉、闲情逸致、烟火、市井、风情……它带着许多无法说清的诱惑逼仄于我们眼前。

而宽窄巷子无疑是成都味道最浓的地方。

宽巷子却也不宽，窄巷子却也不窄。巷中多为民国初年的老屋，最早的可追溯至清康熙年间，小巷与附近区域，由四川总督年羹尧按清制于大城西垣内筑城，驻满蒙八旗官兵，名少城。

少字真好，带着年轻与莽撞。少城，曾居住着一群八旗子弟，从此沉溺于修身养性的日子中。古语说"少不入川"，我入了川才知道，这座城市，可以把人待得颓了散了，没有人会嫌舒适过度，没有人会嫌日子过得如诗如画。

从来没有一个城市，让我过度迷恋到想在这里吃饭睡觉打牌读书，到老。让我想做一个隐退的神仙，泡一碗老成都盖碗茶，在充满了鸟语花香细水的茶馆里泡上一整天，走走神，看看书，打打牌，半生光阴，可以虚张声势地过去了……

再也不想走了，懒散地倒在午后的阳光里，闻着宽窄巷子略带湿气的味道，看着青苔在脚下蔓延，打开一本发黄的旧书，就着新沏的龙井茶，可以什么都想，可以什么都不想。而一日三餐，都惊天动地地好——我如此迷恋川菜，因为它山河浩荡，烈艳惊人，是一个美貌如花却又脾气极坏的女人，一脸的火辣，却又娇俏，麻辣香鲜，吃在嘴里，永远是烫的……

留恋在成都的七天，大部分时间泡在宽巷子窄巷子里，眼前的黑墙青瓦浮上了岁月的尘烟，雕梁翘檐、粉红金廊，穿过当年的金戈铁马，把褪色后的繁华凋零向我道尽。

宽巷子和窄巷子形似古老成都的脐带，把成都缠绕得分外市井、分外风情。

你不认得我，我却记得你。——我与宽窄巷子，既像人生若只如初见，又似月照故人来。

八字影壁、沧桑木雕、瓦片垂雨、红砂马石……构成一幅精湛的泼墨画面在眼前。我看到有一缕叫作"时间"的光芒，正穿越一扇扇历史的窄门，翩然进入这两条小巷子，我一见，便爱上了它。这是最民间的中国——宅中有园，园里有屋，屋里有画，院中有树，树上有天，天上有月，池中有鱼有荷，老树上挂着鸟笼子，里面的鹦鹉似谈恋爱的少女，不停地欢叫着，而我捧了一本《刹那记》，三更有梦书当了枕……这是中国式的院落梦想，也是宽窄巷子最真实的风景。

宽窄巷子让人心动的风景是"闲"。李渔在《闲情偶寄》中写道："闲，是一种态。"这种元素在这里得到了极致的诠释：十块钱，可以泡一杯老成都的盖碗茶，任你把光阴坐老，不会有人收你茶座费。俭，可以只要一杯茶一碟小吃，十几块钱消耗掉一个下午的光阴；丰，也可以一掷千金，约三五知己，喝个通宵，五花马千金裘的生活，亦可以在这里得到完美放纵……

只有在成都，市井的格调那样不俗气。尤其在宽窄巷子里，中国文字的美感用得跌宕起伏，看后着实惊艳——我不停地用相机拍着那些改造过的院落，"修旧如旧"在这里得到了最完美的诠释，细节之美铺排得让人处处眼前一亮，风情和格调只增不减。

看看这些名字吧——上席、而已、子非、花间、莲上莲、海棠晓月、养云、宽居、白夜……叫人如何不心仪？我热爱着中国文字的神秘搭配，两三个字，缠绕在一起，异常地动人了……而宽窄巷子里的茶肆酒吧名字，把中国汉字之美给足了水气，真是又放肆又含蓄的惊喜。

还喜欢宽巷子、窄巷子的静。

那静，分外地典雅，分外地诗意——带着悦耳悦目的婉转味道，带着可以闻得出的清香。很多院落，推门而入，是那样寂寞的销魂的静。不喧嚣，不热闹。一个人，一杯茶，看着阳光从天井悠然泄下……藤蔓爬满矮墙，绽放着时光的碧绿，缕缕闲散的光，从窗棂间轻轻地进来，小心翼翼地照到翻开的线装书上，生怕惊扰了谁似的……有时也去听一段戏，《思凡》一曲，满耳流金，我疑心是那思凡女子，长袖轻舞，于台上徘徊着婀娜着，思着他，念着他……

更多时候一个人徜徉于两条小巷，走得不急不缓，耳机里有京胡《夜深沉》，看青瓦、雕檐、朱雀门，渐为岁月所斑驳，但这斑驳，是我所期待的凋落，宽窄巷子是天然的静音器，滤掉了外面世界的嘈杂，只剩这一把瘦瘦的秋风，裹着我，走向繁华过后的清凉。

红袖添香的夜里，是谁与我同唱笙瑟之歌？——古巷风情幽意在，少城清雅佳园多，蜀国一夜听秋雨，哪朝深巷为禅来。我轻吟了这样一首小诗，坐在淡淡泛黄的两棵老银杏树下，仿佛看到自己的老年，也是这样清淡似水，与自己的爱人，执手相看，微微一笑……

如果此生想去一个有味道的城市，就选择成都吧。

如果去成都，想去一个最有味道的地方，就选择宽巷子、窄巷子吧。

还犹豫什么呢？带上一颗闲散的心，与宽窄巷子一起发发呆吧。卢梭说，筷子直指食物，而我的旅行，直指宽巷子、窄巷子。

❖ 景德镇

景德镇不如想象的好。败了的花儿一样。

"大器成景，厚德立镇"，这八个字好。到底是千年瓷都，一下高速便看到公路两侧路灯全是瓷器所制，又有两侧高塔，亦是瓷制的。

其实我与景德镇，是久别重逢矣。我喜欢瓷器、陶、青铜器……年代越久，它们散发出的气息越朴素、敦厚，虽光泽黯淡，但气韵动人。我曾在宋代一件汝窑的小碗前不能动弹，又偏喜欢那擦了苏麻离青的青花瓷。宋徽宗做皇帝未必专业，却是艺术家，书画自成一派，瘦金体有天生贵气，对陶瓷的贡献更让人钦慕，雨破天青色的瓷品，有着少女一样的羞涩与动人。

去看景德镇的古窑。就那么突然重逢了。再也不见那样的古窑了，一砖一瓦砌成，偌大的窑，一眼望去，却有朴素的大气与温暖，哪个器皿放在哪里全有定数，木材烧制，不同现在的电与天然气，烧一窑要用八吨马尾松。松木火旺，油脂多，烧起来噼啪作响。

把窑人是顶重要的人，一口唾沫啐上去，便知火候如何，前半夜要慢火，后半夜要紧火——那所有一切，全是天机。明明是一样的时辰一样的火，换一个人烧，或者就是一窑废品。而有时老天恩赐，亦烧出珍品，这烧制过程本有天意在身。像人的命数。每件瓷器，自有它的命数，成为千古珍品还是残瓷破片，全是天意。

古窑用马尾松烧的瓷器，像用柴火做的饭，有一种慢火炖烧出的糯香。后来用天然气烧制的瓷器，似批量生产的方便面，味道类似，而母亲用柴火做成的汤，每一锅都味道不同。这样的古窑每年只烧一次到两次，因为马尾松太贵了。更何况，那样古老而漫长的烧制过程，效率太低。民间工艺就这样一点点丧失掉，可惜。

又去看一只碗的形成过程。居然要有七十二道工序。最喜那成了胎的碗，还未被烧制，还未有光亮，还有土陶的憨厚与动人，一排排放在架子上晾晒，像等待出嫁的少女，像早春含苞的花，美得清澈动人。

也喜那景德镇老青花图案。那画图案的人随手涂抹，却是景德镇百姓最日常的用碗。贾说，她们小时候就是用的这种碗，那时好多道路都是老瓷盘铺的，随便一片可能就是明代或清代的，没人要……当然后来也值钱了，却都没有了。七八十年代，没人拿那些东西当成个好东西……贾漂亮得惊人，睫毛长得像假的，她一天要换几次衣服，每次陪我都惊艳出场，仿佛就要连天地都震动一样。

她带我去吃景德镇乡野菜。有一道炒栀子花让我分外惊心。先把栀子花采了，晾干，再上锅蒸之，之后佐以葱、姜、辣椒炒之，味道鲜美。中国人在吃上的勇气惊天动地，栀子花纯净得似少年初恋，忽然加上烹调，就有了人到中年的意味。

人到中年，再忆初恋，就不再是青涩的感觉，淡然一笑，过去了也就过去了……南方饮食精细动人，仿佛什么都可以拿来炒。贾说西瓜皮炒来也香。要皮和瓤之间那层，然后晾晒至半干，有了咬劲再炒，辣椒一定要放……橘子皮也可以炒来吃，切成细丝，用热水泡上几遍，去掉橘子的腥味与湿味，加上木耳、香菇、辣椒、葱、姜、蒜，炒出来是极香的。但一定要用南方的砂糖橘。北方橘不可以。我与贾讨教了很多野菜的做法，春日灿灿中，竟觉得好光阴原来是可以虚度的。

又一天，贾带我去吃"苍蝇馆子"。朴实在景德镇步行街里面，不起眼的小店，脏而乱，店主是小夫妻，好眉好眼地笑着。男人是厨师，炒了碱水粑、莴笋炒腊肉，又做了石锅鱼，都香极了。特别是碱水粑，他说是朱元璋打仗时吃的，面是用稻草灰加水和的，有碱性，不易坏。也从来没吃过那么动人的莴笋，其实是莴笋干，然后泡开，加上腊肉的甜香，居然是绝配。

我夸奖男人炒菜香，他倚着门框，点了烟笑：我每天只做三桌菜，小本生意，不赊账，与老婆每日相守，感情好，也不图发什么大财，特别知足……他抽着烟，一脸恬淡幸福，他妻子哄着孩子。

他说我一个北方人怎么那么能吃辣呢。我笑着说："特别能吃辣，能吃变态辣呢。"他转身进了厨房，说："来，你吃吃我自己做的辣椒酱，我媳妇说辣极了……"我夹了尝了，果然辣。"好吃。"我说。他立刻去找塑料袋，然后说，带上带上，带到北京去吃。我看他一眼，他突然羞涩一笑："你不要嫌弃才好。"他又给我讲哪些菜荤油炒哪些菜素油炒……一个热爱厨艺又热爱生活的男人，在小城，过着自足的生活，多好。

来景德镇，最难忘记的不仅有古窑，亦有这个"苍蝇馆子"的小厨师。

❖ 泉州记

　　泉州太好了。我想，正因为它太好了，所以我久久没有写它，虽然泉州师范学院的傅老师催了我好几次，我仍然迟迟没有动笔。就像恋爱似的，暗恋一个人太久了，喜欢得有些像电影了，如果说出来，连自己都不相信。

　　泉州有多好呢？说不出来，如果真有人问起，怕是一时会语迟——一个地方的好，如果能说出来还是小好，说不出来的才是大好。像喜欢一个人，知道喜欢他什么还是小喜欢，全然不知道喜欢人家什么，那才着了魔。又像王羲之的字，别人的字你总能挑出字眼来形容，比如怀素你可以说它狂，你可以说赵孟頫清秀，说颜真卿凛凛正气力透纸背，但你能说王羲之什么呢？用什么词都觉得弱了。

　　如果真挑一个先说泉州，当然是风物。

　　"风物"两个字是妙的。一个城市没有风物便没了趣味和意思，走在街上全是高楼林立，又都是玻璃幕墙，开始看觉得洋气，看多了便觉得索然无味——中国的城市多是这样，三线城市也没有逃脱这样的模式。一看就觉得是在吃快餐，一碗碗滋味相同的方便面而已。泉州是手擀面，从和面到擀成面条，全是纯手工，这种滋味，泉州有。

　　走在泉州街上，朴素的天真让人欢喜。人们的脸上带着淡淡然，不慌张。房屋建筑亦是那么古朴，很多老建筑看着老了，可是非常稳妥，让人觉得踏实肯定。闽南红的红砖，游廊，在古老榕树的掩映下，有不慌不忙的态度。

　　泉州少有高楼，坐在市中心的钟楼旁边，有一家东街肉粽，一个要六块，香香地吃完，很撑了，可是还想吃。于是再要一碗面线糊，软软地喝下去，胃里舒服极了。走在开元寺附近的街上，冬天的阳光温暖地照下来，有很多小摊卖着小吃和衣服，门前的盆里开着水仙，也有摊主把水仙花捆成小小的小束卖。那些花一点儿不高傲，带着家常的温暖，买一把放在包里，包都香透了。

　　亦有女人，手上一团面，然后在温热的锅上转一圈，像用面在擦这个锅，薄薄的一层，薄到以为要碎掉一样，然而不会。小小的一张饼，是做"润饼"的皮。后来去泉州梨园剧院，梨园戏的红伶人曾静萍老师请我们吃润饼，用来包里面的菜和海带的就是这样的皮。

　　泉州的小吃太动人。所以，忆起时心里总是馋的，口水往上返。中国有几个城市我想起时都是这样，先想起的是它们的小吃，比如武汉、长沙、成都、昆明、泉州……泉州的小吃没有麻辣生鲜，没有过分的怪异味道，都是家常——那老把式瓦罐，最老的炉子，最生动的小瓦罐，一炖二十四小时，其汤主要是以中药材为配方，用木炭为燃料，经微火炖制。各种汤口味鲜美，营养丰富，有补血益精、滋肾益气、养心润肝、滋补脾胃的作用……中国饭菜好吃的地方在于：能把看似无用的东西化腐朽为神奇，猪下水炖出来的汤可以那么鲜美，小时候是怕吃猪尾巴的，可是用小瓦罐炖出来的那么香。再配上石锅饭，香得让人要醉掉。每次总是吃撑。涂门街那家好吃，门面小，看着不干净，可是做出来的东西太正宗。

作家冯唐曾经说，总是说消毒消毒，其实体内细菌不够也是不行的，一个月一定要去北京东四不着调的小饭店吃一次才可以，最好那里有苍蝇乱飞。我颇认可。太干净的东西总是觉得没有地气，那些"苍蝇馆子"是我的最爱，每到一个城市，我总是找那些纯地道的本地馆子去吃，哪怕脏乱差。

去兰州时，《读者》原创版的编辑王飞说，吃正宗兰州拉面，要一个超大的粗瓷碗，蹲着，呼呼地吃，然后用嘴一舔碗边，此为正宗。我去兰州吃马子禄牛肉面，见好多人这么蹲着吃，我也蹲着吃了一回，加了很多辣椒，香。

在泉州的时候，一个叫小阁的男生陪着我逛，他说小时候爱吃馍馍，所以奶奶管他叫"小馍"。我颇喜欢这个名字，总是小馍小馍地喊他，他一笑，露出极白的牙齿：姐，我带你去吃姜母鸭吧。

一排排的砂锅放在蜂窝炉子上，总有几十只。那炖姜母鸭的人用长长的竿子掀锅盖，砂锅是特别定做的，热气冒出来，远远地闻去，就香得不行。姜母鸭当然姜多，几乎三分之一的姜，横生生地压在鸭子上。

我是不爱吃姜的，炒菜也少放姜，但我爱吃姜母鸭，因为姜的味道和鸭子糅合在一起，发生了奇妙的化学反应。一只鸭子要炖三四个小时，回来后我和朋友新梅总是想着姜母鸭，她在自己的店里也请师傅炖了吃，但不是那个味道。

新梅说："可能食材不行。"什么叫地方小吃？离开地方的水、空气、味道全然不叫地方小吃了，据说兰州拉面离了兰州也不行。有师傅带了兰州的水和面去做，味道还是稍次于兰州的拉面。

泉州师院的傅老师是个有意思的人。他三十多岁了，却还有特别热忱的天真。长相清秀，说话泉州口音很重，虽然是普通话，有时候听起来还是费劲。多数景点是他开车带着我们去，他热爱着这个城市，一草一木都让他动情。

讲到刺桐花的时候，他脸上带着欢烈的欣喜。刺桐花是泉州的市花，也真是美到凛冽。一树干枝开出艳烈的红花，简直赴死似的。泉州看着温润，其实骨子里是烈性的。

泉州是海上丝绸之路的起点，这里被誉为"世界宗教博物馆"。我难忘的，倒是泉州的人，敦厚、朴素、热情，绵延了中原文化很多优点。"版筑传芳"便是傅姓，祖宗牌位每家是有的。

傅老师带我们去他家，乡下的房子盖好十几年了，闽南红的砖是刻意烧的，屋顶上雕着各式各样的传说，房顶上有凤凰和鹰，西边是秦叔宝骑着马，东边是穆桂英……院子里有三角梅，还支着做饭的大锅。傅老师说老了就回到这个院子，种种花做做饭陪陪老婆……他给我们看他收藏的书，真好。

泉州的茶馆亦多。星星一样，到处都是。或许是离着武夷山近，到处写着：大红袍，正山小种。又有专卖铁观音的，随便几步便有一个茶店，去了是免费喝的，新茶是艳烈的香，像正年轻的人，脾气还躁，喝到胃里，浓浓的烫。

傅老师说泉州的早晨是从喝茶开始的，每家都有精致的茶具。老收藏家张五鹏家更是如此。他的院子有两百多年了，先人从中原河南移民到此经商，屋子是地道闽南建筑，家中族谱非常精美。

匾额上写着四个字：花开富贵。院子里种了很多花，因为太多，茂盛得让人留恋。老先生收藏玉，一屋子玉，显得屋子都软了下来，老旧而回香。田黄一大块，五百一十克，别人惊呼，老先生镇定：其实就是一块玉而已。坐在茶桌前喝茶，大红袍、普洱、水仙……桌子上一把小小的花，怒放着香气。

我极喜老先生的宅子，比在古厝茶馆喝茶更动人，因为有了亲切的私密性。听老先生讲收藏，觉得人生就是一场收藏，关键是把最重要的东西收藏。

梨园戏是泉州戏，比昆曲还要早。我第一次看是在中国音乐学院，那次震撼了我。特别是打鼓的人要把脚放在鼓上，白袜子非常明媚。曾静萍老师演旦角，出场时又妖又媚。我迷恋上梨园戏，跑到泉州特意来看，曾老师五十岁，但一笑，和小女生一样，单纯妩媚。大概是演梨园戏演的，有特别单纯和干净的意味。我在泉州师院做讲座时请曾老师当了嘉宾，她唱了十分钟，满场惊艳。

二〇一三年快春节的时候，她到梅兰芳大剧院演戏，我去看，照样那么惊艳。泉州有梨园戏，真好。

我亦喜欢在那些寺院里发呆。泉州有多种宗教形式，并不相互排斥，你信你的，我信我的。那些院子里种着粗大的榕树和鞭炮花，还有羊蹄甲花……都那么美。宗教让人安静，信奉宗教的人脸上都有肃穆。我喜欢这份肃穆。

特别是清净寺，"清净"这两个字就好。清净是难的，被烧过的清净寺并没有修复，保持了原来的残败，更让人有敬意和贞静。坐在清净寺的冬天暖阳下发呆，突然就明白了弘一法师为什么会在这个小小的泉州待十四年，并且在泉州圆寂，因为泉州有一种安静的气场，可以让再浮躁的心都沉静下来。

一个城市之所以迷人，是因为这个城市的气息。泉州像一篇有意思的小说，每个细节都接着地气，风物之气四处弥漫。新梅说这个城市每年可以住上个几个月，就在这儿发发呆，喝喝茶，吃吃小吃，和傅老师、张老先生这样朴素热忱的人聊聊天。我说，那是。

从泉州回来好多日才写下这些文字。一直舍不得写，到底写了，不过只写了泉州的三三两两，泉州的好还有很多，很多。

有一天梦到泉州，一个人坐在刺桐下吃大肉粽喝大红袍，花落到茶里，醒了后，怅怅然。

❖ 天津卫：江湖老大

叫天津，一定要加上这个"卫"字，否则像炒菜没放盐，寡了太多味道。

都说天津人说话有趣。再正式的话，放天津人嘴里，都有调侃味道——我一直疑心他们是如何谈恋爱的，这样的语言，表达深情不够，表达幽默有余。

没有比天津更江湖气的城市了。闯场子的说，到天津能踢开场子，到全国都能踢开了。现在唱戏的也是如此，一定要去跑天津这个码头。如今的天津，依然保留着很多遗风，茶馆、码头、戏楼……全国的戏楼，天津最多，也足见其够江湖。

天津卫，充满了一种流俗的风情。虽是底层的、挣扎的，但却是最茂盛、最旺盛的。更多的时候，像戏里的一个俏寡妇，明知道自己俏，偏偏头上再戴一朵大丽花，用最饱满的情欲和姿色勾引着男人。这男人必定老实，没见过世面，必定刚刚拉了三轮车回来，还一头汗水……

多奇异的感觉呀。无论它的饮食还是说话口音，都那么有着勃勃的生机，却又那么充满了俗气的动荡与潦草。偏又离不开。

因为热闹、凡俗，因为，生活到底是底层的，是俗气的。——那些上流社会，离我们有多远呢？

　　天津的街巷狭窄而乱。很多老司机到天津都会迷路。这里不像北京，北京的路都是横平竖直的。天津逼仄的老巷里，好多带着异域色彩。五大街是天津的一些老街，末代皇帝曾流落天津。我去的时候正在修缮，一片狼藉。还有马连良住过的小楼，已经改成一座非常高档的饭店。

　　那一片非常让人留恋，即使是别墅，也带着莫名的江湖气。

　　还差一点儿成了天津人。

　　那时他在天津南开，留校。后来一直想让我过去，我俩一直僵持着。

　　节假日，我都会到天津。

　　犹豫了几年，我彻底放弃了天津。

　　但不妨碍到天津看它的姹紫嫣红。

　　天津人讲究喜庆，大红大绿。无论杨柳青年画还是泥人张，都夸张而艳丽。衣服也是——一片中国红中国绿，夸张到死都不会嫌夸张。

　　也喜欢看看夜色中的海河风情。

　　开发之后，海河风情妩媚了许多。有一次住滨海假日酒店，从十八楼看海河，万家灯火，夜色阑珊，烟火璀璨。倒有一点儿像广州。我只能想起广州。广州和天津，味道是相似的，气息也是相近的，都是心有不甘地和日子打拼着，知道钱的好，一生都在和钱计较热恋。

　　但天津更多了人情世故的练达，多了民间情意的青睐，仿佛更接近了世俗生活。作家阿城说，世俗小说是很高的境界。套用一句，世俗生活也是很高的生活。——在多年之后，我终于理解了天津，甚至它的艳气与俗气。那恰恰是世俗生活所必须拥有的。

　　每当想起自己年少时不喜欢的东西渐渐开始喜欢，就惊觉是老掉了——那些俗气的年画，我曾经嗤之以鼻。现在，我从苏州的桃花坞买来，挂在墙上。画的名字叫《一团和气》。那大红的灯笼裤，放在多年前，我永远不会穿，现在，急急地和女友小冬说，我要，我要！

　　她去天津买来这条裤子，很有趣味地说：天津，就是有颜色的。

　　不是吗？天津是浓烈的红，红得不再红了。于是，抹上一缕黑色，专门让你惊艳的。

　　虽然喜欢天津稍微晚一些了。可是，骨子里的东西总是会找到——这才发现，一直挑剔的我开始以最平和的心态来对待人或事了。

　　这才发现，那激烈的岁月过去了。

　　漫步于天津老街，寻一双绣花鞋，听听乐亭大鼓。找个戏园子，坐下来喝喝茶，听跑码头的伶人唱唱戏。

　　那萦绕在耳边的天津口音，也仿佛让人回到二十世纪三十年代。

　　长风万里，漫卷西风——人最后回到的，总归是自己的内心。

　　或者苍茫，或者清凉，或者凄美，或者喜悦。——天津，裹了一把岁月的长风，把这些都统统赠给我。

❖ 重庆：那一场少年梦

去重庆之前，看过一个神话：阿波罗与一凡间女子一见钟情，约定晚上相会。借着月光阿波罗如约前往，只见日间那风姿绰约的女子形容枯槁地蜷缩在墙角的瓦罐里奄奄一息。阿波罗忽略了天上一日，世上百年，原来那女子竟然等了一生！

我想，我是等了重庆一生的人。

在机场看到"重庆"两个字时，心就微微地疼。十七岁那年，我写了多少遍重庆呢？

车过嘉陵江时，司机说："喏，这是嘉陵江。"

我把头扭向窗外，感觉脖子有点儿发酸。我对重庆怀着别样的情感——十七岁那年，我认识了一个少年，那时，他在重庆读大学。后来，我在第一部长篇小说里，把爱情故事的男主角安排在了重庆，而且是重庆大学。"重庆"两个字，有着阴湿的岁月味道，"衣带日以缓，岁月忽已晚"，我到重庆时，就是这个感觉。

怀着这样的惆怅与私密来到重庆，却以为到了千百回似的——不免英雄气短，依然跑到解放纪念碑前兴致勃勃地拍了照，并且在好吃街挑了十几种小吃，天知道有多辣——我喜欢的重庆就应该这样吧，辣就辣得山河浩荡，一点儿也不拘着，一点儿也不掩着，铺天盖地地辣——我的眼泪辣出来了，是为了追忆那曾经的青涩，还是辣椒辣出来的呢？——谁知道呢？

重庆，它自有一种缠绵味道，潮湿而绵密。我迫不及待地跑到了嘉陵江和长江的交汇处——朝天门码头，他曾在信中描写过这里"很是浩荡，可以过江，到达江北"。那是多少年前了呢？重庆，你赋予我绝美的憧憬，也赋予我断肠的遗憾。

我在十八岁那年告别了重庆，从此，与这个城市两两相忘。

却没有忘。

在磁器口，我闻到了排山倒海的炒辣椒味，刺得我一直想流眼泪。我还看到了陈记麻花，他曾说过：你来，我带你去吃陈记麻花。

我买了好几种味道的陈记麻花，坐在磁器口吃麻花，一边吃，一边看远远近近的风景，雾茫茫里，看到上上下下的人们。这是老重庆，是有着几百年繁华与衰落的重庆，台阶腐了，长出绿苔来，青石粉了，掉出粉来。——而我，而我再也变不回此前那个桀骜不驯斩钉截铁的青青了。我曾经喜欢吃那辣椒，辣得不能再辣，所有人都奇怪我一个北方人怎么如此能吃辣，可是现在，我几乎一点儿辣都不能吃了，一吃，胃就疼得要死……

这是重庆留给我的记忆。挥之不去的青涩，挥之不去的辣——辣得很缠绕，很纠缠，很没完没了。很多次我梦到重庆，梦到我提着行李走出重庆火车站，可是，当我到达重庆火车站时，我忽然觉得非常无聊——那嘈杂是与全国各地的火车站一样的。那火车站附近的擦鞋人那么多，他们操着重庆话问：擦孩不？

擦孩不？鞋，被读成了孩。这个，他曾经告诉过我的。

我无法细腻地表达重庆——因为身在此山，我看不清，也读不透了。我用双脚丈量着重庆台阶有多少，总在上坡下坡，嘉陵江两岸的烟火如此动人——我坐着轻轨，从起点到终点，来来回回，只为看嘉陵江两岸的璀璨——请原谅我是个如此怀旧的人。

较场口→临江门→黄花园→大溪沟→曾家岩→牛角沱→李子坝→佛图关→大坪→袁家岗→谢家湾→杨家坪→动物园→大堰村→马王场→平安→大渡口→新山村，我就这样来回着，看着当年书信中提到过的那些地方：佛图关、杨家坪、大渡口……我试图忍住眼泪，但是它到底在我扭头看灯火时泄露了我的秘密。

入住解放碑七天连锁酒店，离解放碑一部电梯的距离。只有重庆，也只有重庆，从下面到上面要乘电梯上去，凯旋路电梯，有五层楼高的落差，坐上去，是好吃街了。

夜晚的重庆，是迷离而妖娆的女妖了。放肆地招摇着它的辣和缠绵——解放碑前的女子们，有着青瓷一样的脸，放声地笑着，吃着过度辣的酸辣粉，一边吃一边走，绝不流露出小桥流水的羞涩，有着豹女郎的动人和霸道。坐在小吃街上，要两碗担担面、肥肠面、酸辣粉、麻辣烫、抄手……重庆真的能考验一个人的胃的承受能力，夜深了，重庆才刚刚开始。

重庆属于后半夜——坐在那里吃铺盖面，铺盖面不是我想象中的面条，厨师把一块面团用手扯来扯去变成一张锅盖大小的面饼扔进锅里煮熟，加一些蔬菜、豌豆、葱花、牛肉，就是一碗牛肉铺盖面。以前只知道陕西有一句话：面条像腰带，形容面条很宽。谁知道还有更宽的：面条像锅盖。铺天盖地的，像一场没有缝隙的爱情……

更让我觉得有市井味道的是，过来一卖绿豆汤的人，提着两只暖壶问：要绿豆汤不？当然要一碗，两块钱，加冰糖。又过来卖烟的，用老电影中那种托盘托着，也要一盒。再过来卖唱的女子，拿一把吉他一个小音箱，一首歌十块，我说好吧，点一首陈楚生的《有没有人告诉你》——有没有人曾告诉你我很爱你，有没有人曾在你日记里哭泣……夜色阑珊，我听得眼睛有些发酸。已经凌晨了，还有人会问，小姐，擦孩不？然后蹲下为吃铺盖面的人擦鞋……不算完，还有看手相的，还有讨钱的……

重庆夜市的生动超过你所有的想象，我因此发了疯一样爱上这生动饱满的城市……它不仅霸占了我的青春记忆，而且霸占了我的味蕾，还霸占了我的思恋！我要如何才能生生戒除缠绕心头的这份思恋！

是夜，到嘉陵江边喝小酒——人多极了，仿佛不夜天，我要了重庆啤酒，一杯一杯地喝着，我不怕醉，我要的就是醉。

醉，就醉在重庆，他是一个绵密的男子，值得醉倒在他的怀里吧？

❖ 乌镇：美丽的乡愁

喜欢江南，源于骨子里那份清愁。

每个人的命里，都与一个地方有着莫名其妙的牵牵连连，很难说清那是什么样的纠缠，梦里有，诗里有，醉着有，醒着亦有。那就是乡愁了吧？

最早读到有关江南的诗句当然是白居易的，不过七八岁，朗朗读着：江南好，风景旧曾谙，日出江花红胜火，春来江水绿如蓝，能不忆江南？江南，两个字在我心中，已然如影随形。

渐渐大了，但凡与江南有联系的东西便是好，如最初的胡兰成对张爱玲，只要她说好，他就会说好。就像我，有了吴侬软语、白墙灰瓦，再有了江南布衣、丝绸和雨季，就有了我的美丽乡愁。何况，乾隆七下江南，吸引他的，不仅仅是江南美景吧？那满池莲藕与鱼虾，那小桥流水与雕刻般精致的民居，还有那蜡染布和滋润平和的生活，就是我的江南吧？

而最让我迷恋的，是那些江南的水镇。周庄、同里、甪直、西塘……千年的江南水镇是东方威尼斯和水中桃花源，累了的时候，我会背上包在镇上住些天，就住到民居里。那时住十天只会收你一百块，而房东的吴侬软语说得好：只要你来，便是我们的亲人。

而六镇中最喜欢的，当然是乌镇。只能是乌镇。

不仅仅是文学大师的故乡，还因为，那里的水更清，那里的人更纯粹，那里的桥更加别致。

选择了一个早春，在些许阴冷的日子走进了乌镇，油菜花开得到处都是。江南的春虽然早，但冷意仍在。这是《似水年华》中文和英的乌镇，这是茅盾的乌镇，也是我的乌镇。

正是早晨，游人甚少，女人们正在小桥流水边浣洗，远远的乌篷船上，有袅袅的白烟升起来。一向，我如此地喜欢着市井味道浓烈的东西，它们与我们的日子息息相关，贴心贴肺。午后，我看到几个闲散的老人一脸宁静地坐在自家门口喝茶，看着过往的游人与船只，好像一切与他们无关。还有那些上了年纪的婆婆，聚在一起喝阿婆茶，发上戴一朵艳红的花，头上蒙着藏蓝色的一块蜡染方巾，年轻的小媳妇在几百年前的老房子前卖姑嫂饼和杭白菊，旖旎的身影让人驻足。

是啊，江南的小镇少了江西小镇的浑朴和奇险，多了平稳和祥和，每座老房子的白墙灰瓦间，都可以让人想起"朱雀桥边野草花，乌衣巷口夕阳斜"的诗句。月亮还是千年前的月亮，桥亦是千年前的桥，但到底一切不同了。

千年前，那些文人墨客或者政客在官场上落败受挫，选择了这里做自己的归隐之处，从此喝茶品月开始另一番人生。毕竟，选择逃于佛逃于道的人是形式上的孤独和寂寞，是极其另类的极端方式，从此与青灯为伴，与寺院结缘，以那样的方式与滚滚红尘做了最后的告别，所有的七情六欲化作了木鱼里的响声，一下下与岁月打磨。选择了水镇，却是选择了出世，他们也大抵懂得大隐隐于市的快乐，从此做一个俗人有什么不好？这样的俗人，可以在江南的杏花春雨里吹笛到天明，可以约三五知己去茶社喝几杯菊花茶吟诗作赋，还可以在大雪纷飞里，独钓寒江。

所以，美丽的水乡小镇有太多的文化味道。多少雅士曾归隐于此，在山水间发现了仕途以外的乐趣，从此与红尘结缘为伴，开始另一种人生。

同里的退思园是这样的集大成者。然而乌镇这样的去处也不少。古人留下来的老房子里有多少美丽而曲折的故事呢？现在没有人追问了，只懂得在草长莺飞风和日丽的日子来欣赏这样的美景就是了。

徜徉在古镇，给人印象最深的，当属那一座座水乡特有的小桥。小桥是水镇的经，小巷是乌镇的纬，经纬交织了多少悲欢？谁又能数得清呢？

乌镇水网密布，镇内的主河道——"车溪"支流无数，自古桥梁众多，最多的时候多达一百二十座，有"百步一桥"之说。而那桥上大多是有楹联的，也显示出地道的江南文化，一座小桥都能修得那么美，精雕细刻到让人赞叹。江南，怎么会不让人如此地迷恋？如通济桥联："寒树烟中，尽乌戌六朝旧地。夕阳帆外，是吴兴几点远山。"一句话，把几百年的沧海桑田描述到淋漓尽致，只是千百年来风雨侵袭，不知多少座桥消失了。我去数了数，目前镇内尚存古桥三十多座，仍可傲视江南六大古镇。

和许多江南水乡古镇一样，乌镇的街道和民居都沿溪、河而建，这样的布局和水城威尼斯是可以媲美的，但中国的水乡小镇更多了文化和古典韵味，因为有了诗词和文化浸染还有几千年的积淀吧。但有一点是其他水乡古镇没有的，那就是乌镇人家的水阁。

水阁，就是民居的一部分延伸到河面上，像是漂浮在河面上的房子一样，但在下面有木桩或者石柱打在河床中，上架横梁，搁上木板。水阁是真正的"枕河"人家，三面有窗，从窗下可以买菜卖花，过往的船会停留在窗下问：要不要买新鲜的油菜啊？凭窗可看到市井风光，如果小住，当然枕下是潺潺流水，自然别有一番情趣。在这样的水阁里住着，不是神仙，也胜似神仙了吧？茅盾曾在《大地山河》中如此描写故乡的水阁："……人家的后门外就是河，站在后门口（那就是水阁的门）可以用吊桶打水，午夜梦回，可以听得橹声欸乃，飘然而过……"

除了桥和民居，最让我留恋的就是茶馆了。不是北京老舍笔下的茶馆，而是像你我每天必去的一个休息场所一样，面朝小桥，看着过往人群，点一杯杭白菊或碧螺春，可以消磨掉一个午后的时光。假寐听着船声从身边摇过，岁月就这样慢慢老了，几百年，几千年？也不过就是眨眼间的事情吧？而有了雅兴的人可以来这里小聚，吟着：浦上花香追屐去，寺前塔影送船来。然后大家嚷了好，便可以差人刻到小桥的楹联上去，一句句，一联联，就在这风花雪月的午后诞生了。如此地归隐让许多人明了，也许所有曾经的争名夺利都是过眼烟云，这才是真正的人生呢。茶馆里的市井气息那样美丽，水乡的情韵就在一杯杯茶里荡漾开来，传说茶圣陆羽曾在乌镇的茶馆里乐不思归了，是因为这里的杭白菊太舒畅，还是这里的小桥与流水更别致？最盛时，这里曾有六十多家茶馆。丝弦悠然起来时，可以听得到外面的水声风声，而碗里的杭白菊，静静地开了。

茅盾晚年所写的回忆录《我走过的道路》，在"祖父及弟妹"一节中写道："祖父的生活，很有规律，每天上午，或到本地绅士和富商常去的'访卢阁'饮茶，或到西园听拍曲。"可见访卢阁的名声之久远了吧？

来乌镇，当然要去昭明书院，昭明书院是乌镇市河西岸、剧场南首的昭明太子读书处的遗迹。据《乌青镇志》记载，梁天监二年（503 年）梁武帝的儿子昭明太子，曾随老师沈约在此读书，并建有书馆一座。后来，书馆倒毁。明万历年间，驻乌镇同知金廷训，为了纪念昭明太子勤学功绩，在书馆旧址建了一个"六朝遗胜"的石牌坊。里人沈士茂提书："梁昭明太子同沈尚书读书处"。而另一个原因，当然是因为《似水年华》，我喜欢的黄磊和刘若英在这拍了《似水年华》，文是昭明书院的图书管理员，英是台湾的时装设计师，爱情就这样发生了。在此地，在此景。这里的场景是早就看过的了，亲自来看还是有一种亲切感，那是一个美丽而伤感的爱情故事，非常小资却又怀旧，古典与现代的最佳版本，让人想起很久远的爱情，那样的故事，是适合发生在这样的小镇上的。当那一本本线装书从手里翻过时，岁月扑落落地掉了很多灰尘，但还是让我们的眼睛发亮了，是啊，再经风尘，好书仍然是好书，就像这小小乌镇，因了岁月，更显出风情和精致，夜里，挂上了红灯笼的乌镇，仿佛是早年的秦淮河，仿佛是我梦里的水乡。

乌镇的美丽，不是匆匆来匆匆去能品味的，白天的美丽是那样清澈，夜的美丽更像一场烟花吧，夜的乌镇被红灯笼映射得如幻如梦。恰巧有一只木舟穿桥而过，舟上坐着一个弹古筝的女子，弹的曲子似《水中莲》，忧伤而浪漫，那船娘慢慢地摇着橹，过去很远了，曲子在水面上飘荡着，让人疑心不是在人间。

月亮上来了，远远的，有弦唱传来。是在茶馆里，屋内是明黑的大方桌子，四个人在唱着类似昆曲的东西，一个拉胡弦，一个拿笛子，一个敲着不知名的乐器，还有一个女人拿着铜铃，调子极其婉转。我问邻座的一个乌镇人他唱的什么，他笑着，用手蘸了水，在那黑桌子上写着：宣卷。宣卷？真是很奇怪的叫法，但又旖旎又好听，我喜欢。坐在我旁边的，是一年龄二十三四岁的大男孩子，高大、黝黑，我看他一眼，他就低下头去，然后腼腆地一笑，像是鲁迅先生《故乡》中的水生。我提出明天去他家看看，因我总想知道那几百年的宅子里到底是如何的装置摆设，住什么样的人吃什么样的饭，他居然同意了。

　　抬眼望去，月亮在白莲花一般的云朵里穿行，宣卷已经说得几个乌镇老人泪水涟涟，那必是一个悲伤的故事，我出了茶馆，一个人趴在桥上看月亮，夜色中有摄影师在拍夜色乌镇，也有小情侣在呢喃，寂静中传来的还是那稍显凉意的曲子。我觉得自己是在世外桃源，但桥上的石头却湿了凉了，更深的夜来了，月亮一点点移动着，却仍泡在水中，大、明亮、湿湿的，像一个故事，一个传奇，有谁说，乌镇不是一个故事一个传奇呢？

　　第二天下起雨来，在早春的雨中走进了乌镇的人家。雨从屋檐上飞下来，落到天井里，他带我一步步走上阁楼，楼梯是木板的，很窄很陡，因为采光不好，屋内极暗，家具全是几百年的家具，上面蒙着岁月的尘埃。整个房子全是木质结构，屋里有雨季里的霉味，加上雨丝丝缕缕从外面飘进来，人仿佛走进了苏童的小说，粉红的，落寞的，甚至有些颓靡，但是让人迷恋。

　　楼上坐着他八十岁的阿婆，皮肤白细到让我汗颜。八十岁的老婆婆，听不懂我的普通话，一辈子没有出过乌镇，她说的乌镇话我亦听不懂，但她看着我，细眉细眼地笑着，头上一块蜡染布的方巾，配上暗红底子的大襟袄，让我以为时光错乱。

　　我下楼的时候，阿婆与我一起下来了，细雨从那几百年前的灰瓦上落下来，一滴，又一滴，真让人有恍若隔世之感。阿婆的蓝格子蜡染布一寸寸从我眼前移下去，她手里择着雪里蕻，没有谁来打扰她，有滋有味地过着小桥流水的日子，正像天井里那些挂着的雪里蕻，一串干了，再晾上一串。

　　和阿婆照了一张相，她说了一句乌镇话，我没听懂，问年轻的大男孩，大男孩笑着说："姐姐，她说你好像是她的女囡呢。"

　　我心里一热，眼泪差点儿出来。乌镇，是我的美丽乡愁，我在细雨飘荡的雨巷中走着，想起戴望舒的《雨巷》。我不是一个丁香一样的结着愁怨的姑娘，我只是一个寻找自己前生和美丽乡愁的女子，在乌镇的雨巷和粉墙黛瓦间，流着莫名其妙的眼泪。

❖ 武夷山记

武夷山真是个好地方，山水画似的。一会儿荡漾着山，一会儿荡漾着水，一会儿又冒着茶气，简直好极了、妙极了。

可惜，武夷山的妙，我是到第三次去才发现，这么一说，好像前两次都白去了。爱上武夷山迟了些，但，到底是爱上了。我想了想，爱它什么？大抵总结了几点：一、山水，二、人文，三、茶气。我每想起武夷山，就想泡杯热茶，是那种正宗的大红袍、肉桂、水仙、白鸡冠……然后慢下来，好好和自己喝杯茶。

这次坐高铁到武夷山，G323。听朋友建议坐上，听说是中国最美的一条高铁线。整整八小时，从华北平原到齐鲁大地，再到徽州、皖南、闽北，穿过长江黄河，跨过泰山黄山，穿过无数山川、河流、湖泊，季节从冬天到深秋到初秋，再仿佛到夏天，大江大海大河让人动容，日月山川令人动情。在路上一直泡茶喝，己亥年迷上岩茶，恰巧有了这趟武夷山之旅，是天大的因缘。

晚上七点抵达中茶武夷手工坊。院子里开满三角梅。福建的冬天总让人感叹冬天之美。鞭炮花、三角梅、月季，还有茶僧的土房和茶房。

茶僧在等我。他从前是特种兵，做茶二十年，近些年只做手工茶，一笑还腼腆，看不出已中年。

他自己有厨房，雇了两个厨子在做菜。因为有昼夜做茶的师傅，所以厨房显得非常重要了。

土灶上炖了鸡、炖了鸭，还炖了一锅红烧肉。那土灶美极了，因为又土又怀旧，还可以围坐吃美食。我们脱了羽绒服穿了衬衣围着土灶吃肉喝酒，大块的肉，大口的酒，外面三角梅疯狂地开，院子里茶香弥漫，炭焙的师傅说："今年的茶真香。"

饭后坐在院子里看月亮喝茶赏花。茶僧房前屋后种了很多花。他说："我和花商量了一下，尽管冬天了，因为小禅要来，还是让它们等等你。"

茶是"十八罗汉"。香得丰富、迷人，真正的岩骨花香。层次感好极了。李亮说："这是二〇一九年的茶王。""怪不得呢。"李亮又说："我来他都舍不得给我喝……"一院子茶香、花香、月亮香，还有浅吟低语的茶人们，武夷山冬天的夜晚像春天。可能见惯了北方的严冬，一丝绿意没有，一看见花花朵朵，心就软了。有人说冬天令人抑郁：灰色的、沉重的、雪、枯枝、鸟巢，绿色灭迹了。但，这里的冬天是活着的，一段段的绿，绿了这儿红了那儿，总是惊心。

一夜醒来，明媚的阳光下三角梅疯狂开着，我们去菜市场买了很多蔬菜。茶僧说要去山上的寺庙看一个僧人，顺便吃个斋饭讨杯闲茶。

那寺叫弥陀寺，只住一个八十一岁的老尼，出家已四十四年。茶僧每过一段时间便上山来，给寺里送米、面、粮油。

我们一行人穿过道道茶山、大松、山岭、树林，提了茶具在山间行走，茶香阵阵，有茶农放了音乐在种茶，一男一女在茶园里，收音机中是悠扬的乐曲。简直像桃花源。

我与茶僧走得快，穿过芦苇、茶山，抵达弥陀寺。

寺院在山顶上，松风阵阵、茶香扑鼻。老尼在厨房里为大家做素食面。我进了厨房：烧火、切菜、烧锅、煮面。她也不问候我，八十一岁，腿脚麻利极了。我高她矮，厨房里只两个人，谁也没有说话，煮了三盆面条端出来，大家围在一起吃饭。她依旧不说话，只是脸上一直有微笑，好极了。

饭后在寺庙的廊下喝茶。茶僧带了好茶。气温有30℃。大家感觉在夏天似的。老人也围坐在桌旁喝茶，也不问什么，也不说什么。日月静好，松风阵阵，寺庙有钟声，心底有远意，不问，不想，都好。

远山里有牛在稻田，种茶的人依旧在茶园。他们换了更为欢快的曲子。有人说武夷山是少年人的诗、中年人的梦、老年人的家，对于我而言，又是诗又是梦又是家。

武夷山的冬天像恋人，暖暖的眼神一直注视，树高高大大的在河边，河对岸山顶上是鹤鸣山庄，主人炒了一桌子土菜等我。茶僧依旧像个孩子一样蹦着跳着。远山下是蓝的天白的云，拾级而上是满山遍野的野花。此时北方大雪纷纷。木心说自己是一个大雪纷飞的人——我更愿意在鸟语花香的南方，像一条蛇一样，只要一到南方，便能一寸寸活起来。

下午的读者见面会甚是有趣。有的人根本不是我的读者，却因喜欢我的微博，喜欢我的生活、我的猫、我的坛坛罐罐和我的花花草草而千里万里而来。

比如广西南宁的琼。和我同龄，在做财务，大约觉得生活太无情调了，索性买了机票跑来。小王是湖南某市管妇联工作的，穿了一身翠绿，像明媚的翠鸟一样出现。还有在杭州银行工作的 M……她们大多有体面而优雅的工作，千里万里来了武夷山，我们坐在院子里喝茶、看花。月亮升上来，茶僧点了篝火，烤上柚子、地瓜、玉米……众人在月亮下聊天喝茶说有趣的事情，觉得当下就是最美，也无风雨也无晴。一片欢喜，都是这么禅意，又是这样脚踏实地。

茶僧带我们去大王峰下喝闲茶。

李亮介绍说："这家在山上，一般人不让去，主人姓窦，官称窦大哥。因为爱岩茶，窦大哥十年前来武夷山，专门自己做岩茶。自己买了茶山，不打一点儿农药，别人一亩收几百斤茶青，他只收一百多斤。有的叶子上还有虫眼，就做出那么几斤茶来，留着自己喝。开始是每年做茶的时候来，后来索性搬来武夷山住。""那这位窦大哥好传奇。"我说。"不传奇。"李亮说，"比他传奇的人多了去了——一个德国人年年来中茶武夷手工坊做茶，就因为迷恋手工茶。还有新加坡一客商喝茶喝得家徒四壁了，就这样还借钱来武夷山喝茶呢。"

"还有呢？"

"还有一个上海人，迷恋手工茶，每周五下了班便来武夷山，周日再赶回上海就为喝口茶……"

这些人成了茶痴、茶狂、茶愚、茶魔。茶僧从前姓吴，因为爱茶，索性改姓武夷。现在，他叫武夷茶愚。成了茶的僧人，终身在茶中修行：他提到茶，眼中放光，仿佛每片茶都是他的孩子。有人买了他十几万的茶，把茶包扔到车的后备厢。他看到就怒了，觉得自己的茶受了委屈：怎么可以这样对待我的茶？于是退钱！"我不卖给你了，因为你不尊重我的茶！"他成了茶疯子，珍惜每片茶，那是自然的精华。武夷山经度纬度恰恰好，岩也好土也好，一洞两涧三坑。

洞是鬼洞，岩茶之最，一年产茶不过十几斤。两涧是流香涧、悟源涧，这里出身的茶也极昂贵。三坑是牛栏坑、大坑口、慧苑坑，喝岩茶的人会问：是哪个坑的茶？

还有竹窠的水仙，还有迷人的肉桂，四大名枞之大红袍、铁罗汉、白鸡冠、水金龟。各有各的一言难尽，喝到正宗的，都会臣服，且，五体投地。我被岩茶迷得五迷三道，像迷上了丰富的立体的一个人。窦大哥的茶是此次武夷山之行的神来之笔，简直喝到扼腕叹息。

坐在山上的老楠木茶桌边喝窦大哥的高脚乌龙，看着大王峰夕阳一点点落下去。远山如黛，茶山散发出禅意。窦大哥应该有六十多了，撇下妻儿、孙子，一个人跑到山上做茶喝茶。他们说喝到窦大哥的手工茶很难，他并不是谁都招待。

喝很久还满嘴余香。不仅有花香，还有一股老戏余派的岩骨，妙不可言。我贪婪地想再喝几大杯窦大哥的茶，以留回味。

武夷山不但茶好，美食也好。尤其闽北菜，甚得我味。我嗜辣如命，去湖南湖北四川江西重庆都把当地人吃得败下阵来。只到贵州败过一次。辣到去路边吃冰糕。变态辣我吃过几次，也认为并不变态。福建的闽南我去得多，没有辣菜，海鲜居多。且闽南风味极重，但我也去吃。全国各地的菜品我都能吃下去——长期出差，练就了好胃口。

但武夷山属闽北，闽北菜太对我胃口，又油又辣，大概因为挨着江西，所以辣得够猛够真够帅，菜里往往放几种辣椒：干辣椒、小米椒、泡椒、脆椒、二荆条……再加上香油，尤其"大三碗"和"德顺"两家，我每次去，都会让厨师加辣加辣，加到顶级辣。所以再去的时候老板娘总问：是不是顶级辣？我在武夷山吃辣吃出了名气。武夷山人说，别的北方人是假吃辣，雪老师是真能吃辣。那碗辣猪血、鸡杂碎、熘肥肠……哎呀呀，武夷山的茶和菜，简直是为我量身定做的。

次日我们去瑞岩禅寺。据说是唐时建筑，毁于战火又重建。一路蜿蜒，看到山峦、河流、竹、青山、溪水、茅屋……一时也找不出更好的语言来描述此情此景。画里山河，一笔笔全是人间惊喜。

还未到寺庙，便闻到钟声和屋檐的风铃声。刚拐进寺庙的山谷，便见一棵孤独的树在路边等我，两边是远山和收割后的稻田，美得不像话了，加上小雨霏霏，远山在缭绕的雾中，寺庙在远山里，一切像一张水墨画：轻重、远近、缓急、虚实、藏露、气韵、动静……一寸寸都是活着的，仿佛一首抒情恰好的长诗，又似人生如初见的初恋，妙不可言。

刚到禅寺门口，一群鸽子扑啦啦从头顶飞了过去，在雨中，那些鸽子也沾上了灵气和仙气似的。更让人尖叫和惊喜的是禅寺门前那棵千年的老银杏树，一树金黄，参天老树，就那样在雨中等着我。禅寺、远山、稻田、千年银杏树、雨、鸽子、钟声，一切恰恰好，我们会不舍得说话，更舍不得惊动这天与地之间的一切。有如神明知道。有如一切明了。

拾级而上，见古松，见禅寺，见僧人。大殿内有人诵经，有人在廊下磕长头，有人在雨声中听到诵经而哭泣。上好的时光是找不到更好的词来形容的，寺庙之外的气韵、气息，惊魂之美，宽广、浩渺，仿佛大音希声、大象无形，却又小安若素。

而我只觉山回路转不见君。

古寺的雨格外禅意空灵。远山处是云雾，寺外是千年银杏树，黄得明亮而磅礴。檐头风铃一直在廊下叮当响着，配合着这场恰好的秋雨，像一个妥帖的形容词一样。李亮当下决定皈依。众人也吃了一惊，觉得同来时还好好的。我却理解他刹那的决定。三十岁的男子，经历过商场的风风雨雨，就这样了却凡尘，也好。雨中老僧带他念那些梵文，我在廊下听雨、喝茶。中年听雨古寺中，早也苍茫，晚也苍茫，所有的一切都是命中注定的安排。

世上并无新奇事。

我想多年以后也难忘记这个午后：鸽子们在寺院里飞来飞去，村落里鸡鸣犬吠，远山云雾如画，身边人一起喝了那款叫"梅绽"的茶。

接下来的几日，尽在武夷山中游走，古村落里穿行，山谷里游走。尤记得在南丰柳永故居，见溪水向东流去，溪水边有古树，溪里有野鸭野鹅，溪边草丛中有野鸡踱步。夯土房子前坐着村子里的老人聊天喝茶。远看青山、近看绿水，村子里少有年轻人。整个村子静悄悄的，似回到远古一样。我知道那些远离的年轻人早晚还是要回来，飞鸟相还，令人忘言。

行走在山路上，只有我们一辆车。初冬的武夷山美得陡峭而有层次。整个山谷像泼上了油彩，红的炽、绿的艳、黄的嫩、棕色更焦……是一幅天地之间的水墨画，古松掩映间，只觉得这就是世外桃源了。想想此处出了柳永和朱熹并不为奇，如此山清水秀人杰地灵。在五夫镇朱熹的故居，看到他亲手栽下的大树已经郁郁葱葱，鸡在树下散步，老人在树下谈心，整个小镇弥漫着旧时气息：青石板的路、老宅、夯土房、旧廊、兴贤书院。一代大儒家，影响中国近千年，仿佛还能闻到宋时之味。

这几天，一直行走在中国山水画卷中，行走在中国乡村生活美学里，我像一个古人去寻找前贤们。

牛在稻田里吃草，农夫在溪边劳作，茶山里有山歌，山谷里有古松，村落里有寺庙、书院、宗祠，禅寺里有飞鸟、古树，旷野里有长亭、短亭……这哪里是风景，这是一张有格调的山水长卷，这是古中国最好的样子。

这一次，我彻底爱上了武夷山。人、风景、风物、茶、美食，无一不让人留恋，年年不知春，年年更知春。

茶僧又带我去"万里茶道"起点下梅村。他的妻子小雅也同行，小雅极雅，总是淡淡的、淡淡的。茶僧二十七岁就身价过亿，开过悍马、奔驰，拥有过多座别墅，一场经济危机之后，茶山起过火又遭过大水，一切从头再来。小雅陪在他身边，茶僧从亿万富翁到身无分文、外债累累，小雅一直淡淡的。

下梅古村是古村落的集大成者。当年晋商贩茶就从这里开始。到处是晋商留下的痕迹：祠堂、寺庙、民居，还有戏台。村子里依旧住着很多人，是我见过的古村落中比较热闹的村子了。

还有打铁铺子。打铁匠依旧在打铁，已经四十年了，老老实实打铁，火光四溅，映红了他的脸，是朴实而动人的。

古老的民风依旧在。

随便坐在一户人家，就有人端上茶来，我一边喝一边听闽戏。也听不懂，但婉转得很。

坐在溪边发呆，看野鸭子游过。淘了几个有年代的手编竹筐，拎在手里瞎逛。

是极其散淡的光阴。

又逢了下梅集市。卖菜的、卖花的，以及卖各种想象不到的杂物的。我坐到街边吃一碗越南粉，放了很多辣椒，又饮了一碗街边的茶，觉得美好的人生不过如此了。

那天晚上离开武夷山天又下雨。是小雅送我。在去机场的路上默默落了泪，想起这些天在武夷山，喝了好茶、见了好人、吃了好菜、见了好山水，一时悲喜交集，全是舍不得。

别时容易。雨大概是知道的，所以挥了挥手，互道珍重。我暗自下了决心：每年要来武夷山。特别是十一月，北方已雪，南方艳阳，我要好好坐在武夷山的三角梅下，隐逸于茶，就那么闲散地听听戏、看看寺庙、吃个辣菜，茶隐于武夷。

回家后我与表妹说起武夷山，更动了来养老的心。我像在暗恋一个人，那个人，恰好在武夷山，我们可喝酒纵马，也可归隐田园，可浮云聚拢吹作雪，也可浮世悲欢煮成茶。

就武夷山了。老了以后，在这儿喝茶、听戏、聊天、看世外桃源。

就武夷山了。

❖ 谪仙记

人说桂林山水甲天下。

这话小了，是广西山水甲天下。

沈从文说看过许多地方的云，喝过许多地方的酒，不知他喝过广西的酒没有，看过广西的山水没有？如果没有，真遗憾啊。

我也遗憾，居然这么晚才来广西。这么晚来崇左，这么晚才看了崇左的山山水水，吃了那动人的寿司宴，又吃了桂林米粉、螺蛳粉……还有好多叫不出名字的奇怪食物，在酸辣的味道中沉溺着，在以为是仙境的山水中沉溺着。

半夜醒来，看到月亮，哦，这是广西的月亮。

广西的什么最打动我呢？是壮族的那种原始的明媚气息，还是唱着山歌的山民？那声音清澈得似天籁，湖边两个六十岁的女人唱歌，和声时简直令人目瞪口呆——仿佛是一体的两个人，声音发出了金属的碰撞。

我听到过最好的声音，就是她们俩唱出来的了。她们站在水边，眼神干净清澈，声音明媚清冽。可真好。好得都不想动弹了，就想赖在广西山水边，吃吃广西小吃，看看眼前山水，听听山歌。

这样干净明媚的生活，美得涤荡了。但我想，我最迷恋的，还是广西的山水。

那山水忒动人了，动人到让人以为是假山假水似的，而我是广西的山河故人，这么晚了才一脚插进广西的山山水水。

去过许多名山大川。

它们也许太隆重了，气场太大了，压住了我。我便觉得隔心隔肺的，比如黄山、泰山、峨眉山，也不是不喜欢，就觉得不是自己的。去一次也就算了，没有再去的冲动。

但广西的山水不是这样。

广西的山水柔软，丝绸似的软，空灵的软。像盆景一样栽到大地上，然后时光悠悠，地老天荒了——打鱼的在河上打鱼，小船停在山水里，光阴就那样老掉了。

渔翁垂钓，山水间一派禅意。那禅意不自知，不自知自己有正大仙容的仙气，把"端丽"二字诠释得那么好。那山水又是有温度的，不冷，亦不热。北方的山是冷的，像北宋的山水画，有特别低的温度。但傅抱石画的山水又是热的，温度高了。广西的山水温度恰恰好。那么合适，舒服死了。

山水在旁侧，农民在山水边上劳作。插秧、放牛、收割、唱歌……不就是世外桃源吗？我想留下来，也插秧也放牛也唱歌，只因贪恋那山山水水。

车在山路上绕来绕去的时候，我是舍不得睡觉的，看着外面的山水发呆。

大自然可真是奇妙啊，自己给自己弄了个公园玩，好山好水好风光之外，还有德天瀑布、名仕田园、桃花岛、石景林、友谊关、花山岩画。我犹喜那些花山岩画，迷人极了，奇妙极了。说不清道不明的神秘，蛙似的小人，千年不褪的赤红色。

那远古的符号，是最先锋的先锋派，是最意识流的意识流。两千年前的先人就这样玩艺术了，我们现在真是拾人牙慧。嗯，他们比达利还达利呢。

我肯定是两千年前的那红色小人，又妖媚又有巫气，鬓边戴朵单瓣的大山茶花，赤金似的红，简直是《谪仙记》了——唯有广西山水让我想当个仙人呢。

三月三更好。

我来得恰恰好。正是一年三月三——歌仙会，好像所有人都出来唱山歌了，骆越王节、赛龙舟、吃粽子……从来没有看到过那么多粽子：肉馅的、三角的、四方的、豆沙的……不仅有五色糯米饭，还有侬沙黑糍粑。

在河边，摆上了几十米的长桌。来吧，吃起来，然后唱山歌，然后看赛龙舟。我还喝了点儿米酒，居然微醉。在微风中唱着山歌，居然觉得自己是壮族女子呢。

广西的山水好，风物也好。那衣饰真美，银片子哗啦啦地响，服饰又千变万化，反正都那么好看。眼神也好，朴素、干净。食物也好，上龙河虾、金龙脆扣、香腌、武德肉糕、响水金笋……特别是那"香腌"，用当地的野生"假蒌"叶包裹牛腱肉制作而成。好吃极了，香得没法形容。

那叶子的叫法更动人：假蒌。一种奇妙的感觉，广西人说话本来就像唱歌。于是我又多吃了几个，撑着了。喝了很多自己带的"小禅茶"才消化下去，唯有生普能压住那香。

我认识的广西人也好，比如小许。她总是笑着，说话真像唱歌，一路细心照顾着大家，脸上挂着干净明亮的笑容。

比如小雄。四十岁左右的女子，却自有一份清澈明媚。回到南宁后，她带我和深圳新闻网的林苗苗、海南新闻网的小邓奔了中山路夜市，然后开始了吃货之旅。

她热情得跟火似的。晚宴时，就嘱咐我们一定少吃，然后准备扫荡南宁小吃一条街。

哦，南宁，简直是粉儿的世界、粉儿的海洋、粉儿之都。现在我想起那碗辣辣的桂林米粉就要流口水了。

先去"老友记"吃了粉儿，雄哥（别人叫小雄是雄哥，可见义气）说"老友记"最正宗，不吃简直天理难容。又到中山路小吃一条街扫荡，柳州螺蛳粉、玉林牛巴粉、炒田螺、绿豆海带汤、烤生蚝……还有中山路老牌酸嘢，又脆又酸。怎么那么好吃呢？

我们坐在人山人海的路边吃炒田螺，吃了一盆又一盆，全是雄哥付账。她仗义地说："你们到广西了啊，这是给我面子啊。"

晚风吹过来，风吹尘世，风吹广西，我忽然想起胡兰成在广西教过学。广西自有一派未经世事的淳朴，好得不能再好的好。

我们终于在凌晨又喝了黑米粥，几乎是扶着墙走的，雄哥说下次再来，下次再来——广西人怎么那么淳朴那么好呢？说话怎么那么婉转那么好听呢？除了好山好水好风光之外，那风物简直是不可方物的动人了，我简直想赖在广西了。

这样一想，心里荡漾着那么大一坨的甜蜜了，因为我知道，我爱上广西了。

❖ 银川记

　　我居然这么晚来银川，连自己也不相信的晚。但中国的省会、首府中，我的确是最后一个到了银川——但似来过千百遍似的。

　　西北的天高云阔，有一种刺眼的亮，又辽阔又荒凉，没边没际的时光都化了似的，展展地（银川土话，比喻舒适、开阔）在你眼前。

　　宁夏，银川，这名字好啊！说不出的韵味和生动，欢喜得不得了。如果有个儿子就叫银川，有个女儿就叫宁夏。天然而空灵的名字。

　　中国好听的地名太多，宁夏银川是其中之一。我说不出它们具体的好，但就觉得好到令人羡慕，读出来口齿生香，特别是银川——仿佛银子铺了一地，到处闪光泽。

　　一出机场，看到枸杞广告，我笑了——这就对了嘛。没有枸杞，哪还叫宁夏？广告牌上写着：到了宁夏，才算游遍天下。掐指一算，就差宁夏。这样的奔波和行走会一直延续，有如候鸟，飞啊飞。

　　张雪姐姐是故交，和永玲抱着一大捧向日葵笑着等我。七年不见，张姐依然不动声色地笑着，仿佛没有时光掠过，紫色的袍子上有大朵印花。我穿了渔网破洞牛仔裤、咖色 T 恤。剪了短发的我无所适从，给自己戴上草帽。

我和张姐说，连我自己也不相信是第一次来银川，但的确是。银川的云仿佛伸手可及，街道宽宽的、展展的，不是八车道就是十车道，街上人不多。有一种在西宁的感觉，疏朗清宁。偶尔过一辆车，并不惊扰——银川很少堵车，单行道又多，我来的几日，没堵过一次，仿佛可以一直向前。银川是我见过最不堵车的大城市，而且是畅通无阻。

我走在银川大街上，并无陌生感。阳光刺眼紫外线强。要了一杯当地老酸奶，在路边喝，听西北的花儿。晚上张姐在自家"雪小楼"为我接风。

那一日，一群银川朋友，席间有热烈奔放的玩笑，还有西北人的豁达和不拘小节。张姐特意煮了新鲜羊肉给我吃，又嫩又滑又香。厨师说只放花椒、姜煮，最后再放盐，以保证羊肉的鲜嫩。大家用手抓着吃，我也入乡随俗，抓了蘸蒜汁和辣椒——但我更喜欢什么也不蘸。

已经晚上八点，太阳还明晃晃地亮着，我走在银川的街上，又地老又天荒。

次日是自己在银川的读者见面会，见到很多远道而来的读者。

晚上见到也在银川的杨俊姐姐，她来银川参加第十五届戏剧艺术节——她依旧又美又俊，一脸善良地拉着我看新戏《王贵与李香香》，两个人私下说体己话。

她在黑暗中说："小禅，有时候特别羡慕那些在最好芳华离去的人，有足够的勇气，拖到又老又憔悴，而且消耗了艺术有什么用呢？可自己又没有这份勇气。"我们在宁夏大剧院，在黑暗中握着手——那一刻，我们悲欣交集。她唱了一辈子黄梅戏，把戏当成命，人称"黄梅皇后"，又如何？更多时候，所有孤独与荒凉都要独自面对和撑起。

当我来到镇北堡西部影视城时，便印证了荒凉和孤独的力量。

无论宁夏和银川，都绕不开一个名字——张贤亮。很可惜，我在这个男人生前没有见过他，关于他的传说已成为传奇——其实他在活着的时候已经是传奇。

十九岁进监狱，四十岁之前还是处男，后半生的纵欲，还有他一手创立的影视城。我们难忘的那些影片很多在此拍摄——《大话西游》《红高粱》《新龙门客栈》《东邪西毒》……张贤亮是这里的主人。他的照片中还是流露出了南方人的书卷和儒雅，面相上还是南方人，但他骨子里已经是西北人。

记得少时读《男人的一半是女人》，觉得他痴迷于女人的身体，"性"的迷惑一直在。及至镇北堡西部影视城，看到大漠黄沙中他的城他的堡，才能体会他一点点极致的孤独，也能理解他不为常人理解的放纵——他死后，连歌女也歌颂他，称他爽快，从不小气。

银川人更是口不离他，说着说着，就绕到他。他曾经的对桌、老同事猫哥说："宁夏绕不过张贤亮，这个人是第一的。他在这儿，别人没办法。"他又说和张贤亮在一起时，"老张爱讲段子说笑话，一个接一个，动听有趣。"这个人活了别人的十辈子，他的作品也曾饱受争议。镇北堡仿佛还有他的灵魂游荡，泥墙土屋黄沙下，有他在笑傲江湖，一个人成为传奇是他的命中注定。

他待在西北农场烈日下时，大概没有想过自己的后半生才是人生巅峰，银川人说起他，说："也就有一个张贤亮。"

又去看贺兰山岩画。贺兰山三个字很唐诗，那些戍守过边疆的人都写过贺兰山。我想象的贺兰雪在六月里纷飞，"风情姐"开车，五十二岁的女人，妖娆万端，明明是中学英语老师，偏偏有着吉卜赛女郎的风情，露出又白又细的大长腿，热裤下是靴子。

"我一年四季都穿靴子。"她撩了一下长发，眼角有皱纹却性感生动。她身上荡漾着一种无法说清的妖娆——辨识度极高，万千人中可一眼认出。

我开玩笑说有没有男生给你发微信表白，她说："网络都拥堵了，全让我等他们长大。"她一脸狡黠坏笑，眼睛里有复杂、孤独的深情。

后来她说起曾经的爱情："无论他什么时候回来，我都要他，再也找不到那么好的人了。"她忽然涕泪滂沱。

我悄悄拿起纸巾，擦着自己眼角的泪——所有刻骨铭心的爱情如此相似啊。一个深情，一个更深情，像贺兰山岩画，千万年还在，在石头上实现地老天荒。

贺兰山下有韩美林艺术馆，几乎没有人，荒荒凉凉地放在那儿。站在贺兰山下，人行天地间，忽如远行客。很大的荒凉和孤独，在又白又亮的太阳下，散发出更为荒凉的味道。

我站在一棵孤独的树下，远望贺兰山，不由得感慨天地洪荒。

次日去黄河古渡看沙漠落日和黄河夕阳，几乎40℃的高温。五十二岁的窦老师拍了在沙漠中奔跑的我，大漠，落日，长河，孤烟，还有一个仿佛没有年龄的她和我。

我在沙漠中走啊走，仿佛时光也可以被弯曲。在黄河边，我伫立于夕阳下，看着黄河水滔滔东流。很多次经过黄河，很多次一个人在黄河边散步，都有刻骨的孤寂——我恰恰喜欢这孤寂。

晚餐在银川偏僻的巷子中吃碗蒸羔羊肉，美味到天荒地老似的——银川的羊肉在我的舌尖上翻滚，记得的是那鲜鲜的味道，不腥。

隔天夏至，张雪姐带着我去一个优雅的小舍吃饭，听张涛老师讲宁夏历史，泡了霍山黄芽，喝了鹿血酒，听着外面的雨声敲打在屋檐上。

院子里的花开得正好，好友三两，也正好。而我斜倚在夏至门前看银川的雨，一切也那么刚刚好。

❖ 广州记

广州真是个好玩的地方。我上次去广州还是二〇〇六年，转眼过去八年了，真快。

M在《南方都市报》当记者，每日里活色生香地描写广州：早茶、粤语、沙面、肠粉、榕树、三角梅、木槿花……后来M也离开了广州，去青海结婚、生子……

我住在了沙面，从前的租界。这里有当时各国的领事馆，比外滩的房子更洋气：红的、绿的、黄的……大叶榕和小叶榕都有上百年了，纵横交错的须子与根纠缠在一起，像一个有趣儿的老头，老了但仍然有趣味。那些老教堂、老房子、老树，都像被时光拧了一把似的，分外颓散，却散发出格外迷人的气息。

整整七天，我都住在沙面。白天去广州的老街老巷转，晚上再回沙面喝猫屎咖啡、散步，与遛弯儿的广州人聊天，那些住在沙面的人遛狗，我们在参天古树下走着，榕树的须子缠住我的长裙。

这已是十一月，北方已飘雪，广州依然25℃，桂花香扑到衣裳里，广玉兰的大叶子神秘幽荡，月亮升上来，星星落在肩上，沙面有条不长的塑胶跑道，我便在那里跑步，直至凌晨。

广州的精彩是从早茶开始的。哦，广式早茶太有名了，说说都要流口水：豉汁凤爪、豉汁排骨、陈村粉、红豆桂花糕、艇仔粥、云吞面、沙河粉、及第粥、双皮奶、榴莲酥……成千上万种，不在广州住上一年，吃不完的，就是住上一年，也吃不过来，广州人太会吃了。

沙面附近的陶然轩、兰桂坊、侨美食家早茶都好。特别是侨美食家，每次去都人头攒动，以广州本土人居多，以老人居多。晨练完之后，约了三五人喝早茶，大多是老伴儿，面前一份报纸，手边放大镜，一份虾饺、一碗菜粥，茶有大红袍、普洱、铁观音……茶位费每位十八元，喝与不喝都一样。一进门便看到蔡澜照片在墙上挂着，美食家与帅东家的合影。吃出花来也是本事。

我每日要喝生普。滚水沏了，先喝茶再点餐。早茶持续到下午的两点半，然后又是下午茶、晚餐、夜宵，我疑心广州人二十四小时全在吃东西，他们太会吃了。但他们仍然干、瘦。这大概只能说与气候、基因有关。

我爱吃泮塘马蹄粉，据说对眼睛极好。肠粉也好，白如雪、薄如纸，又嫩又滑。虾饺更好，水晶一样，一咬全是虾仁。烧卖上有肥嫩的猪肉粒，又黏又糯。甜点是榴莲酥与蛋挞，要个双皮奶……每天扶着墙从饭店出来，反正周围全是说粤语的人，我们北方人可能听不太懂。不重要。有点儿像鸟儿在鸣叫，很悦耳，很绿色，荡漾极了。

广州人早茶要吃到十一二点，一款早茶怎么也得百八十。广南是先富起来的那帮人，有钱，又有闲，广式早茶越吃越会繁花似锦了。

之后我去珠江两岸闲逛。我住沙面宾馆，对面便是白天鹅宾馆。"白天鹅"——我少年时代便向往这个酒店，那阵儿刚改革开放，中国第一家涉外的五星酒店，全国人民都知道广州有个"白天鹅"。那阵有个电影叫《一个女演员的梦》，便在"白天鹅"取景。可惜我去时白天鹅楼址一片漆黑，正在装修。广州现在连六星、七星全有了。但白天鹅在那儿，八十年代的记忆在那儿。

珠江两岸很多人在唱戏、拉小提琴、打太极、跳集体舞。只不过，唱的是粤剧，我想起《胭脂扣》如花与十二少初相遇，也是唱的粤剧，忧伤极了。粤剧有一种特别明媚的忧伤在里面，也说不清，但就是听了想哭。"北、上、广"三个城市，北京是男人，上海是女人，广州很中性，人到中年，有丰富的性经验与生活经验，时而妩媚时而阳刚，但就是有那么一股子说不清的劲儿，像荷尔蒙时不时跳出来。这种带着点儿邪恶的罂粟气息的劲儿，只有广州有。

在那些公园和街巷里，到处有唱粤剧的人。有时是一个人，对着树唱，仿佛树听得懂似的……还有两个老女人，在老榕树下对着 VCD 唱《梁祝》，都有七十岁了，顶着一头白发，深情地看着对方唱《梁祝》……我快哭了，就坐在榕树下听她们唱。我听不懂，但知道必是深情款款。

又去西关游荡。小吃一条街，吃了酸奶、红豆粉，坐在塑料椅子上看花儿。广州的花儿真多，每家屋子的窗台全种花，三角梅居多，也有木槿花、杜鹃花、桂花、玉兰……卖花的人也多，春节时有花市，家家买金橘，意味来年大吉大利。西关老街的老人不会说普通话，就那样直愣愣说着粤语。我指指点点，要了一碗濑粉吃，又要了酸梅汤、茯苓糕，闲散地走在老建筑和教堂里。

广州教堂真多，大概和传教士来得早有关系。广州人做买卖也灵活，随便提起一个市便不得了：东莞、佛山、汕头……我又吃了几顿潮汕菜，看了广州博物馆的潮汕老房子和潮汕木雕。潮汕地区有意思，据说女人吃饭仍不上桌，老房子仍旧保持宋代以来的中原气息。我便计划着去潮汕了……那里还有很多客家人，语言不懂没关系，有眼神，而且还能比画呢。

又去上下九晃悠。那些骑楼建筑真好，下了雨在廊下走，慢慢逛街，十块八块的衣裳也有卖。上下九在多年前相当于"香港"两个字，洋气得不得了。附近有批发市场，仿佛每寸空气全是钱。拉货车的小伙子永远在跑，大小包裹被扛在肩上放入车里运往全国各地。街边小吃摊二十四小时在炒河粉。教堂安静矗立，冷眼打量这个三十年来的热火朝天。

"大时代"每个铺位只有一米，月租金五六万，批发衣服的姑娘们包里全是厚厚的钱，浓妆之下是疲倦。我在"大时代"门口买了块儿七块钱一斤的烤红薯，又花一百八十元买了一个真皮棕色双肩包，十五块钱高仿香奈儿珍珠项链，觉得自己心脏突突地跳。太快了，太快了，快得要窒息了。

又去珠江新城。新得那么光芒四射。广东省博物馆、广州图书馆、广州大剧院、海心沙、"小蛮腰"……风情各异的建筑，设计独特、别致，四季酒店常常有阿拉伯的富翁在喝下午茶……新城新得彻底而华丽。

我在新城喝咖啡。星巴克，焦糖玛奇朵，又要了一款新出炉的核桃面包。窗外是车水马龙，高楼耸立，到底是广州。

来了广州当然要去中山大学。

红墙绿瓦。985院校大都去遍，唯遗漏了中山。近乡情怯，因为陈寅恪先生。他最后二十年在中山，双目失明，双腿不便，却用七年时间口述，写下《柳如是别传》。南明的那一段悲歌，那个时代知识分子的气节，他也是写自己时代的气节。

他没有随蒋介石去台湾，而是留在中山大学任教。中山大学因为有了陈先生，格外不同。

那些老树也真是美，白千层，一进校门便是两大排白千层。问很多学生、路人，这叫什么树，几乎无人知晓。难道这么美这么粗壮、苍老的树没有人去追问吗？终于知道，赶紧去百度，桃金娘科，又高又粗又美。这是我第一次见到白千层树，简直被震撼到了。每当我想起中山大学，我第一想起陈寅恪先生，第二便想起白千层了。

当然还有栎树、榕树、玉兰……中山大学的树都成了精，是够老了。我想，陈先生是不是舍不得离开这些树呢？如果是我，肯定是舍不得的。

终于到了先生故居。三层红砖小楼，二楼是他育人教书的地方。几张书桌，窗外是绿树、草地，静谧得很。我也走了那条"陈寅恪"小路，白色的，那是他还有微弱视力时所修，只为他走起来方便。我呆坐了一会儿，看到墙上先生与妻子的照片，十分端庄。只有内心安宁的人才会有那样的端庄，真是说不出地好。

我在中山大学逛了很久。在红砖绿瓦的老房子里发呆，在那些白千层、栎树、榕树下发呆，日头一点点沉下去沉下去……

晚上，我去吃了海鲜。黄沙的海鲜市场。那里的海鲜又鲜又正宗，大闸蟹只要二十元一只，蟹膏肥美。现蒸了吃，还有刀鱼、大虾、扇贝……自己亲手挑了，直接去后厨……空调和电扇开着，我家人来电话，说北方下了雪。我坐在电扇底下，吃螃蟹喝小酒，闻着窗外桂花香，美不胜收。

如果广州是一出戏的话，压大轴的便是夜游珠江。如果广州是一首曲子，高潮也在夜游珠江。八十八元一张门票，上了游轮。夜色中的珠江两岸一片灯火。老建筑，新建筑交相辉映，珠江的风吹起头发，粤剧在吱吱呀呀地唱着，那些霓虹灯闪得妖媚而放荡。夜色里的广州像一只兽，气咻咻地喘着，仿佛要吞噬你……这样的夜色，足以用性感二字来描述。我点了一支烟，看它和广州夜色一样明明灭灭，动人极了。

沙面，夜宵。又吃了很多又甜又黏又糯的广式小吃：蜜汁餐包、鲜虾云吞面、生滚菜心烂粥、鲍汁腐皮卷……我吃得很饱了，但好像仍然没有饱，我真想吃一锅酱油酱的排骨、纯碱大馒头、玉米粥、咸菜……我有一副北方的肠胃，我想念我的北方了。广州，到底是人家的广州。

回到北方后，我开始煲汤了，随便几片青菜叶子或者骨头便让我煲成了汤。有一天我走在L城街上，看到有一家小店写着广式小吃。我走进去，点了一个皇鸽仔饼，一个XO酱炒萝卜糕，尝了却不是记忆中的味道。有些东西，只有在本地吃才有那个味儿。

是夜，我梦见广州。在沙面的榕树下点了老火白粥和枣蓉糕，吃得口水都流了出来。树下有唱粤剧的女子，像是如花。我穿了件白衣，还留着一头长发，醒来时有些伤感，很快过去。

我还会再去广州，只为广州的活色生香。

❖ 日本记

我第一次去日本，并不感到讶异和陌生，在飞机上就想到许多关键词：三岛由纪夫、川端康成、清少纳言、紫式部、小津安二郎、三浦友和、山口百惠、金阁寺、寿司、芥末、俳句……

年少时墙上贴满山口百惠的剧照，在电影院里看《绝唱》，喜欢那种枯寂冷静。后来又读过许多日本的文学作品，里面有空旷的清冷禅意，特别是俳句。在精神层面上，我对日本是熟悉的。禅修、读书、远行，樱绽放，忽暮年。日本的作家们喜欢时光的远去、樱花的掉落，以及人生的枯萎、壮美。

"雀儿也在梅枝上开口念佛呀！"

朋友素莲在日本待过六年。家中陈设受日本影响极大，榻榻米、花草、器皿。她说："你身上的气息与文字有日本的味道，你会喜欢日本。"

飞机上的空姐低眉而笑，细细的眼睛，她们胸前有名字：松本、横山、相泽。让人想起二十世纪八九十年代，电视里铺天盖地的日本广告：松下、日立、索尼、东芝、NEL、雅马哈、尼康。

周围有四五个日本男人在看书，口袋书，安静地看。午餐送来后静静吃完，再看。不与人交谈，直到飞机落地。

第一次觉得飞机餐不难吃。三文鱼、酱牛肉、鱼饭、寿司、面条。面条极少，配了青豆、芥末，惊喜的是还有一条塑料小鱼里装了酱油。只有拇指那么大，剪了小鱼的嘴酱油流出来，洒在面上，极好吃。我个人偏爱芥末，去北京东三环"松子"和东四环"爱晚亭"吃日本料理时，总爱多叫一份辣根，那种辣味钻鼻子的感觉真好。像和一个人谈恋爱，到高潮了，弄不好鼻涕眼泪全下来了，过后又觉余味无穷。

大阪

飞机降落在大阪，机场并不大。坐船去神户，Portopia 酒店。朋友 W 来接，她在日本住了快十年，穿着简洁、朴素，手上有青筋脉络，十分瘦。笑起来也似日本人那样安静——她嫁了日本人，从此不工作，只在家带孩子煮饭，无事去学茶道、喝咖啡。

她曾是有名的文艺女青年，唱过许多摇滚歌曲，身上的刺青被洗掉了。她生了一儿一女，老公在松下公司上班。我不愿意住她家中，于是住酒店。住酒店有一种踏实感——不用打扰别人，也不要被别人打扰。

她介绍大阪关西机场，是全世界第一个填海造的飞机场。日本地少海多，很多地方在填海。

早早睡去。

总在路上，并无失眠，睡在哪里都一样。

早餐分两个楼层。三十层是西餐，二层是日餐，我选择日餐。

被侍者领进去，安排靠窗位置。

吃了寿司、纳豆、圣女果、番茄汁、味噌汤，又要了一杯冰水。我的胃病好了以后，喜欢喝茶与冰水，拒绝任何饮料。我越来越挑剔，无论是对美食还是对人。

我们去了大阪，走了一条樱花路，九月虽然不是樱花季，但亦美得壮观。她说："四月樱花全开了时，简直美得让人寸步难行。"我知道那种寸步难行，在西农、武汉大学，最好的季节我都去过，美得果真让人寸步难行。

第二次世界大战后，大阪被重修。在城里坐着发呆，与她聊旧事。我们上大学时一起爬墙头、醉酒、被男生背回宿舍、失恋、发神经、弹吉他……仿佛昨日。俱是平静诉说，没有波澜，她来日本留学，为躲避一场错误的爱情，未想到在此生根发芽，而且已将过去遗忘大半，云淡风轻地在讲。

九月的天气，初秋的素喜。久别重逢的旧友，坐在樱花树下忆旧。我们的少年都已不在，时光老去，慢慢享受安宁的时光。

去心斋桥闲逛，吃关东煮、日本面。还有一家螃蟹店，蘸了酱油和辣根，汤亦好得让人想再来一碗。在榻榻米上喝了些清酒。她又点神户牛肉，价格不菲，但神户牛肉果真好吃。五分熟，只撒盐，不放任何多余材料，保留牛肉的本来面目。

在心斋桥药妆店买了很多面膜和眼药水，又淘了一只银镯。W身上俱是黑白灰棉麻，身边走过的日本女子大多为此打扮。棉、麻。黑、白、灰。中等个子，化精致的妆。W在国内穿绿色军裤、球鞋、染绿色头发、抽烟、酗酒。现在的她与从前判若两人，说话声音极低，笑起来亦从容。

街边草席上的人在吃面，竹帘子飘来荡去。每个小茶肆都有禅意。我在自动贩卖机买了一瓶法国依云水，比国内便宜很多。W 说："日本人很奇怪，日本制的东西都贵，进口的倒便宜。"

在心斋桥的许多小街小巷逛，看到许多日本老人，他们几乎都在工作。酒馆、咖啡店、书店、药妆店……为你服务的人可能已经七十多岁。穿着优雅、朴素，银发飘飘，自有安静的力量。

黄昏街头，"谁家莲花吹散，黄昏茶泡饭"。

她开车带我去海边吃烧烤，牡蛎、鲍鱼、鱼片、清酒，又要了辣根和味噌汤。这天是中秋节，做烧烤的小伙子是大连人，他说："今天是中秋节呢，中秋节快乐呵。"我与 W 吃了抹茶点心充当月饼，"每年中秋和春节还是有些伤感……父母不在了，也不愿意回去了……"

W 喝得有些薄醉，唱起日本歌：草蒲花呀，乍经霜露，忽绽放，忽枯萎。华给我发来图片，是月亮，家乡的月亮。华说："这是咱家的月亮，你在日本记得吃月饼啊！"

日本在下雨，满街的人都撑着透明雨伞，这是个热爱素色的民族。

我想念故乡的月亮。

W 喝醉，至凌晨，有了露水。两个人回酒店，又泡了温泉。日本人睡得晚起得早，特别是日本男人，极少一下班就回家，回家太早会为邻居和妻子所不齿。W 说她丈夫也是这样，每天和朋友喝些小酒才回家。大概要到半夜。凌晨五点即起，每天只睡四五个小时。

以后十余天，在小酒馆中总会遇见许多男人在喝酒。面前一杯啤酒、一盘毛豆而已，喝到半夜，坐地铁回去。每日每夜，往复如此。W 每天为丈夫放洗澡水，如日本女人一样妥帖。晨起为丈夫准备早餐和便当，便当午间时在公司吃。

日本几乎没有早餐店铺，W 说想念北京的油条、豆汁、褡裢火烧，那是她的前尘旧事。

京都

来日本不如说是要来看京都。

东都洛阳的标本。

东都已不在，洛阳化成春水逝。

整个京都像一首旧唐诗，用美形容实在不够，古朴优雅沉静。旧宅、小巷、竹窗、木板、木屐、穿和服的少女——花开之暮，我在京都，归去来兮。

只有春云似客意，夜来为雨满长安。

整个京都的调子是低的、暗的，像颜色清浅的水墨画，但好极了。又说不出哪里好。禅意在日常，街巷、空气、味道。东山花东路，忽遇雨。

在廊下避雨，遇见穿白色和服的少女，廊下映出她的安静，盘了发，在九月之雨中矗立。她不说话，本身就是一首诗、一阕词。

片刻，又过来一位穿黑色和服的少年。两个人在伞下细声细语地说话。我久久地注视他们，他们亦知道我在看他们，更像一幅画似的站着。W 折了枝山茶送我，像带着风，我拍下了这恋爱中的男女，他们与京都合二为一，彼此映照。

与W在京都闲逛。小街小寺，俱是入眼风物人情。门帘、粗瓷碗、清酒、寿司、鱼片。淘了几件日式衣服，清雅极了。有人坐在树下发呆，有人在咖啡厅里聊天。

咖啡厅老人居多。日本老人经历了日本高速发展期，有很多积蓄。打领带，穿着整洁、高雅、体面。尤其女子，妆容极精致。

W 亦化了淡妆。

"日本女孩子都要上化妆课。"

W 今天穿黑白格子上衣，黑裙子，系带皮鞋。"你不知道京都的春天有多美，这个古都有一种让人不忍再看一眼的气场，因为太美了……"街上几乎没有垃圾桶，垃圾自己装进包里自带回家。整个城市干净、古典，绿植到处都是。许多旧宅摆满盆栽鲜花，又小又茂盛。菊花开得到处都是，散漫而靡丽。

京都的艺伎极有名，《艺伎回忆录》大部分在京都拍摄。日本很多小说写到艺伎，但我不觉得俗气，只觉得是情色的山水画，那般灵动又那般销魂。

京都，金阁寺。金阁寺名气太大，以至于我快离开京都才去。金阁寺的名字与三岛由纪夫的名字密不可分。华丽、璀璨、销魂蚀骨，这是对金阁寺的描述。昭和二十五年（1950 年），二十一岁的僧人林承贤放火烧掉它，连同自己，连同供奉的国宝一同化为灰烬。

这样的故事不是令人惋惜，而是令人震撼。如同那迷恋《富春山居图》的吴洪裕，一生不娶，视此画为妻为子为至宝，临终交付侄儿吴静庵，一定随他一样化为灰烬，定要在坟前烧掉此画。

侄儿果然听话，扔进火堆，随即又拖出，这是人间至宝，却已经烧成两截，小半在浙江省博物馆，大半在台北"故宫博物院"。他宁可让它殉葬，亦不愿它留在人间。像李世民以《兰亭序》陪葬，美到极致的东西，仿佛毁灭比存在更有意义。

那小僧人点燃金阁寺的一刹那，一定以为那是他人生最美的刹那。

就像三岛由纪夫写下《金阁寺》之后的自杀，震惊世人。

彼时，日本已明令禁止切腹自杀，他仍然选择了最古老的死亡仪式——

切腹。

十七个月后，作家川端康成也突然自杀身亡，以采取含煤气管自杀的方式离开了人世，未留下只字遗书，继三岛由纪夫而去。

在中国戏曲学院当教师时，我一直推荐学生们看三岛由纪夫和川端康成的作品，还有紫式部和清少纳言的。日本作家有天生的绝望与悲伤感。二〇〇〇年，日本发行过一张两千元的日币，背面是紫式部《源氏物语》手绘卷部分。

也许因为自身是写作者，便对这些作家格外关注，因为每个写作者都注定会孤独。孤独是他们通向灵魂深处的桥梁。

W 说我适合在日本生活。另一个朋友素莲在日本生活了六年，深受日本影响，无论着装还是饮食。芥末我喜吃，但少年时一口也不能沾，否则鼻涕眼泪全来了。胡兰成从国内逃到日本，长期与川端康成来往，不知他后来是否喜欢吃芥末了？胡兰成也适合生活在日本，有那个趣味和调调。

趣味和调调很重要。胡兰成晚年文字越发人书俱老——不能说与日本的生活无关系。他的墓亦在京都，但上面一字未着。

隔日，与 W 参加一对青年男女的婚礼。女子一身素白，男人黑西装。结婚前日要去神社里拜拜，日本有意思的地方在于认为天地万物皆有灵气，皆可以一拜。有拜狐狸的神社，亦有拜乌鸦的神社，让人心生敬畏。

很多古寺的古木多，乌鸦也多。一对夫妻穿了笔挺的正装在叩拜。双手洗了，舀了水，先洗左手，再洗右手，再把水倒在左手掌心里喝了，所谓净水净心，眼神亦是最虔诚的。真好。

东京

东京是我自己去的，W 没有再陪。

坐了东京地铁与新干线：五十多个出口，问了十遍八遍才出来。差点儿把自己弄丢了。

在银座逛街，银座后面的小街也可爱。一家温州人在卖日本铁壶。买了一把，万把块人民币，准备用来煮普洱和老白茶。一想就美得心慌。假如年轻时来日本一定买电器和化妆品，中年再来，买了铁壶煮茶更重要。

晚上去新宿。果然灯红酒绿。正好下雨了，雨中的男男女女，雨中的纸醉金迷……转了又转，觉得这是个不可捉摸的国度。

在新宿晃到半夜，回酒店睡觉。日本人爱鞠躬，所有人见了你微笑鞠躬。

深夜，用铁壶煮了普洱，就着这些日本的小吃，一个人听雨。

我不以为在日本，我以为是在唐朝的长安或者洛阳，我是一个白面书生，穿了唐装，一个人在雨夜里，饮酒放歌写诗作画，这样一想，心里就咯噔一下。

❖ 越南记

十年前我想去越南，只因为越南这两个字吸引我。

孤僻的人总是有奇异的想法，单为越南的名字好听便心心念念了。像一个女孩子叫桢楠，越南的名字倒像一个男孩儿名字，干净、挺拔。

越南的香气是清香的，是电影《青木瓜之味》中的香气，是杜拉斯在西贡遇见中国情人的香气——那是少女与少男的香气。在杜拉斯的《情人》中，越南有迷乱的情欲，那情欲又都是带着朴素与天真的。

电影中，越南少女穿着奥黛，纤细的腰露出动人的一截。她们的笑，亦带着香气，牙齿素白，桃花红杏花白，美得清澈动人。

我却与越南一直擦肩。

M亦是喜欢越南的女子。我们相约一起去越南，躺在床上说着话，月光打进来，我们说坐着火车去越南。又有一次她去南宁采访，半夜给我打电话："你先飞来南宁，然后我们去越南，近极了。"她的声音中有迫不及待的渴望。

那次我有事没去成。后来我又有机会去越南，和M说了，她便哭闹："不是说一起去吗？你怎么能一个人去呢？"她的质问铿锵，又有千万委屈。那时她未婚，犹如少年般。

再后来在越南出了好几本书，长篇小说《刺青》《无爱不欢》《人生若相守如初》……那边联系我的编辑中文乏善可陈，叫我"作者"，这两个字真生动。那亦是第一次收到美金版税，后来我将一部分版税给了一个叫 B 的女孩儿，她去英国读书。

亦没有想到多年后我才去了越南。越南像一棵槐花树，落了一地的花，香气一直袭人。

及至真来了越南，不过是验证那香气而已。我只闻到奶香扑鼻。正是十月，越南女子展颜一笑，那是奶花树，每年十月开花，奶香的花？哦，是，一团团的小白花映衬于绿叶间，整条街全是奶花树，一片雪白，穿了奥黛的女子站在花树下，上衣是淡黄色，裤子是白色。她站在那里就是散文，就是诗，就是越南。

我连一丝陌生感都没有，仿佛来过多次。河内的老房子，那些法国殖民时期的老房子，被刷成黄色，那黄色和这个稍显黯淡的城市居然相配——我重新闻到二十世纪八十年代的气息，闲散、幽静，没有慌张，人们在西湖边聊天、散散步，恍惚间我仿佛到了杭州西湖边南山路。街边到处是参天古树。越南人告诉我，这些黄花梨从前用来烧火，后来大批中国人来买木头，从此价值不菲。

摩托车铺天盖地，密集到恐惧。夜晚的河内，摩托车的海洋，它们亮着灯，穿行于这个城市。街边的三轮车夫揽着生意，那是陈英雄的三轮车夫。人坐在前面，车夫在后面，三轮车的格局不同，景观便也不同。

铺天盖地的还有百叶窗，那是法国人留下的印迹。白色、蓝色、棕色……风情万种的百叶窗，美到让人窒息，让人有偷窥欲望——那窗子里住着十八岁的少女珍·玛奇，她在窗前等待中国情人。

　　越南曾是法国殖民地，法国人在越南盖房子、喝咖啡、吃面包、给小费，给越南留下挥之不去的法国气息，它与越南本地气息杂糅在一起，形成了难以名状的美感——又寂寞又销魂，又失落又慈悲。

　　更喜欢西贡。它现在叫胡志明市，我更愿意叫它从前的名字西贡。湄公河边，热带雨林。像积木一样的房子——长十五米，宽只有四米，每幢有四五层。密密紧紧地排着——那些门和窗真美得素然。百叶窗，仍旧是百叶窗，多以蓝色为主。那些越南人支开桌子，在自家门口吃饭、打牌、聊天、喝茶。越南人喝茶加冰，大冰块泡在茶里。看着不像茶，但到底是茶。

　　西贡的风是热的，咖啡馆飘出幽香。亦去菜市场逛，很多水果没有见过，有着热带水果的热烈。那些生动饱满的水果，像性欲极强的女子。

　　在西贡街边散步，像走在二十世纪八十年代。时间是慢的，像从前一样慢。要了一杯咖啡，越南咖啡，香气袭人。听两个越南女子聊天，她们穿了奥黛。我的审美里，奥黛比旗袍更好看。她们说话像在唱歌，越南语中有不急不缓的跳跃音符，那么美，有不动声色和面无表情的美。像《越人歌》，心悦君兮君不知。

　　越菜加有咖喱。淡淡的黄夹在糯米饭中，香得浓艳。米线也好，鸡汤里加上长亮白的米线，又佐以香菜、香葱、小米、鸡丝……越南酱油亦有香气。我在河内街头吃米线，周围是一群群越南人在吃米线。

　　坐木船去游热带雨林。木船被漆成蓝色。那蓝色是明媚而忧伤的，像怀斯的画，也似凡·高的《星空》。热带雨林中的水椰子垂到水里，摇船的男子露出洁白的牙齿，指着岸上房子说："那是我们的家，我有两个孩子，一男一女。"

　　他唱越南歌给我听，越南歌有清简之味，可闻竹香。我们用不流利的英语交流，他请我抽烟，我们一起唱歌。

越南的空气是散的、慢的，润的生活都是慢的。慢可以生出无聊的细菌来，那细菌滋生出的气息是散淡的颓。我在河内坐三轮车游西湖，亦觉得是在自己的杭州城。

路边有金山寺。这三个字让人想起白素贞，但到底是越南。

在西贡的老邮局寄了一张明信片。法式建筑的老邮局那么美，电扇转着，说着各国语言的人在那里寄信。

又在教堂外坐着发呆，看着摩托车鱼一样穿行。身边走过越南女孩，她回头，我亦回头——我迷恋这刹那交辉的光芒。她展颜一笑，牙齿极白，如贝。

离开越南的时候我做了一个决定，一定再来，住上几个月，租辆自行车，骑遍河内、西贡的大街小巷。

◇ 旧光阴

在漫长的千年,它不过是在用孤独等待一个人来再念初心,哦。在相遇的刹那,各自展开人书俱老的笑容,原来,原来已经过了千年啊!

肆

山河帖

❖ 安晚册

二〇一三年六月二十四日，我开始不再用单纯的水墨画画，而用了国画中的钛白、三青、赭石、朱砂、花青、藤黄、胭脂……我第一次使用它们，似久别的亲人一样，彼此动容。我画了荷花、梅、芍药、牡丹，还有山水，还画了荔枝。

屋子中充满了中国颜料味道。这一天真好。

这是八大山人一个册页的名字。安，晚。这两个字连起来有一种别致的意味。

这是二〇一三年盛夏，外面风雨交加。风雨声中，安静地写下这些文字，有着克制与冷静——尽管一天时间我都在泼墨。

H走了。我们一起待了近二十天。一起去了几次北京，又去了杭州、苏州、上海、天津，然后她回了秦皇岛。屋子猛然间空了很多似的——我们俩每天看书、买花、赶集、逛菜市场、听戏、做饭……昨天我们坐D402去北京，在北大东门下地铁，老韩在地铁口等我们。

老韩是清华美院博士，吴冠中再传弟子，我们每次谈话都谈得天昏地暗。这次也没有例外。我给他推荐木心，这次谈话地点在老韩家里——他家里亦挂一副牦牛头骨，书房里最精妙的是那块挂板，他画好了画挂上去。我翻看老韩的画，有了古意与远意，两年前他的画不近人情，且冷且呆，像凝固的气体一样，如今画好了，把时间放在里面，笔墨也流淌了，人画皆老。

午饭在清华大学的餐厅吃。我要了两杯豆浆、一个牛肉粉丝煲，老韩推荐吃素包子，盘子、碗上都写有"清华大学"，日头烈得很。然后去北四环炎黄艺术馆。

第一次来这个馆，去中国美术馆最多。正在展"南北宗——回望董其昌"。董其昌的画与字都媚到骨里，但又是化骨绵掌。

这其中有老韩的画。

他在自己的画前照相。那五幅画我喜欢其中一张，似中国先锋水墨，但又有传统意义的高古之意。

最喜欢黄宾虹那张黄山写生。那般流畅，像戏曲中浓墨重彩的大角儿，每个锣鼓点都是那样符合心意。亦喜欢河北画家白云乡画的太行，太有风骨，笔意苍老。

前几日去过几次中国美术馆看建馆五十年珍藏展，亦看了很多名家的东西——多年前在中国美术馆看吴昌硕的画并不喜欢，只觉黑乎乎的一坨，如今站在画前却深觉心酸，那苍劲全是沧桑，刀削斧刻的时光里，荷花张力十足，残了还是铮铮铁骨，金石气里，全是兵意，倒似有一日在电视里听俞振飞八十几岁唱《牡丹亭》中的柳梦梅。那声音老成一把黄沙，就是吴昌硕笔下的残荷，听了心中啪啦地碎，但没有声音。

还见到一幅画，一九八九年，它被我从杂志上剪下来，贴在我的床头。

那是一个年轻的女孩子，长发，眼神孤寂地看着远方，她身后是树林。

劈面相逢。在我少年时，这幅画几乎是两个字——青春。我站在这张画前，看到它的名字，《多思的年华》。作者：李迪。H拍了我的背影，我的背影还是少年吗？我把这张画的故事告诉了H，她说："人总是难忘青春里的人和事。"

其实决定画画是一个月前。亦没有什么特殊原因。随手画了一个莲蓬，H说好。前两年与印禅法师学过不到一小时。少年时喜欢在书上画人像，母亲说我画的女人都是一个模子刻出来的。

近几年看多了手卷、册页、画册，又常逛美术馆，有了动手念头，因名字中有个莲字，开始先画荷。以墨荷为主，下笔千言，仿佛又找到另一个自己。

水墨山水或者花朵、植物，其实画的亦是内心。我翻看了自己的微博，删除了很多人、很多微博，亦发现内心一片焦黄，还有戾气，不好。那些怒气让我的画有杀气，还没有开始画山水，山水在心中就老了。

老韩说我早就应该画了，现在都有些晚了。

不晚，吴昌硕四十五岁开始画。

八大山人的《安晚册》。安、晚。一个人的山水册页。或者，两个人的山水册页。我画，他看。

从北京回来仍然是到北京南站坐高铁，坐在4号线里，手里提着很多画册，沉。H快提不动了。我拎了沉的，肩勒出来极深的印子。地铁的人密不透风。

在地铁上，看到镜子中的自己——穿了斜襟盘扣的丝质粉上衣、棉的黄裤子、绣花鞋，一脸疲倦。但眼神果敢坚定。

因为一早就知道，要什么，不要什么——与厌恶的、生死不复往来，与至亲至爱的人，生死都永远相依。

❖ 古画

真的。有时候想想，喜欢古画主要是喜欢那些旧光阴吧？

那惹了许多风雨沾了许多烟霞的古画，曾经多少人在它面前赞美、叹息、落泪？曾经多少人用手触摸过？多少人在青灯前大雪后在上面题了字、钤了印？

古画是冷雪情深古寺中的美人，是卷了一身光阴的老书生，是结了无情游的孤鸟，还是落在眉宇间的胭脂泪，虽然旧了残了破了，虽然成了一座荒城，但展卷的刹那，足以动容。

古画有一种颓迷的气场——大雪纷飞的夜里，一个人独坐。

那古画中的人儿亦独坐，房前屋后松枝落了满地，书童睡了，桌上散落棋子三两，他卧于松下，听松花落……那绢或宣纸上的人儿依然活着，时光成了尸骸，但那份气息缠绕在谁的颈上，竟然这样泣不成声了——那个听松花落的人是我，是我啊！或者，那江边听雪的人是我，那渔舟唱晚的人是我，那在风中吹箫的人是我，那在黑暗中大雪纷飞的人是我……我不分男女，我没有年龄，我在古画中站了一千年。

古画有鬼气，那里面的树成了树精，更苍劲更拙朴了。那里面的人枯坐成了仙，千年来容颜不老。那里面的茶不曾凉，棋还没有下完，那里面的雪一直簌簌地下啊下。古画因了这些气息，看一眼便是银瓶乍破，但又不动声色中闻惊雷，你听得见人在风里笑，闻得见花儿雨中哭，那个香呵，那槐花香啊，那些诡异的说不出的气场啊。分明是黄公望在画着富春山，沈周在描摹山水，倪瓒在听雪，王维在月下痴禅……

古画亦有暮气。感谢时光吧，一点点把当年的新画染黄染旧，那颜色恰恰是刚刚好的沧与桑。但古画又是赤子，一把沧海仍旧朴素动人，不哗众邀宠，不媚不俗，而那富贵的牡丹，亦有不一样的从容。

观古画的晚上，可放古琴曲。最好是管平湖的——《少年子弟江湖老》。再燃一炷莲花香，你与古画合二为一，你惊喜地落泪，你黯然销魂了，此时无计可消除了。古画成了你的知己、情人、亲人。

你刹那明了为何吴洪裕要把《富春山居图》一把火烧了陪葬。来吧古画，不浪费每一秒，一起去死吧。死于时光之箭。这样的夜晚，你只能独自享受那份沸腾的孤独。

某一日听九十岁的俞振飞唱《游园惊梦》，只觉得人心都碎了，人声俱老。又一日听裴艳玲六十七岁时唱《翠屏山》，依然那样高亢瑞丽，但毕竟是老了——他们是古画，光阴里泡泡，血水里滚滚，泪水里蹚蹚，才有了味儿，有了断肠感。

我与母亲要了一床旧被子。

被面是蓝孔雀，老了旧了，蓝孔雀死在了上面。那被子是外婆活着的时候一针一线做的，外婆离世有二十年了，被面都麻了，有些地方有了残破——但它残破得这样动人。我都舍不得了。

就像喜欢那些古画，有时甚至舍不得看了。因为看了会心疼——那些说不清的心疼就是古画的迷人之处，她是一个迟暮美人，因为迟暮，更多了无限的诱惑与魅力。

其实古画亦是孤独的男子，一直期待有人懂他赏他，这个人不论男女，或者只是一株植物，相看两不厌。那独坐于孤舟上的老翁看似不动声色，内心却已波澜起伏——这一生，谁不愿意被懂浸泡着？

不忘初心。那古画记得画它的人如何用了情用了真，所以，在漫长的千年，它不过是在用孤独等待一个人来再念初心，哦。在相遇的刹那，各自展开人书俱老的笑容，原来，原来已经过了千年啊！

❖ 金枝玉叶

　　很多人说八大山人，但很多人都找不出一个合适的词来形容他。他笔下的孤意与深情，是国破家亡的深邃与简单，他什么都不要了，连笔墨都嫌多余，齐白石想当他的书童。而石涛的画我最喜欢，那么孤洁的水墨，石涛却说：八大山人的画是金枝玉叶。

　　那金枝玉叶本是难得，随便一笔，笔墨不多泪水多。

　　朋友 H 说，人人说八大山人，但人人不懂八大山人。

　　到目前为止，金枝玉叶这四个字最中肯。

　　晚上翻看八大山人的册页，随便一笔便是传神，他把笔墨化成了他自己的孤独，不沾染其他任何人的气息。

　　孤独到一种境界，早已是欢喜。

　　我煲了一锅绿豆红枣羹，还放了菊花，香得很，二伏天喝过羹，就是金枝玉叶。

❖ 俗世妙人

二十四小时中，有二十三小时我们生活在世俗中。

俗世，是这样鲜活，喜、怒、哀、乐……微小的嫉妒，怒放的喜悦，暗生的情愫。那街上流动的暗香，菜市场上的杂乱与生动。争吵、解释……所有的，都世俗着。

世俗是最生动的风景画。

当世俗妙人，是趣味之事。

古代有二人最妙。

一是张岱。明人张岱，在国破山河中，存一粒妙心，用以悟天下，悟光阴。

因为曾为富家公子，便更懂得玩味人生之美，世俗之妙。《陶庵梦忆》《西湖梦寻》《夜航船》是绝代名著美品，他本人活成一个博物馆，后人穷尽一生，追不上他的一个角落。

张岱自称，"少为纨绔子弟，极爱繁华。好精舍，好美婢，好娈童，好鲜衣，好美食，好骏马，好华灯，好烟火，好梨园，好鼓吹，好古董，好花鸟，兼以茶淫橘虐，书蠹诗魔"（《自为墓志铭》）。这样的绝世妙人，哪里去寻去找？不易。

天地空明，他却读懂其中之喜之悦。俗世之滥俗他岂能不知？却在其中探寻到一枝灵逸之花，让它开得又美又妖。

袁宏道说："世人但有殊癖，终身不易，便是名士。"

张岱便是这样的名士。

有癖，有疵，有深情，有真气，有与众不同的个性，有傲世刺世的锋芒。众人都醉独他醒，天地醒了，他却醉着。

"鲜花着锦，烈火烹油"，他都看尽，他把生活过成明代小品，把日子点亮得透着妖娆绿光。江上数峰青，张岱心中，没有了日没有了月，没有明代也没有清朝，他有的，是自己那一缕缕可亲可怀的好时光。那一寸寸，都数得过来。

真实的贾宝玉，就是张岱。他的红楼里，到处是艳影霓裳，只引得人们在快雪初晴日，盼望有这样一个妙人，喝杯老茶也好。

另一古人便是李渔。

在保利剧院看关锦鹏导演的《怜香伴》。一刹那觉得李渔真是个妙人，他在四百年后与热爱生活的人相遇相逢相知。

《无声戏》《闲情偶寄》……所住之地叫芥子园。画者谁人不知芥子园？这是雅集，写出《肉蒲团》者也是他。同性之恋在四百年后仍然是禁忌，四百年前，他已惊情，写下《怜香伴》。

林语堂在谈到《闲情偶寄》这本书时说："在李笠翁的著作中，有一个重要部分专门研究生活的乐趣，是中国人生活艺术的袖珍指南，从住宅与庭园、屋内装饰、界壁分隔到妇女的梳妆、美容、施粉黛，烹调的艺术和美食的导引，富人穷人寻求乐趣的方法，一年四季消愁解闷的途径，性生活的节制，疾病的防治……"

　　李渔曾在芥子园戏台上题有楹联曰："休萦俗事催霜鬓，且制新歌付雪儿。"雪儿便是他所爱女子乔姬的爱称。每逢年节生辰喜日，赏花玩月之时，或宾朋兴会之际，必在园中演剧为乐，家里的戏班还四处去演出，自己家印"畅销书"。李渔，较之张岱，除了享受生活之声色犬马之外，更多了几分世俗里对金钱的追求，于是，更加妙哉。

　　开始他只是男人们的谈资，后来却为更多的女人所热爱。

　　林语堂的生活态度，受这两个人影响较深。所以，出世入世之哲学，玩味于掌上。近代作家中，林语堂可算一个妙人。

　　画家中，最喜欢八大山人。

　　那闲闲几笔把他的个性一展无余。以少胜多，大面积留白，那卧鸭孤鱼，都是独自。连那梅，都骨骼极清，清寂极了。如果不是悟透生活之本，能有这仙来之笔？

　　近代，丰子恺。小画一张张，画出的却是人间烟火气。他笔下，全是这俗世中的画面，正因为太过于熟悉，我们觉得亲切，仿佛可抚摸可接近可模仿——那画中择新韭的女子仿佛是自己，那醉了酒和朋友聊天的也可能是自己，那树下站着发呆赏花的也可能是自己……丰子恺活得妙在懂得了生活，他画生活，但比生活之味更妙。

　　而他的老师，绝非俗世妙人。一介苦僧，青灯独坐。悲欣交集。内心孤绝如山如海——相比较而言，更喜欢丰子恺，一生遍尝人生各种滋味，仍然喜悦地画着，美妙而生动地活出自己的阔绿千红。

　　黄永玉、齐白石，起点不高，一个雕刻匠，一个小木匠，终成一代宗师。他们热爱生活中之通俗的一点一滴、一朵花、一尾虾……看出其中妙媚之处，融于笔端，画于纸上，成为千古佳话。

书法喜欢启功老人的。因为那字有俗世里不俗的妙处。伸展得极舒，笔力却又脱俗——初看俗，越看越不俗，这是这些俗世妙人的好。一眼看上去凌厉奇骨的，一定和生活较着真，最后两败俱伤。

许是年长了，慢慢地喜欢着这些俗世里的东西——那纷杂的街市声、那怒放的花、凋败的树叶、风声、雨声、颜料的味道、爆火里的菜肴、美食、鲜衣、旧友、书信……都有动人的姿势诱着我。

把心中的万转千回和百指柔，轻轻一拈，可成花、成字、成画……其实，俗世里的妙人要慢慢修炼。只要在生活里成了精，读书写字画画听戏品茶，上好的生活，不过是简单地爱一个人，过着一天好似一天的生活。而这最妙之处就是：这个人，他微笑着看着你，从心里，懂得你。

❖ 孤独奔跑的风——常玉

常玉真好。好得一言难尽。好得百感交集。

寒冬又至。凛冽的寒风中，常玉和他画过的女人们走来了，那些裸女，饱满而落寞的欲望、性感的宇宙大腿、时光划过嘴唇的孤独……

怎么能不喜欢常玉呢？甚至一直舍不得写他——他像一个极富才华却又撒娇任性的男孩子，站在时光里默默看着你，你却想把他抱在怀里——又像母亲，又像情人，常玉的身上，有让女人心脏疼的地方。

常玉的名字有玄机。一个男人叫"玉"，多么易碎多么珍贵。是命里注定的命途多舛吧。名字有时就是天意。一个男人的名字叫"玉"是危险，他这一生，活得像"玉"，碎得也像"玉"。

他是四川南充富家公子。一九〇一年，常玉生于贵族家庭兼书香门第，大哥经营四川最大丝织企业，二哥在上海开办中国第一家牙刷厂。前半生荣华富贵、挥金如土，后半生穷困潦倒——徐悲鸿恰恰相反，上苍永远如此公平，绝不会让一个人一生顺风顺水荣华富贵万年不倒，也不会让任何一人在穷苦边缘永无翻身之日，命运都在暗中标好了底价——常玉十六岁就入读上海美专，翌年留学日本，十九岁在日本举办了人生第一次画展。有这样的起点，能有几人？

　　一九二〇年，二十岁的常玉抵达巴黎。那时徐悲鸿、林风眠……也在巴黎。那时的巴黎，是世界的艺术之都。那时，毕加索也在巴黎，娶了俄国的新妻子，野兽派画家马蒂斯也在巴黎，专门画女人的莫迪利阿尼也在巴黎，但刚刚去世……常玉来了。

　　徐悲鸿、林风眠在正规学院学习，家境优渥的常玉选择了私立的画院 ——大茅屋画院。

　　富家公子出身的他，一生没有金钱概念，收到家里寄来的钱便挥霍一空——衣食无忧、无心生财，绘画、音乐，贪恋女色。他是这样迷恋着人体：对人体美的欣赏已经成了一种生理要求，是必要的奢侈，不可摆脱的嗜好。他对徐志摩说："美的分配在人体上是极神秘的一个现象……人体美也是这样的：有的美在胸部，有的腰部，有的下部，有的头发，有的手，有的脚踝，那不可理解的骨骼、筋肉、肌理的会合，形成各各不同的线条，色调的变化，皮面的涨度，毛管的分配……他（上帝）绝不给你一个具体的绝对美……"这是我看过的描写人体最美最袭击人心的话。常玉啊，真是任性率真迷人的人，他迷恋美的事物，不厌其烦地描述、绘画，沉浸于这些模特的裸体不能自拔——既有艺术，又有性，又有欲，但是，就是觉得他美，哪怕美得邪恶。

　　一个人的一生能感知美、爱上美、为美动容，是一件多么喜悦又多么让人心跳的事情。我们的一生，绝不是仅为衣食无忧碌碌无为忙活，总要有一件事、一个器物、一朵花、一个季节动容过，才算立体而丰满。总要人生起起伏伏，总要在暗夜里号啕过，总要在冬日凛冽的寒风中一个人走过，才知道孤独的体积、重量。

　　常玉曾对徐志摩说："我就不能一天没有一个精光的女人枕在我面前供养、

安慰，喂饱我的'眼淫'。"这个率真任性的男人，一直以为自己可以花天酒地，以自己的才华任性过一生。

那时他的画作充满了粉嫩嫩的情欲，波希米亚风格的粉，泛滥在生活里和画作中，几乎什么都是粉的——年轻时的得意、张狂、情欲、任性、个性、心里的浪漫……全在那片粉色中。一九三一年，他大哥去世，接着，二哥破产。失去资助的常玉，成为《红楼梦》中下半场的宝玉，穷困潦倒，流落街头、四处打工。常玉的粉色时期彻底结束，美好而刺激的粉色和他说了再见，一切仿佛一个香艳的梦，他写了一本食谱赚钱维持生计，善于烹饪的他出版了法文《中国菜食谱》，他还在中国仿古家具厂打零工，通过绘制漆屏风、器物来赚钱养自己，他还去餐馆里打工、洗碗……锦衣玉食的日子结束了，他的粉色浪漫留在了画布上。

有三张粉色裸女画我个人分外喜欢。《黑白双美》，一黑一白两个裸女，抱着双方的腿躺在一片粉色中——她们是同性恋人，还是两个孤独的女子互相取暖？画面大胆、前卫、自由，那少年时写书法的线条流畅极了。在此刻变得格外孤独、色情、欲壑难填，但是，独特极了——那是常玉的独特，连欲望都粉粉的，令人欲罢不能。我爱啊，爱这样的混沌，说不清，爱这样的意乱情迷。偏偏是两个女人。如果是一男一女就失去了这种意味。偏偏是两个女人。偏偏。我独爱这份偏偏。

然后是站着的两个肥硕的裸体女人。身体器官丰满极了，偏偏又是两个。粉色、裸体、肥硕、烈焰红唇。小小的脑袋、大大的长长的身躯，莫名其妙地来劲。像等待一场久违的性爱，像贪婪的两只粉色猫。哦，真销魂，妙极了。常玉，你是妖精。

他比莫迪利阿尼更让人沉溺——那色情是可怜单纯又饱满的。在粉色中有茫然无所的确定，却又浓汁饱满，他把禁忌画得这么坦荡，这么无所顾忌，他的一生像一个孩子一样浸泡在无边的想象和热情中，灼伤自己，然后，"一生爱好是天然"。

"看常玉画而不受感动的人，可以说毫无情趣。"

谢谢有常玉，让我们看到这么粉这么想让人落泪的情欲。

那两个女人并排站着，猫一样，黑发、黑眼珠、红唇，全身粉着说："我要！我要！"

我最喜欢的是那个鬈发的粉色裸体女人抱着一只小狗的画。

依旧是小小的头、小小的乳房、肥硕的双腿，他渴望被这壮硕有力的腿包裹吗？细腰丰臀肥硕的大腿。她是鬈发，抱着狗站着，肉乎乎的粉让她看起来更性感。常玉在有钱的时候拉小提琴、登山、画画、泡咖啡馆，甚至发明了乒乓网球，全然不知道这粉色的世界后是人世艰难。

穷困潦倒后，他奔向了黑色。

黑色线条释放出刻骨的孤独，那是他的心境、他的孤独。黑漆漆的线条仿佛倾诉着在巴黎的种种寂寥——没钱、孤傲、离婚、流离……他终于活成了戏剧、小说、别人嘴中的笑谈。

五十多岁的时候，常玉和他十九岁的德国女模特同居，不久就分手了。他画过的女人无法一一统计，但他依然是个纯粹的人——有些人一生只经历一段感情，但眼神弄不出炽烈干净，有些人经历很多段感情，你依旧觉得他干净热烈。

淡泊名利、一意孤行、落魄他乡——他并不是没有成为上流社会富贵人的机会，但他不屑，或者不愿。

曾有这样一个故事：当时有画商十分欣赏常玉，于是订了他很多画想捧红他。常玉收了订金又开始五花马千金裘，到了交画的日子，他一张也没画出来。画商转头去捧另一位画家藤田嗣治，不久这位画家便名利双收。

　　更不可思议的是，一位画商想收常玉的画，但常玉却拒绝。理由又可爱又率真："我不喜欢他的长相，我不喜欢自己的画和他在一起。"当然，这些只是故事。

　　写到这儿，我不禁莞尔叹息，这样任性活着的人，有什么样的结局也不奇怪——他活得是个人的样子，从自己的心出发，不考虑任何俗世之由。

　　我迷恋他那些黑色线条，像一声又一声巨大的叹息。那黑色里有神秘的哀愁，有小小的白色花朵、飞翔的小鸟，那是一点点希望吗？他渴望温暖、爱、家……但都没有，只有黑色比黑色更黑、更寂寥、更孤独。孤独开出了花来，一朵又一朵绕在枝蔓上。它让多少年后的我们看见，从心底里生出对这个男子的心疼——他真是个孩子啊，像孩子一样的艺术家，一辈子没有成熟过。像他画过的草原上的孤独的马、豹子，小小的，小小的。虽然是马和豹子，却又是无限巨大的温柔的力量所在。令人心疼——我试图抱一抱常玉，以友人，以母亲，以陌生的喜欢他的女人。

　　还喜欢他画的盆花，永远在盆里，被禁锢，没自由。但又任性扭曲地开着，这是在画他自己吗？那扭曲里我看到了凡·高、高更、徐渭。痛苦到极致，艺术永远相同。变形的花朵、枝丫，却在和灵魂诉说。

　　他画的是他在巴黎的生活——无法动弹、动弹不得，努力活得灿烂，在看似大火的巴黎小小的生活。那些线条也疯了，抽着枝芽在唱歌，故乡是再也回不去了，大概也不想回了。梦在巴黎开了邪恶的花，花盆里的花都孤独啊，不是花开富贵，面露孤寂之难色，但是灿烂。无不灿烂，无不疯狂。这是常玉心底里最里面的花。

也挣扎，也妩媚，也寂寥。

前段时间常玉的《曲腿裸女》在香港苏富比拍卖，1.98亿港元成交。一片嘘声。其实并不惊讶，常玉在主流美术界一直被低估了。他落魄时，大批画作被成捆卖掉，几百法郎，当一个画家的画被按捆论价时，人们看不到它的价值。艺术品真正的价值是以时光量衡的，绝非金钱。

好在常玉经得起时光检验。我相信，时光越久，他越会闪耀出光芒，不是因为我对常玉格外偏爱，而是自始至终，人性、艺术永远是衡量灵魂的尺寸，越干净越炽烈，越饱满越生动。

一九六六年，常玉在寓所去世。百度上说：因煤气泄漏。煤气为什么会泄漏呢？也许常玉想以自己的方式告别世界。那年，他六十六岁。依旧一无所有，寒酸贫困，像一只被困在巴黎的兽。

我不知道如果人生可以重新选择，他是否还会选择绘画，选择巴黎？

北风依旧呜咽。我冲了热咖啡，捧了站在窗前，天渐渐黑下来，雪快落下来了，如果风雪中走来常玉，我会邀请他到屋里坐坐，喝杯热咖啡。

❖ 河北梆子

河北梆子像醉酒的汉子，野气得很。是草书，一脸的放纵，是裂帛，"唰"地撕开了，全是地气。

我是河北人，但不喜欢河北梆子。自小，我便喜欢那江南的气候、方言、戏曲，家中听的，多是昆曲、评弹。我生错了地方。自认本是南人。

少时家乡霸州来了唱戏的，《蝴蝶杯》《大登殿》，全是河北梆子，坐在庙会台下，天翻地覆的掌声，仍然不能令我动容——我自小便有超出常人的冷静与无情。但愈是无情便愈有情，如若真对人好，真喜欢一个人，可以和命相连。

那河北梆子在少年心里就是野马的嘶鸣与叫嚣，多年后我写《裴艳玲传》时，六十多岁的裴先生说："我不喜欢梆子，我爹和梆子叫小梆子儿，我（一九）五九年被调进河北跃进梆子团，没法子才唱梆子，一九九七年我唱回京剧，京剧才是我的……"先生唱了一辈子河北梆子，到老也没喜欢过梆子，像和一个人结婚生子，到老还说：我没喜欢过他一天。

但河北人七成以上喜欢河北梆子。家乡广场每天早晨有三拨唱戏的。一拨评剧，二三十人，也有文武场，一拨京剧，三两人，式微得很，最庞大最隆重的是河北梆子这一拨，乐队几十人，加上观众，足有几百人。有照相的录像的，还有负责鼓掌的，中间那人唱着，他们穿红袄绿裤子，像盛开的大牡丹。

我在京剧这边。三两人，二三枝未免如梅花一样寂寥，但有味，动人。

乡下有红白喜事，多请唱河北梆子的助阵，特别是死了人，那唱梆子的带点儿哭腔，加上些唢呐的声音，让人动容。有个中年男子专门靠唱这个吃饭，唱五个小时六十块钱，唱得嗓子都肿了，要喝胖大海。但他唱河北梆子真好，那高腔甩出来凛凛的，以为他会发了疯。他总穿红球衣。

有一次在中国音乐学院看演出。有一个姓王的男演员，他唱了一段《御碑亭》，我从来没听过那么悲亢的河北梆子，简直要难受得哭了。他就在那里悲悲切切地唱啊唱，那男子又清秀，加上那晚的灯光，河北梆子彻底把我唱醉了，我第一次发现我和它连着筋呢。

父亲淘了一张河北梆子的黑胶唱片。一九六〇年，裴艳玲和齐花坦的《宝莲灯》，裴先生唱沉香，嗓音高亢嘹亮，那时她十四岁，正是少年。我听了却有些难过，裴先生已经六十七岁，患有糖尿病、腿疼……而且多数时候一个人待着。大女儿在新加坡，小女儿在肃宁。她的一生，真像一出河北梆子，也悲亢，也嘹亮，浓墨重彩之外，留白处尽是人生悲欣。

有一次在L城散步，沿河有一男子，在河对面唱着河北梆子，听不清他在唱什么，但暮色中有他一个人对着河面唱，那河中芦苇飘荡在秋风里，那野鸭停下听他唱，我站在河对面，听他忘了时间忘了世界地唱。

他的脸上全是眼泪。

风吹过来，把一腔洒了热血的河北梆子吹到我的耳朵里。

风吹走了我脸上的湿气。

❖ 壁画

我喜欢那些旧壁画。

二〇〇三年去。第一次看到壁画，当时就呆住了。虽然开放的洞穴并不多。可是，只轻轻扫一眼，就足以被震撼到无语。

太美的东西就是这样——轻轻击中你的心。以为是金铁了。看到属于自己的东西，还是轻轻荡漾了。

壁画因为年代久了，有一种迷离的味道。那上边有很多人的气息——看过它的人，喜欢它的人，都会把气息留在上边。

张大千曾临壁画，如痴如醉。亦有痴人痴人，看到壁画痴痴地看，到最后，颈是弯曲的——如米开朗琪罗。他仰头画那些教堂的壁顶，画完的时候，肩和颈是变形的。欧洲的壁画描绘的全是《圣经》里的故事。所有教堂无一例外。

我更喜欢那些中国壁画。年代久远了，风化了，剥落了，却更有一种肃静的美。

加入矿物质和一些翡翠玉石，研成粉墨，据说可以几百年不凋不落。

在塔尔寺看到壁画。四百年了，依然保持着浓烈的鲜艳。

❖ 水墨徽州

　　一想到徽州，心就是软的。徽州就像一张水墨画。青的山绿的水白的墙灰的瓦，那白墙灰瓦掩映在山水间。恰逢一帘烟雨，烟雨中又有几棵孤树禅意地立于青山前，简直是地道的中国水墨画，或者是行走的册页，每一页都晕染得这样恰如其分，不能多一笔，也不能少一笔，恰如其分的生动，不动声色地袭击人心。

　　正是人间四月天，一个人在烟雨徽州看水墨。不大不小的雨，不多不少的水墨。丁香、油菜花、紫藤、杏花、梨花……简直像一场春天的大合唱，壮烈而奋不顾身地开着，映衬在徽州四月天，像那些动人的国画颜料：藤黄、鹅黄、朱砂、牡丹红、胭脂、湖青、二绿、三绿、头绿、茶色、花青……我枕着溪水入眠，听着清脆的鸟叫醒来。每天深夜都有雨声和青蛙声，舍不得睡去。

　　早晨起来见远山如黛。花香弥漫——花们争先恐后地开，分不清哪个花香更令人迷乱。远处稻田有农民耕作，腰间放着收音机，黄梅戏的声音传来：你耕田来我织布……夫妻双双把家还。是人间田园好风光。

　　那段早晨的戏曲，大概是终生不忘的——因为夹杂着很多归隐田园之意，配上这四月的春花和远山的雾，简直是人世间大好。

我又去山下骑车。自行车是老凤凰，又大又笨。好极了。在碧山下的春风中骑着自行车，听着风呼呼地吹过。春风中有一种说不出的荡漾和迷离。油菜花和萝卜花在我两侧，我唱呀，就那么一直唱。花粉扑到衣服上，小蜜蜂也飞过来。远山的烟雾也飞过。

大概这就是传说中的诗和远方了。

我像个孩子一样，来回骑着，舍不得这碧碧的山，舍不得这溪水，更舍不得这花香。

我更迷恋徽州乡村的夜晚。

山村的夜晚如山安静又如山般诗情画意。花香、溪水、虫鸣、蛙叫、远山、星空。没有路灯，大概怕路灯惊扰了星空。我决定去山里走走。四月的夜晚是诱惑人的黑，连风也是。飞虫扑到我脸上，痒痒的，我不忍心去拂。偶尔遇见蜘蛛网打脸上，线缠上头发，黑夜证明了这奇妙的行走。水墨徽州在黑夜中显现出静穆和迷离，像黄宾虹的积墨。很多年前在中国美术馆看到过李老十的《十万残荷》，也是黑漆漆的一片，又黑又灿烂。哦，灿烂，我终于找到这个词来形容徽州的夜。

一条道走到黑，走到黑，还要往更黑里走。

我并不恐惧。一个人安静地往深山里走着。月朗星稀，唱着戏，并被花香包围。

中途遇见寒玉。两个人一起走，并不多言。好的友情是保持一种距离之美，并非热络。太过热络的东西一定会分崩离析。我们交往多年，已经适应这种距离，但仍能抵达内心。她的客栈中服务员都是中年女人，徽州乡下的女人，有五十岁了，憨憨地朴素地笑着，烧徽州土菜给客人吃，非常地道的土菜，好吃极了。

"你怕野猪吗？山里有野猪的。"寒玉说。

"不怕。"

那天我们在徽州的黑夜山中走，走啊走，静空灿烂啊，内心一片平静，又一片绚烂。

表面上不动声色的人，内心却一片绚烂。

次日，与寒玉一起去齐云山，道教四大名山之一。坐缆车上去，看到山下如海一样的油菜花。山顶上的树让人怦然心动。四月的绿像初恋似的，绿得让人心跳加速。

漫山遍野的野杜鹃开得如此妖娆甚至不顾一切。还有翠绿的黄山野毛峰，还有斑驳的宋代石刻。和店家讨了一杯新茶喝，与寒玉不说话，两个人静静看看窗外的村和山，春雨慢慢飘下来。

忽然了悟一些事情：美不自美是境界，其实心底下有各自的惆怅，心里也有远方，喝好当下这杯茶，并且生出喜悦就是禅。禅不是缥缈的，是生活的。

人生不一定有很多意义，但是，一定要有意思。比如，做一个有趣的人、有意思的人、有灵魂的人、有光泽的人。总之，做一个好玩的人，既风花雪月，又柴米油盐，既有诗和远方，还有当下这杯好茶，面前这个能和你心里对话的人。

这些年一直在往外跑。也许是人到中年体会更深，到一定年龄，行万里路比读万卷书更重要。那些走过的路、看过的山川、爱过的河流都在你的眼神中。那是更为深刻的一种写作，是对生命的赞叹和感激。行走，是精神力量最直接的表达，是精神内核的超级裂变，是听鸟入林深，复得返自然。

我们在齐云山走了很久。我给很多树拍了照，并且告诉它们：春天真美，好好绽放。

那天我穿了五十块钱的球鞋，中学生穿的那种，寒玉穿了十块钱的"松紧口"布鞋。

我们说山上那杯新茶真好，一嘴的清香和徽州山水味道。

我决定一个人去游古村落，西递、宏村、南屏、呈坎……依然那么喜欢看老徽州留下来的这些老房子。古建迷人啊——相对于山西古建，徽州古建更有文化味道和山水味道，每个村子中都有水，远处是青山，老房子更老了，但青山还是那个青山，依然在。更衬出老房子几百年的气场和气息，是活着的风景画。

我在老房子里喝明前茶。若无闲事挂心头，便是人间好时节。白墙灰瓦的老房子被光阴摧残成了张大千的水墨，更或者，是倪瓒的山水，斑驳的力量心生感动，其实那老竟然是无限的性感了，隐隐的压抑的说不出的性感。

我便住到了老房子里。卧室居然还有天窗。雨砸到天窗上，好听极了。四月初还有春寒料峭，真是安得一春常如梦，卖花声里度春寒。那寒俏得很，竟然有几分得意。

我便赖在床上听雨声。喜鹊落到屋顶上，吱喳乱叫。

我住的房子有三百年了，三百年前，这房子住着徽商的姨太太。

那些老房子是徽州的灵魂，是山水间画龙点睛之笔。如果没有了这些徽派建筑，徽州山水就没魂儿了。可是如果光有老房子没有山水，更是突兀——我在的城市有富商把徽州老房子平移过来，一砖一木拆了编号，再一砖一木盖起来，隐藏在钢筋水泥之间当会所，简直不能太突兀——离开了徽州山水的老房子是死在丝绸屏风上的凤凰，没了那口气。

在老房子中，我常常做梦。梦到上辈子也在这住着，梦到穿长衫的男人，梦到徽州的雨和山水。

比起苏州、杭州，徽州是大江南的概念。古徽州包括一府六县，即歙县、黟县、休宁、祁门、绩溪、婺源。曾经的徽商简直富可敌国，清雍正乾隆年间至鼎盛。顺治年间，徽州从江南划出，从江南划到安徽，如顶级富家女嫁给穷小子，一点点没落。但从前的辉煌被时光冲刷，印迹便是这些祠堂和老房子。

我在老房子中还魂，听雨听不够。

想必汤显祖与我一样。这个没来过徽州的人却写过最好的一首关于徽州的诗：欲识金银气，多从黄白游。一生痴绝处，无梦到徽州。

这个无梦真好。我站在宏村的月沼前，站在桥上看春花，觉得无梦真好。我来徽州十多次，但每次来，仿佛初见。

徽州是有一种气味儿的。这种气味儿很迷人很神秘很难以说清，惆怅的、迷离的、黏稠的、淡淡忧郁、压抑、灰色……却又性感。那是一种非常高级的气味、气息。越是高级的东西，越是黯淡，越是难以说清，越是张扬出一种逼仄的低调。像韩再芬演的《徽州女人》，压抑中绽放出一种迷离。徽州女人难啊。每个徽州女人仿佛从樟木箱中走出的，带着香气和压抑，穿着老丝绸走在老房子中，或许一生都没有走出她的那栋宅子，从生到死，始终一片灰蒙蒙。做大生意的丈夫又在杭州、扬州、苏州娶了妾，她守着公婆和大房子，到老。也许会赚来一座牌坊，也许一无所有。

我回家很久，徽州那个气味不散。有苍绿的阴气。我搬到小书房写字画画，用阳气来冲刷那阴气，再泡浓茶，徽州是带阴气的，但这阴气恰恰是中国文人的底色，有些惨绿，有些秋天，有些病恹恹。就是的。

路过黄山时，拍下一张照片——就是一张中国水墨画。远处是黄山，黄山脚下是白墙灰瓦的老房子，一棵老树长在天地中间，老树下面是油菜花和萝卜花。正逢小雨，我伫立小雨中良久，不肯离去。

难怪好友圆光会隐居徽州山中。

三年前他离开北京，说是要隐居。那晚的告别音乐会是我主持的。三年后他在山上结婚生子，有猫有狗有茶有兰花有妻有子有朴素的生活。从去年春天他就一直让我来山上小住几日，体会徽州之美。他说这三年他经历了婚姻、大病、生死、得失……最后学成中医救了自己，得以重生，并且开始悬壶济世。原本在大城市的晗晗也随他上山，结婚生子，过朴素生活。

山路泥泞，也终于到了。

远远看见几间茅屋，在雨中更有禅意。日本风格的宅院，有枫有松有石有风铃。

猫狗都在壁炉前烤火，四月的山中还是薄冷。圆光夫妻穿着布衣立在门口等我。他们买了几十亩茶山，今年在采茶、做茶、售茶，一屋子的茶，乱得没地方站。

圆觉也来了。于是去小茶室喝茶。我穿上棉袄，圆光生了炭火煮茶，且将新火试新茶，一屋子的茶香。圆觉弹吉他唱歌，圆光又弹肖邦，只听雨声中有茶声、乐声、私语声。

晚饭吃得朴素。只两个素菜和米饭，我吃得香喷喷的。猫卧在我腿上，圆光的孩子在我怀里，大家聊着天。

晚上开了电热毯睡觉，依旧觉得春寒逼人，还有老鼠。而圆光在三年的隐居生活中赞叹：最好的宗教就是生活，懂生活才懂一切。最平淡的就是最好的，但也是最难的。

他们夫妻的衣服和鞋子有补丁。

他们身上也有了徽州气质。

又在泾县遇见郑老师和小翟夫妇。我常年不用电脑，手写的宣纸本子一直是他们寄来的，我们去喝茶看山水，又去黄山脚下的复松寺找常弘师傅喝茶，遇见 80 后书法家厚洋和黑风侠，几个人每天吃徽菜吃到眩晕。每天吃掉几条臭鳜鱼，然后边吃边谈论书法与历史上的徽州人，不亦快哉。

在复松寺，常弘师傅为我题写"听雪庐"和"惜君如常"，厚洋写了一首小诗给我，很禅意——"酷爱诗书画，难抛烟酒茶。偷来闲片刻，小院养梅花。"他隶书写得好极了，得金石贵气。在太平湖边吃晚餐看晚霞，太阳一点一点落下去，远远的就是黄山，我想起有一年去黄山，在黄山松面前发了呆。于是决定又去黄山。

在复松寺听了钟声，去黄山看了松，松在黄山有了仙气妖气。我是中年之后爱上松的，尤其是老松，我对盛开的花花草草也爱，但是是小爱，我对古松，是铺天盖地的大爱。

那些黄山古松，仿佛不谈风月和爱情的男子。中年男子，一身的傲气和傲骨，又挺拔又飘逸，我真想给自己起个名字，里面必有一个"松"字。这个字带着松松垮垮的超然气质，简直了。

几大名山，我尤爱黄山。黄山是从容而诗意的，远望黄山，被一片云雾缭绕着，近望黄山，似高僧得道。那雾是有重量的，沉甸甸的，那松是黄山的陪伴，是知己是灵魂，是恰如其分的懂得。

因为黄山，徽州更多了水墨之味。那水墨之味的水气和墨气，黄山贡献了很多。

我离开徽州时自言自语：明年四月，再来徽州。我知道，那么隆重的人间四月天，只有徽州配得起。

❖ 莲花

早晨，照样去散步，

看到卖莲花的女人。

一车的莲花，在七月的盛夏怒开着。我惊喜地跑过去。

少年时期，喜读席慕蓉的诗，《无怨的青春》《七里香》，其中一首《莲的心事》最合我心，而她自己亦画画，画莲花，画年轻的女子……她自己亦种莲花，去挖泥，用车往回拖，那时想，种莲花的女人是怎样的女人呢？年少的心，就那样荡漾着，想着长大亦种莲花。

后来喜看画册。八大山人册页中，总有莲花，简简单单的水墨，却自有孤独与远意，后人习八大只学皮毛，他无家无国的人，岂是小悲小痛可以学得？连齐白石先生都叹息：早生三百年，他愿意为八大山人和徐渭做书童，添火磨墨。

白石先生也画莲，画得活脱，有喜气，惹了很多人间烟火，却亦端得可爱。李可染学他，学得不好，他的荷匠气太足，黄永玉、张大千也画荷，那莲花也是他们自己，热的、温的，有温度。我更喜吴昌硕笔下的莲花，一副男人样，铮铮铁骨，有金石之气，暮气也足。画也一样，有暮色最佳，清新中有暮气多好。

后人也画荷，永清人贾广健，还有李老十，在电视上教人画画的郭石夫……贾广健的荷花仿佛永清池塘的，格局小；郭石夫是从白石先生那里来，看得出套数；李老十画残荷，命名为"十万残荷"，一面墙全是颓败的残荷、墨荷，只觉铿锵凛凛透不过气。但我仍旧十分欢喜"十万残荷"这名字，那么无关风月，却又撑着一把长枪刺来，挑开生活面纱——哪有那么多美与好？支离破碎的心到处都是，像那残荷，又黑又残又冷，那里的温度，是凉的、冷的，莲花盛开时还是一派天真。真的老了，兀自有风骨凛然，你不喜欢都不行，你不心酸都不可以。

盛夏的时候，去杭州曲院风荷看过莲花。诗人说，接天莲叶无穷碧，映日荷花别样红。我对于盛开的、张扬的事物，一向保持戒备与警惕——因内心的清凉与安宁，让人会更喜欢那些细腻的、震撼人心的动人况味，个人的审美趣味，随着年龄增长渐次改变、增厚，有了自己固定的样子。那些热烈的、张扬的、奔放的、浓烈的，已经在心中式微，而那些低调的、内敛的、有张力的，像军队驻扎在心里，整齐、严肃，有着不合时宜的严谨。

所以更喜欢冬天去曲院风荷，整个曲院风荷都是我一个人的，残荷在冰凉的西湖水中东倒西歪，那些莲蓬恰如其分的孤单。哦，不用画了，那就是一幅中国的水墨画了。

对于荷的另一种感情，是因为我名字中有一个莲字。这自是另一番上天美意。

所以，在盛夏早晨，我买下一盆盛开的莲花，放在阳台上，看它亭亭盛开，水是污的，那污也恰恰好，映衬出莲花的朴素、贞静。

我坐在莲花前，听着《心经》，它们一字字唱的全是莲花，而我写下这些莲花，那一字字并非莲花，但是，这样的下午，于我而言，别致、动人，甚至觉得这样到老就可以了，还求什么呢？你种下一棵莲花，在心里，你告诉你心里的那个人，他亦笑了，就说好。

　　这个好字，便是懂得。

　　这一枝莲花，便是无尽得意，一枝入心来。

❖ 气象

这是一个大词。格外饱满，那饱满又是低调的、收敛的。一眼看上去，你会觉得"气象"这个词，生出很绚烂的花来了。

看沈周的画，就有一种气象。

他是画人生的不圆满，那竹是瘦的，那花是颓败的。可是，就是有一种让人心里生出怜意的气象。气象绝非大，一幅山水长卷，一幅昆仑山或泰山、长城的大画，无论如何都不会激起我再看一眼的兴趣——人生的气象，不在于它的庞大或巍峨，那气象是一种说不清的气息——霜打过的柿子，老中医失了明，老戏子嗓子倒了……都还有气象。

裴艳玲六十有四，演出《夜奔》，压轴。上得场来，一举手一投足，艳压全场……连呼吸都能听得清，掉一根针也知道。那是一种气象，气吞了山河，山河却在心里，在小小的心里，被化成了绕指柔。

张火丁不过四十岁，却也有了气象。她不言，亦不语，往暗处一坐。满场珠光宝气的女人，她只一袭宝蓝色衣服，也不惊人，也不艳人。可就是光彩夺目，宝相庄严，艳也是那个艳法，寂也是那个寂法——很多人因她而喜欢京剧，因她而迷恋那幽咽婉转的程派。

气象是一种态、一种味道、一种秘而不宣的东西。哭喊不来，需要灵气，需要时间，需要磨砺……需要在时间的千难万险中慢慢修炼。

你不知道它来时，它或许来了。

如果真对一件事情迷恋，忘掉它的来，忘掉它的去……只简单的一颗心爱着它，超越了所有功利去热爱它。终会得到气象。

心中有了气象，是大气象。

这是风骨，是抽掉那些繁杂之后的简洁与干净，是只剩下了自己内心的东西。徐悲鸿说："一意孤行。"这是气象，是风骨，是拒绝。

我一直喜欢用色清淡的东西，比如画梅或画竹。不同于画牡丹的人。画牡丹的人，喜欢热闹和凡俗，喜欢讨喜。或者更直接地说，喜欢用牡丹去谋求些什么。

而画梅或竹，是画心画气象。

郑板桥画瘦竹，寒风凛凛中一种不惧不忧的样子。是竹有了气象，还是六十岁的郑板桥有了气象？年老了以后，大概一切都是往回收的。年轻气盛，一切放得太大了，像陆游，一生都在想北定中原，于是一生都活在一个虚弱的背景下。但陆游的诗，分外有了气象，比起他凄凉的爱情，他的国恨更加让人觉得气象万千。

你知道佛祖为什么双手合十？收起来了，一切都收起来了……把一切全放在了心上，放在了手心里。不，不展示了……佛也有伤口，也有说不出的疼痛。为救鸽子，他割下自己腿上的肉喂鹰。他不疼吗？他没有伤口吗？可是，他双手合十，面露微笑，让众人俯下身去。因为，他心中眼中口中都有了慈悲。这人间，还有比慈悲更难的吗？

早年，我的文字是单调的、薄的，是微微地发散的。后来越写越简单了，往回收了，一字一词表达的尽是内心。

"你的文字有了气象。"她在北京的书报亭，买了一本二〇一一年第一期的《北京文学》，那上面有我很多篇随笔。我在写《精神强度》，写《风中的鸟巢》……她读着，我的眼睛有些湿润。这是光阴赠给我的湿润。我在伤害中坚守着一种格外不同的品质，在孤单中用文字滋润岁月花枝，在一个人的山洞里抒写着脆弱与力量……

我在往回收。

这是一个不太吸引人的动作。因为身上的聚光灯少了，因为远离了热闹，因为独自眠餐独自行。

是荒寒的原野上，一个人顶着那寂寂的时光，冷与热，都要走下去。走到头，会心里装满人世间最光亮的世间翡翠。那翡翠便是文字留下的舍利子，你寻得到它，便也寻到了我——我在光阴的那头等待百年之后有人还在寻我找我念我。这是最美的气象与伏笔。

像看一张老画。昏黄的灯下，看昏黄的画，格外有一种难言的暮气。但你一定迷恋这暮气……这暮气让人沉静下来，那黄得变得薄的纸上，有着山寒水瘦的一幅图，画中人与你一样，格外单薄。独坐松石间，外面飘雪，心里飘雪……虽然隔着纸张与年代，这样清凉的气象还是充满了心里。

有时，觉得那人就是自己，隔了千年问了一声：原来，原来你也在这里呀。

不同的精神相互融化在一起，分外缠绵了。

这是一个字——懂。

这是一种气象，不是气吞山河。但却心甘情愿地低下头去，折服在这种懂得与震撼里。

喑哑无声，气吞万象。

◇ 日常与欢喜

人生也许就这样寡淡，到最后，落实到一粥一饭间，如此踏实妥帖，丝丝入扣,那所谓的山高水远,其实与自己的生活差了很多呢。

伍

光阴册

❖ 光阴册

越来越迷恋老的、旧的东西了。家中已经快变成旧味堂了。收音机是红灯牌的，中药铺子里的箱子让我上了大漆，西藏淘来的家具……但两台老留声机是我的最爱。

一台旧上海用的老留声机，底座是楠木的，手摇才能转动唱片，因为年代太久，声音失真了，似在钢丝上跳舞，尖锐又模糊，但就是有一种颓灿的味道，欲说还休。

一直想淘个老留声机，最老的那种。在上海陈彪老师家看过、听过，一屋子老收音机与留声机，声音鬼魅极了。

去潘家园转过，不甚满意。看的东西越多，口味越刁起来——像好菜吃多了，一下箸便知意味。

H从秦皇岛打电话来，说在旧货古玩市场上看到了老留声机，拍了照片微信发给我。我一看那弯起的大铜喇叭，笑了，那模样，地道在旧上海老别墅中混过的样子，甚至带着大烟的味道。在乡下，亲戚们管鸦片都叫大烟。

"要。"我对H说。空气都是坚决和果断的。

H从秦皇岛背回来，火车上一路上有人张望，老留声机的确太奇异了，与这个时代显然不合拍。店主还赠了三张黑胶唱片：一张评剧的，一张杨宝森的，一张器乐的。可惜划伤厉害，声音俱已模糊。

这台老留声机的姿态和造型更符合我的审美——铜喇叭上有小天使飞着。飞到我怀里，有旧时气息。

我和 H 有时摇上一阵，听上几分钟，再摇，再听。总之，很好。H 说："搁旧上海，要雇人摇的。"一个人的时候，我就坐在老留声机边上，摇一段，听一段。

记得小时候，父亲爱听黑胶唱片，他那时就非常喜欢音乐——拉二胡、吹笛子、打扬琴……与他年纪相仿的男人王克志，每天来我家里串门。两个人折腾黑胶唱片，黑胶唱片放在唱机上，唱针放好后就旋转起来，声音非常敦厚、朴素，没有现在的音乐阔绿千红。

我想我对黑胶唱片的感情就是那时产生的。他们那时爱听胡松华、郭颂，也听董湘昆的京东大鼓，都有一种非常日常的动人气息。我在音乐上的审美格局基本上是少年时形成的，虽然后来喜欢了摇滚和迈克尔·杰克逊，但到中年以后，渐次回归，爱听评弹、评书、大鼓、三弦……

这是我第二套老留声机，插电即响。声音远远胜于网上下载的流行音乐。配乐非常干净朴素。音箱是实木做成的，扩音效果异常淳朴，像一个老实男人，有一说一，有二说二，而且手起刀落般利落，自有动情之处。

有几张唱片让我欢喜，一张是父亲听过的郭颂，他的声音真空阔，非常憨厚。《乌苏里船歌》悠扬动人，《王二姐思夫》俏丽动人……她掰着手指头盼望情郎二哥归来，说盼望一天画一道，数过两天画两道，她又画了东墙画西墙，接着唱，如果多娘不拦着，会一直画到沈阳……我听得心粉起来，俏起来，好像自己是那痴情的王二姐。

又听《茉莉花》。听过很多女歌手唱茉莉花，都尽显妖媚之气，少几分清丽。郭颂唱的《茉莉花》本分老成，一字一句全是诚恳与交代，素白白的那么一朵茉莉花，就那样朴素素地在你面前绽放。

我在黑暗中听着这黑胶唱片放出的《茉莉花》，一个男中音用低沉老实的声音唱着，突然瞬间难以自持，甚至哽咽，亦说不清为什么。日光如练似丝绸，白月光照进来，一丝一缕会缠绕在这声音里。桌子上的多肉植物老实诚恳地发着呆，我在唱机前听着郭颂唱完，再把唱针放上去，重听一遍。

第二张是裴艳玲先生的《宝莲灯》，录制于一九六〇年。那年先生才十三四岁，在跃进梆子团唱河北梆子，那年她认识了师傅郭景春。二〇一〇年，我有幸撰写《裴艳玲传》，与先生在一起两三年，亦见到八十多岁的郭景春先生，听他们说往事，一直提及跃进梆子团。他们早已是现实眼中的夫妻与师徒。

五十多年，我未曾听过那时裴先生唱的河北梆子。这张黑胶唱片是父亲从古玩市场为我淘来的——似纪念我写裴先生。那时裴先生嗓子真亮——少年时的意气风发，像田野里的庄稼，全是地气。河北梆子本身野性十足，加上裴先生的亮嗓，十三四岁的少年，演那沉香，都是翩翩少年郎。如今先生六十有七，依旧英姿飒爽。去香港演出毕，她跳上鼓师的背吹着口哨满场跑……到老都是少年样。这张黑胶唱片，于我有着特殊的意义。

第三张唱片是录制于一九五五年的民族器乐演奏，《春江花月夜》《喜相逢》《鹧鸪飞》《高山流水》《江河水》《渔舟唱晚》……江南丝竹、笙、笛子、琵琶、古筝……配乐高洁、干净、澄澈，有一丝让人心疼的气息。

哦，那么久远的年代，那些纯朴的民族乐器，散发出真挚的声音，一点不矫情，一点不造作，一点不粉饰，它们各自保持了自己独有的个性与味道。丝竹就是丝竹，笛子就是笛子，笙就是笙……那时的配乐像那时的人，老实得很从容。从音乐中听得到凛凛的清凉、喜悦与安宁。实然让人想起弘一法师的字，看似离了人间烟火，俱是灵隐之气，其实全是人间喜悦烟火气，却又透着十二分的空灵。听完第一面要去手工翻到第二面。"中国唱片"四个字不倚不蔓地印在黑胶唱片上，古意盎然，充满了五十年代的味道，那时，一九五五年。

❖ 归去来辞

午后。观黄庭坚《花气薰人帖》。这两句真好：花气薰人欲破禅，心情其实过中年。

彼时，七月半。鬼节刚过，沏了龙井茶和阿里山高山茶，给残荷洗尘，又洗了绿萝，窗外蝉鸣叫，但热烈减了很多，有了远意，阳光有了秋意，泛金属光泽。

我隐居于故乡小城。黄庭坚说得多好，心情其实过中年。我已是，中年后。人到中年，节奏慢下来，朋友在楼顶种花。梁姐花钱包了一分地，自己种园子，她每天早晨去种园子，中午回来时，采摘了黄瓜、西红柿、豆角、南瓜、玉米……还有月季花。她晒得黝黑，那些蔬菜没有农药，她自种自采，复返得自然。

苏东坡最慕陶渊明，其实也许本没有桃花源。桃花源在心里，归去来兮，此中有真意，欲辨已忘言。心灵的归来更重要。

闲时，我与韩姐聊天。看她做十字绣，有时我们包饺子，她包的饺子真好看，像小鸽子一样，也好吃——把木耳、韭菜、粉条、鸡蛋、茴香籽拌在一起，聊着天，说些家长里短，她说霸州比阳泉热太多了，又说阳泉的面好吃……她笑起来像个孩子。

我偶尔与父母一起坐坐。父亲依然不闲着，或者如木匠一样做一些小物件，或挂在淘宝上买东西，他仍然研究宇宙，对世事不关心。母亲打麻将，热心帮助别人。院子里的晚饭花和马齿苋开得正旺。母亲说这里就要拆迁了，要赔两套楼房。她难过得很，住了一辈子这个院落，实在不想搬到楼房去住，何况还有猫。

猫更肥了，是侄女的最爱。她把猫养大，给它喂食、洗澡，和它聊天。侄女已经从兰州大学毕业，备战研究生，仍然朴素得像个未谙世事的孩子，倔强、直率、纯粹，简直像二十世纪五十年代的女子，保持难得的干净和天真。仍然是如我一样个子瘦高，173厘米，谈了两次恋爱，未果。她倒不急，只催着爷爷奶奶去办护照，她要带他们去游遍全世界。有一天她极郑重地和我说：有一天猫死了，她便不活了。

侄女偷了我妈买的虾给猫吃，猫吃得极肥。我的母亲便责怪侄女，侄女便嘿嘿地笑——每次回家，父亲、母亲、侄女、猫，相依为命地活着，恬淡知足，只是粗茶淡饭，却有惊天动地的满足。侄女生日，父亲给她发短信：爷爷奶奶及猫祝贺。有一天侄女和我说："姑姑，我可怕爷爷奶奶死了……"我没有说话，给她梳着长发，她的长发到腰际了，又黑又密又长。她说要养得和娇娇一样长，娇娇是她从小一起长大的朋友，快结婚了。

侄女说要离开霸州，越远越好，她的朋友全在"北、上、广"。我想告诉她，我年轻时也是这么想的，但年纪越长越想回到家乡，守着故土和爹娘，无论走得再远。

但我没说，因为我知道，小鸟儿要先飞出去再飞回来，那是她的生命历程，不可或缺的欢喜和疼痛。

《圣经·传道书》中说：凡事都是虚空，都是捕风。在虚空之前，我们要捕风，要追风。及至倦了，及至中年后，归去来，辞了那些光阴，然后颔首，向命运臣服，繁华、富贵、寂寥……该去的总会去。

这是每个人的归去来兮辞。

隐于小城而终老，这是我的归去来辞。

❖ 春天里

"如果有一天，我老无所依，请把我留在，在那时光里，如果有一天，我悄然离去，请把我埋在，这春天里……"

在清冷的春天里，听到这首《春天里》，眼睛有微微的湿润。

有很多时候，以为坚持不下去了。这坚硬的神经突然脆弱了，那脆弱有着不可抗拒的衰败感……像逝去的武林，有着猝不及防的式微态度。以一种特别不客气的方式让我渐渐远离着一些东西。

你知道，那些东西多么美妙——动人的修辞，灵动的刹那，敏感的喜悦……当我一点点远离它们的时候，内心产生了巨大的空洞，像空中楼阁，忽然摇摇欲坠了。

她给我写信说："从前，你只有一支七毛钱的圆珠笔，一本一块二毛钱的绿格稿纸，你围着围裙，在小小的饭桌旁。没有电脑，你一直写着。"

我的眼睛有些湿润。这种湿润是多么恰如其分地来到了眼里，来到了心里。

起初写作的时候，是一种热烈的表达。此时的写作，成了一种惯性。也似在冬天里蛰居起来的昆虫，每天和每天是这样的类似。

　　和爱情也类似。开始的时候，都那样热烈，可是，久了，就倦怠了。慢慢想念着那些诚恳、那些期待、那些热烈，那些春天里的味道——那些一往无前的勇气。只有春天，是一往无前的。

　　那些蛰伏了一个冬天的植物和动物，那些为了等待春天的心……

　　《春天里》是一个流浪歌手在地铁里唱的。他一直相信能够走出来。后来，被选上去春晚时，他知道，自己的春天来临了。

　　但他将来最怀念的，也许是这段流浪的日子——那么真，那么疼。

　　感动你的只能是你自己。

　　就像你始终无法排遣的个人情怀。那灵魂的门槛一直很高，你无法把自己放在流水线上，而是一直在手工制作灵魂的一些菜肴。

　　在春天，你闻得到它发出的一种微微的咸湿气息。哦，是的，有些蠢蠢欲动。哦，是的，有些不甘心。在春天里，你迷恋那清冷。特别是早春，多好呀，一个人行走在春风里，没有人知道你，没有人了解你，你抵达内心的时候，发现了自己内心深处的丰泽。有些水草？是的，有些水草。那必然的潦草和动荡，那略带克制的招摇。

　　只有春天，让你发出了荡漾与迷乱的气息。也许无关爱情。也许无关光阴。即使饱受伤害，仍然在春天来临时，喜悦还是铺开了。漫山遍野全是期待。期待什么？说不清，是更春的春天？还是那惊鸿的一瞥？

　　和少年时不一样了。

　　即使是暮春，也懂得了克制。

　　像中年以后，再喜欢一个人，也只是远远地望着，看着。不动声色，有时很美，有时，又很残忍。

　　春天里，赏花赏月。春天里，收拾起冬天留下的残破枝叶和冷凉心情，打发它们散了吧——时间的尸骸你必须自己收拾。

　　也记得多年以前。寒冷的小屋，只有小小的炉子。屋外两棵老枣树。在寒星满天的早春，在窗前写着写着……稿纸还要用反面。密密麻麻。后来翻出来，看到那稿纸的黄色和残破，看到上面已经模糊的字迹，突然就泪水潸然了——只有写作可以拯救日渐破败的内心。只有写作！无论过去，还是现在，或者未来。

　　在很久很久以前，一个叫约瑟夫·洛克的植物学家，一直在云南寻找。他在找他的香格里拉。那里有世界上最多的植物种群。

　　在寻找的过程中，他充满了怀疑——真的有香格里拉吗？

　　我也充满了怀疑。

　　但春天还是来了。

　　真的有香格里拉。

　　在春天，我种了一些不知名的小花。它们慢慢地发出了嫩芽，顽强地生长起来了。任何种子都不卑微。我是时间的猎人，在春天里，打了最漂亮的一枪。

　　你看到了吗？那些花都盛开了，开得极热烈极茂盛。像正热恋着的人，好像每天都是最后一天，迫不及待地爱着。

　　"就像火，爱只有在木炭灰烬的错误和美丽上才能确立清澈。"

　　瑞士诗人雅各泰写道。

　　而这最难得的清澈，在春天，散发出一种旷古的迷人味道——无论再老，无论再麻木再冷漠，春天都会打动你。清澈会打动你。

　　因为，它们是人世间最美妙也最迷人的东西。

　　我愿意被它击中，动弹不得。

❖ 晚饭花

晚饭花，多好听的名字。汪曾祺先生有集子似乎叫《晚饭花集》，之前单纯喜欢过名字，沾了人间的五味杂陈，后来看到图片，惊了一下——这晚饭花每个夏天都开在我家院子里，疯了似的开。因为是野生的，自然没人理它，每年夏天都会发疯地开，一堆一堆的，我们家不管它叫晚饭花，叫茉莉枝儿，用方言叫出来，更动听。

小的时候家中是青砖房子。我爷爷是山东人，本姓刘，随寡母从济南来霸州，寡母嫁于一王姓人家，爷爷遂姓王。爷爷是读书人，书法写得好，娶妻牛素琴，便是我祖母，她喜欢听长书、评戏，喜欢种花。夏天的黄昏里，我与祖母坐在花间聊天，听她讲三侠五义，自然动人。那花便是晚饭花，成片地开在我与祖母中间。随便掐一朵放在耳际，香冽得很。那时祖母管它叫茉莉枝儿，特别是最后这个枝儿字，祖母叫出来甚是动人，粉的、白的、红的，那小小的花不是很大气，似乡村少女，有时会想起翠翠，稚气中自有一份难得的天真。

祖母长得秀美，爱穿灰色大襟长服，手又巧，衣服一针一线自己缝，头发绾了一个髻子。她那时不过五十岁，又裹了半大脚，个子又高，走起路来很旖旎，她倒并不怎么疼我——我自小跟外婆长大。外婆是地道农村女人，没有那个"态"，成年后我忆起祖母比外婆多，虽然她真的没用心疼我，这并不要紧，我越来越像她，这很要紧了。

那些被叫作茉莉枝儿的花被我夹进书中，一点点地干了，干了之后像少女尸体，怎么也不肯老。祖母去世时我才十六岁。死之前姑姑与母亲在场，母亲不让我近前，说死人脸上有戾气。我便没有近前，这一直是我的心病——我没有看见祖母的死，而是沿着种满了晚饭花的胡同走来走去，内心里却也没有悲伤——有时我真无情。

母亲住的院子也有晚饭花，母亲说："疯长，不喜欢它们，年年自己长出来……太多了，要砍几棵。"

到底没砍。

母亲喜欢打麻将，男人性格。我与她说话甚少，因为不知道说些什么。我的敏感脆弱她都不知道，我越来越像父亲，父亲说他像祖母，说明我亦像祖母。有时候想起祖母别一朵花在胸前做饭，烧麦秸，烙饼，再炒上几个鸡蛋，收音机中有刘兰芳说《杨家将》，也有唱河北梆子、豫剧、京剧的……祖母墙上贴着连环画，有穆桂英挂帅，也有孟姜女思夫。她一边做饭一边跟着唱，灰色大襟衣服一闪一闪的，而晚饭花开得正放肆，往死里开似的。我蹲在灶膛前，看着火苗啪啦啪啦炸开，心里有什么东西一紧一紧地难受，那年，我十一。

❖ 菘入日常

知道大白菜叫"菘"时，还是吓了一跳。那是几年前，我深夜偶翻到一本书写到白菜，知道它叫了这样好的一个字："菘"。

"菘"字美到心跳，有自带的光芒，那草字头生动，松字就更好，上下配起来，简直天造地设。

想来简直没有比大白菜更日常的菜了。北方一整个儿冬天，凛冽、寒冷、料峭。童年和少年的记忆餐桌上仿佛只有一棵白菜。哦，不，是一窖白菜。

一日三餐都是白菜，母亲的厨艺又不尽如人意，她活得简直朴素粗糙。不会变着花样做白菜——我长大后学会白菜的几十种做法，但母亲只会"熬"白菜，后来方觉这个"熬"字好。

光阴其实也是慢慢熬的，少年时觉得过不完，天寒地冻披了一身星光去上学，亦不觉得有多苦。回到家中便是母亲熬的白菜，佐以永远不变的窝头。有至少两年，我只能吃这两种食物，以至后来多年我不吃白菜和窝头。

母亲熬白菜是这样的，把白菜切成块，简单炝下锅，有时会放上一块羊油或猪油，再放上大料，把水和白菜倒进锅里，一会儿就熬好了。羊油的气味充斥着整个房间，下了夜班的父亲会吃上三大碗。

父亲七十岁了，依然爱吃这一口，吃了一辈子也没吃够——我每每回家，母亲又在为父亲熬白菜，只不过羊油放得多，里面又加了羊肉。父亲说："百菜不如白菜，那些奇怪的菜我都不爱吃，你妈做的熬白菜是全天下最好吃的菜。"

少时看人种白菜，立秋一过，把菜籽撒在地上，立冬了才收。还记得穿了棉衣去和大人收白菜，整个华北平原仿佛全是白菜了——这是一冬的菜呢。

有一种白菜叫"愣头青"，身子是淡青色，好看。熬出白菜有淡淡的甜味。那时我不知八大、齐白石，十一二岁的少年在野地里跑着，也不去地里收白菜。大人们忙着，我们尖叫着，再看大人们把白菜放到地窖中去，觉得一个冬天要吃这一种菜，懊恼极了，悲伤极了。

父亲带我去北京，北京胡同里也摆满白菜，我以为北京人会吃肉，原来也和我们一样吃白菜，顿时觉得释然。拉着驴车的人在兜售白菜，一分钱一斤，没人买，家家户户都有白菜。白菜是冬天的精神支撑，是天寒地冻的温暖。

过年时母亲会炖肉，加上白菜、粉条，我简直觉得那时的白菜好吃到惊天动地。小孩子天天盼过年，穿新衣吃肉，连白菜也变得富贵好吃起来。

齐白石的画原本有一种日常的亲，这种亲是温暖的，是贴心贴肺的，犹爱他画的那棵白菜，三笔两笔，生动异常，感觉都能炒了来吃——这是白石老人的可爱。历经百转千回，仍然觉得日子是温暖的、有温度的。

去台北"故宫博物院"看玉白菜，想那皇家人想必也爱吃这家常的白菜呢。

有时想，没有白菜，北方人的冬天会有多寂寥呢？再有雪，一家人围着炉子上的白菜说话，再有块烤红薯，简直是天堂。

家里是先富起来的那批人，母亲不再熬白菜，买了咖啡，父亲买了 JBL 音响，我穿了匡威。长大之后我开始迷恋厨艺，腌了白菜，又泡了酸菜，把酸菜和肥猪肉一起炖，还做糖醋白菜。白菜还能蒸了吃，撒上椒盐……我对美食有天生的敏感。

白菜在我手里被做成几十种样子，有一次买了日本的关东煮料，煮上白菜，一屋子的清香——我以为已经腻烦了白菜，它却依然霸占着光阴中最重要的部分——那日常原本是惊天动地，那所谓的惊天动地就是日常。

如今，街上没有拉着那驴车卖白菜的人了，大白菜裹上保鲜膜进了超市，也价格不菲了。我忽然想起家乡的菜窖。少年时在里面捉迷藏，有一次在窖中居然睡着了。醒来时满天星光，而周围全是这种叫菘的白菜。

由于工作关系长期出差，我吃到了很多种做法的白菜，每次涮肉我都会叫上一盘大白菜，但都不及母亲做的熬白菜。用柴火慢慢熬，羊油的味道要熬出来。

而我仿佛还是那个少年，藏在地窖里，一个人看满天星光。

❖ 吃

小时候培养的味蕾几乎跟定人的一生，在哪儿，也怀念母亲做的那碗热汤面。

吃真是有趣味的事情。

朋友刚从欧洲回来，以为她会一脸幸福地讲述欧洲历史，她却痛苦地说："不知道什么是饱，就知道天天饿。也不知道欧洲人民是如何生活了这几百年的，简直生不如死。"

也有朋友，在澳大利亚生活数年，回来的唯一原因就是吃得不习惯，再住下去就会精神崩溃，也是因为吃才回来——一日三餐，的确离不开吃，哪有比中国人更会吃的？一个鱼香肉丝，要十五种调料。一个大厨一个味道，仅仅因为油温不一样，炒出的菜就差之千里，更不用说那些宫廷菜、江湖菜！

吃在中国发扬得如此光大，即使如猪下水这样的东西，外国人肯定早早就扔了，但我们把它以酱油蒜茸红焖后，再以生煸草头围边，吃起来肠软菜嫩，毫无腥气，是草根菜品中的极品。杜月笙平生最爱吃这一口，也许因为和出身有关？贫贱出身的他，小时哪里会吃得着红烧肉？

小时候培养的味蕾几乎跟定人的一生，到哪儿也怀念母亲做的那碗热汤面。

细碎的绿色小葱花飘上来，有香油点点滴滴，西红柿三四片，鸡蛋乖巧听话地卧在面里。那面是前夜和好的面，已经筋道十足，被母亲用擀面杖一下下地拉长，以后漂洋过海多年，再也没有吃到过了。

有一个外国朋友，到后来放弃自己在国内培养好的味蕾，执意要娶中国媳妇，并且定居四合院，吃卤煮火烧和褡裢烧饼，围着炭火的火锅吃涮羊肉，一家人围在一起包饺子。他每次见我们都用不流利的中文说："中国人真是会生活，过着童话一样的日子。"

每次去北京朋友家都要吃烤肉，肉当然要用祖传的刀切，坚决杜绝用机器切，这完全是对吃和肉的一种尊重。每一刀下去，味道都不一样。

江湖吃法是站在烤肉台子前，一脚蹬着板凳，一手去烤肉，底下是热烈烈的果木。烤肉用果木烤出来才会香，有肉的原味……我每次去都觉得仪式感非常强，有的时候形式决定内容，形而上一样有形而上的妙处。

吃真是浪漫而有趣的事情。

古代两个男子最善吃，家里的后厨永远似在过年。人们以到袁枚家吃饭为幸事——他们家豆腐和土豆都有几十种做法，丫鬟穿着精致的丝绸衣服上菜，一道菜品总会附有一个传说或一首小令，再佐以歌舞丝竹，太平盛世的欢喜都表现在吃上了。李渔更讲究，吃肉吃出乐感来，在《闲情偶寄》中，所有对吃的描述细腻动人，让人垂涎三尺，叹为观止。

我只觉得这样的生活充满了味道，真实的生活一定是烟火气的。

于是中国餐馆开到世界各地，哪里有中国人，哪里就有中国餐馆。才不和外国人一样，不动烟火，几片粗面包，加点沙拉和黄油就是一顿饭，想想会郁闷得发疯。做了中国人之后，再去做外国人，只在吃这一点上，就有无限的思乡情结。

吃在中国分的流派也很多，有人爱川菜的火爆热闹，是刚刚热恋的小情侣；亦有人爱鲁菜的踏实温厚，一步一个脚印；广东菜清淡无味，但足以养人，是慢下来的爱情，一唱三叹，都有自己的韵律；徽菜是花间小令，一个人独行；到了东北菜，就会乱做一锅，什么都敢往锅里放，分不出主次，分不出彼此，一大盆端上来，豪放得没有道理，适合唱二人转的人吃，不太细腻，可是，如果饿了，是最好的选择……

最喜欢家常菜，因为家常倒是难的，谁能把家常做成最生动的菜肴，那是菜中上品。最近永丰道开了一家叫"千勺记"的小馆，上面写着三个字："私家菜"，我便无限喜欢。

那私家菜是只属于自己的，带着祖传的好——我小时候，有一家人做臭豆腐，祖上流传两百年了，他卖臭豆腐时，满街的臭，可是，真是好吃，连"六必居"的臭豆腐都赶不上它。臭里的香气仿佛有如神赐，我再也没有吃过那么臭那么香的臭豆腐——也就是中国人，能把香和臭统一得这样和谐，一边臭着，不能掩蔽的臭，一边香着，香得绕梁三日。

臭豆腐在中国餐饮文化中和谐统一得让人佩服，似一对吵吵闹闹的小夫妻，离不开，可又彼此鸡吵鹅斗着，既甜蜜又苦涩。斗了一辈子，一回头，已经老了。老了，仍然吵——我的爷爷奶奶已经九十有三，还吵着要离婚。我听着要笑，想起那块历久弥香的臭豆腐，只觉得生活这样充满了味道，真实的生活一定是又香又臭的。

一离婚的男子，忽然有一日醉了，扑到桌上哭，却说了一句温暖的话："我忘不了她的烧茄子啊，以后再也没有吃过那么好吃的烧茄子……"话虽然俗，可是如此真，他习惯了她培养起来的味蕾和菜的味道。

烧茄子？他一定爱吃，然后她一次次做。

最初的那次，不是咸了就是淡了，或者糖放多了。

烧茄子要烧好其实是难的，用油过茄子的时候，油不能太热，炸好的茄子要软而嫩；糖不能放多，多了就腻，少了就寡味，多像婚姻，要得太多总会是贪婪，可是，糖太少了，一定是乏味的。

吃出来的感情也有很多，她在别的男子面前是太馋的女子，但在他那里，落得个懂得生活。后来她用自己的舌头赚钱，去各大酒楼品菜，当然也收获了爱情。最寻常的爱情和吃法是一粥一饭之间，她亲自熬了一锅粥，佐以自己做的两个小咸菜。一个是秋后拉秧小黄瓜做成的腌黄瓜，另一个是泡好的小辣椒，微辣，听话而俏皮地躺在盘子里，这样生动。

其实最寻常的日子哪里是那些大餐能取代的，连慈禧都想念逃往西安时吃的窝头，最草根最家常的食物能养人的一辈子。也许，他到死怀念的只是一碗米粥，粥里有百合，有鲜艳的枣，还有她站在旁边，小心地看着锅，别让热粥潽出来。

是吗？是吗？他记得的所有，居然是这一碗家常的小米粥？

人生也许就这样寡淡，到最后，落实到一粥一饭间，如此踏实妥帖，丝丝入扣，那所谓的山高水远，其实与自己的生活差了很多呢。

❖ 辣

辣是浓烈的，绝非稀薄的爱情。

五味中，我格外钟情于辣。

酸有小嫉妒，甜有小缠绵，苦有舌尖上的微涩，咸是大众的，只有辣，是分外纠缠的小情人。明明是怕她，明明是不敢惹她，她俏，她野性，可贪的就是那一口，吞下去，真辣心呀，得热辣半天。之后，是百转回肠的动荡，心里纠结着、疼着、辣着。

我总也不会长记性，还要再吃，点米线时，一定说，要超超辣，那是最辣的一款。点夫妻肺片，也嚷着，多放辣椒。水煮鱼，漂浮着一层辣椒。在俏江南吃水煮鱼，服务生用银质小漏勺要捞上些许工夫，而麻辣香锅，不放上半盆辣椒，那喜吃辣的女子，一定竖了柳叶眉嚷不够辣，当然要有毛血旺，这名字就辣劲儿十足，连鸭血豆腐全是辣的了……

过瘾。

瘾这个东西，总是难以戒的。

味蕾的记忆是牢固的——到死，也会记得小时候吃的那碗面片汤，放了细碎的葱花小香菜，还有西红柿和牛肉丁，母亲亲自做的面片……何况辣的记忆？辣有一种最原始的冲动，如莽撞少年。吃辣的人脾气不好，但骨子里是古道热肠，辣还有一种横行霸道和横冲直撞，火辣辣，我喜欢这个词。根本是不由分说，一口下去，要了命了。

在四川、重庆、湖南、湖北，简直无辣不成菜。最辣的辣椒是在越南，据说闻一下就丧胆。还有较辣的，在汪曾祺先生写的昆明，只需要吊在锅里涮一下下，得，辣得江湖泛滥，整个厨房的人全去找手纸，据说效果惊人。

我喜欢辣的这种脾气，敢爱敢恨，绝不拖泥带水。爱就天翻地覆，恨就立地成佛，没有中间阶段。人生这么短，想想就是个过瘾。上了瘾的东西能戒吗？据说毛主席一天不吃辣就味同嚼蜡，我周围亦有女子明烈烈地嚷着不吃辣椒会觉得人生了无趣味，她家里摆满各种辣酱——一溜七八罐，老干爹老干妈是小儿科，连海天黄豆酱超超辣也不放过，比纵情声色或爱情都要过分。问及，她言：似与最喜欢的男子缠绵。如此好色，如此好辣，真活得翩然也。

辣是浓烈的，绝非稀薄的爱情。就似刀架在脖子上还笑傲江湖，一点儿也不绮丽，也不清寂，也不落寞，始终是滚烫的。要的就是前无古人后无来者呀。用辣的味道来形容爱情，尽管吞下去是疼的，可是，谁不希望遇到这样一次辣辣的爱情呢？虽然疼了，辣了，可是，如此真心呀。

犹记少年时，可真迷恋辣。

我喜欢，在馒头上涂上很厚的辣酱，也喜欢吃水煮鱼上那层辣椒，还喜欢在吃涮羊肉时单独叫一碗炸辣椒，香油炸的，可真香呀，油上漂着一层金黄的辣椒，我每次都要吃掉那一小碗。有一次和一个女友去成都，我们天天吃辣，到最后，她呈现崩溃状，眼神凄迷地说："我觉得我胃里每天都发着烫，可是，我又不忍心不吃……"我们吃"烂火锅"，里面的辣椒和麻椒得有一公斤，而小料就是一碗香油，想想吧，鲜、香、辣……以至于我回来长了五六斤肉，朋友见了我说，胖了。

越吃越馋。因为开胃，因为辣的纠缠，总觉得没有吃饱。真的习惯吃辣的人，再吃所有的东西都会寡味，那个寡字，才是寂寞爬上了心头，一切都索然无味，你吃完如此浩浩荡荡辣得要人命的辣菜，还会去尝试一些寡味的菜吗？

小区南边开了一家嘉丰湘菜馆，每天门庭若市。晚去一会儿就没座儿，一进门就飘满了辣味，各方辣友会聚……有一个男人说，这是改良了的辣，廊坊人哪会吃辣，放到南方去，都辣个半死。我和颖笑了，她总嫌我要的菜太辣，我总告诉厨师，可以多放点儿辣椒，她说，你真过分。每次吃饭她都用一堆纸巾，可是每次她都惯着我，让我随便和人家说"多放点儿辣椒"。也许所有心爱的人都会这样宠爱着我，就像他说："我尝试去吃水煮鱼，我要习惯辣。"他说过的许多话她都忘记了，可这句话她记得，那天北京雪后的路特别难走，她在出租车上看到这条短信，哭了。

辣是一种纵容的态度，书上说，喜欢辣的人都特别任性。任性？是，我喜欢这个词。

就任性一点儿吧——人生这么短，再不任性就来不及了。

辣，就辣到放纵的程度吧，就像爱，尽情地来吧。

来吧来吧来吧！

❖ 追风

那天看了一个十分钟的视频，是导演杨德昌未完成的遗作《追风》。典型的中国动画，他习惯用的长镜头，拉开去，中国式屋檐，一层层铺开，店铺、流水、小桥、庭院……夜色中，两个打着灯笼的少年，他们在风中走，在夜色中走，一幅清明上河图的清凉景。

那个打着灯笼的木讷少年一定是杨德昌。那个梳着髻子的白衣少女，俏皮可爱的、灵动美善的女孩子，可是我？在心里，每个人都曾经是追风的少年。

那不可提携的风，那速度不定的风，它是我们一生不可企及的内心——富足的生活、安定的环境、体贴的爱人……这些不足以平息内心的风暴，心里的微妙是一触即发的火种，刹那燎原。谁能阻止你一生是个追风者？没有人。

你试图与风同行，试图做一个听风者，你听不清风语，只见时间河流上布满花朵、落枝、小鸟儿……那些牡丹盛大开放，那些离别如期而至，你伫立河边，落落寂寞欢。风穿过耳际，穿了半生，不经意间，尘满面，鬓如霜。

M是听风者，亦是追风人。我们偶尔彻夜讲话，偶尔半年不联系。

与M认识多年，却仿佛昨天才认识，又像上辈子就相识。曾经那样一见如故，比一见钟情还浓烈，躺在床上说那些动人的爱情，都泪湿衣襟。

M是记者，东奔西杀。亦吃得苦，采访途中种种不易她不说，只说那些好玩的事情。

她去沈阳采访，让我去听二人转。于是坐了火车去铁岭，两个人在火车中说笑打闹，她叫我十三姨太，那天我穿着长长的红裙子，还留着长发。

在铁岭看二人转，盘腿坐着，M让我绕场一周，要如言慧珠一般万人瞩目，于是我穿了红裙子绕场一周，有人打口哨，有人不再看二人转，我们只觉得意扬扬。

转天又吵了架。亦记不起为什么。吵了架还是决定吃鱼去。水库里的大鱼，有三四斤重，吃完和好。又去吃杨麻子大饼。

那是我们年轻的时候。

总担心她嫁不出去。她是这样敏感、脆弱、善良、易碎……而且，中人之姿。而且，微胖。她抽烟厉害时可以整夜抽。最重要的是，她内心里有兽，在追风，在听风。

二〇一〇年七月，我们俩在西宁大街上骑自行车，我的裙子飞起来，露出短裤，她在后面尖叫……在青海湖边，我骑在牦牛上，她牵着牦牛。我们俩穿了藏服，那天还有一个叫谢肉的藏族青年，我们穿了军大衣在青海湖边骑摩托车。

那时，我们也还年轻。

那天她说，如果我死了，就把我裹了白布，埋在青海湖里。

不久她结婚。闻知她结婚的消息，我蹲在广阳道的马路牙子上落泪。

她嫁了小三岁的藏族人。

再不久她怀孕生子。

在孩子三个月时，他们一家三口出了车祸。

飞往西宁的飞机上，邻座的女孩子问一直落泪的我："姐姐，什么事情让你如此难过？"

见到她的瞬间我没有眼泪。她满脸的伤疤，眼睛肿得只剩一条缝。

孩子在重症监护室。

我一个人在医院的走廊里放声号啕。

后来。

孩子渐渐长大，她眼角有了皱纹，抱着孩子去杭州采访，那篇报道得了奖，有一天在央视《新闻1+1》里听见她的声音，白岩松和她连线。她找我要一张她的照片……她居然没有自己的照片。

她依旧胖，笑起来像野鸭子，穿着露着白棉花的黑棉袄，吃相不雅，给我父亲起外号"霍金"，我母亲是"穆桂英"……认识她多少年，未见她穿过裙子。

她开始穿裙子。

红裙子、蓝裙子、白衬衣。

白衬衣上有细密的刺绣。

她瞪着我："看我不顺眼是不？"

我笑而不答。

她忽然很腼腆："做了母亲，换个样子嘛。"

她依旧胖，我问她是不是怀孕了。她说还要生两个孩子，然后要在青海建一个庄园，夏天的时候，种上野花，牦牛肉烤着吃，三个孩子围在身边。我告诉了M生女儿的秘方，她乐不可支。

二○一三年八月，阴历七月半，我与 M 走在霸州大街上。她收拾在霸州的东西，通过德邦物流打包回西宁，她将在青海生根发芽。

M 曾经说："我们这种人，骨子里有一根反骨，永远不会顺从，所以永远在路上。"

我说："也是自己的追梦人，永远不会老。"

我与 M 十几年的友情，已有多少情景忘却，但有一幕永远印刻在心：那一年我们在西宁，借了老乔的自行车，疯狂地在风中骑着，风掠过耳际，我们听见了风，风也听见了我们。

M 和我，都是杨德昌电影《追风》中打着灯笼的那个小女孩儿。

一直到老，我们会打着那个小灯笼，在风中行走，去听风去追风。

❖ 大爱霸州

霸州的"霸"字真好。我去过很多地方，用这个字的几乎没有。霸州几乎是唯一。这"霸"字是有远古的英气和烈气的，气吞山河轩昂之意。还有悲壮，还有故园低回，还有壮士一去不复返的慷慨激昂。

我是霸州人，地道霸州人，生于斯长于斯。霸州的风吹散我明媚的忧伤，霸州的山水养育我"冀鲁官话"的方言，说话铿锵，四声极重。霸州还给了一副古道热肠，无论飞多高走多远，都有一颗朴素热烈的心，清远深美，不轻易动摇。

霸州之于我，是凤凰之于沈从文、棣花之于贾平凹、上海之于张爱玲、绍兴之于鲁迅。是不可动摇的时间和空间。所有的记忆如同坚固的大理石，用刀划开任何一个切面，都闪着无比动人的光泽。

哦，亲爱的霸州。

原谅我用了"亲爱的"三个字。这三个字，温度有点儿高，可是，用在家乡霸州身上，恰恰好。某种程度上，霸州是父亲，又是母亲，是兄长又是情人，是山河光阴又是赤子情怀。每在异乡想起故乡，心脏跳动是快的，呼吸是热的——我掌心里的每条脉络都通向故乡，每条小径都散发出故乡带给我的生动气韵。故乡是心窗里最滚烫的那滴泪，落下来时，砸在游子的脚上，疼啊。

公元九五九年，建制霸州。历经千年沧海桑田日月轮回，依旧能闻到宋辽金吹来的古战场之风。益津关见证了多少悲欢离合？古霸台有多少离箫别歌？古霸州原本就是战场啊。那沙场秋点兵——六郎桥、挂甲庄、披甲营……村落的名字记录了当年的金戈铁马。

尤其南宋，宋高宗偏安一隅在临安（今杭州），这里是边关重地旌旗招摇。霸州至今残存当年宋辽古战道。戏曲里有《穆桂英挂帅》和《杨门女将》，真实与否不去考量，但我少年时，常去六郎桥上吹风。祖辈父辈传下去，那桥便叫六郎桥了。

桥的两岸有芦苇，那下面的河叫牤牛河。小时河里有汩汩的水，我带弟弟去河里捉蝌蚪，我父亲在无线电厂上班，母亲在灯泡厂上班，无暇顾及两个孩子。散了学，和弟弟跑到橡胶厂的水塔上去听风。整个小城就尽收眼底——只有一条街的小城，两边种了槐树，五月的时候，槐花香极了。牛车马车经过，把热乎乎的粪便拉在柏油马路上。

有一个商店叫人民商场，有一个书店叫新华书店。五分钱一根的冰棍，放在四四方方的白箱子里，白箱子外面写上两个楷体红字：冰棍。街上空旷无人，偶有热闹，便是谁家娶媳妇或死了人。

有一条河叫盐水河，冬天我去河床上滑冰，霸州人记忆中最有名的河就叫盐水河。盐水河挨着老电影院，在我的少年时代，常常翻过霸州一中的矮墙去偷看电影……《庐山恋》《少林寺》……那是我的少年霸州。

那时文工团正红火，唱评剧和唱梆子的女演员水灵灵的俊，文化馆每天晚上有人唱戏。《花为媒》或《大登殿》，戏曲的种子埋在一个少年心里，我努力把自己想象成张五可。文化馆还有图书室，每个周末，我挤在一群大人里看《人民文学》《花城》《诗刊》，看铁凝、王安忆、贾平凹、张承志……看到泪流满面，热泪盈眶。

新华书店对面有家小饭店，焖饼好吃极了。母亲回娘家时，父亲便带我和弟弟来吃，那上面写着"堂二里小吃"。偶尔能吃到葱花饼和素帽汤，那缠绕在舌尖上的味道，多少年挥之不去。

那是霸州的八十年代。哦，那时还叫霸县。

那时还有城墙。城墙的风大，年少的我去城墙上疯跑、吹风。风的力量越过我的肩膀。城墙上有一个又一个洞。大人说里面有偷情的狗男女。我进去过很多次，黑黢黢的，伸手不见五指，倒是踩到过几次粪便。后来城墙被拆掉了。我常常梦到那土城墙，梦到一个人在那上面吹风，醒来时怅怅然。

在霸县读初中。班里的同学来自信安、煎茶铺、临津、堂二里、胜芳、岔河集、辛店……那时尚不知这些名字有着怎样的生动。年龄越长，听到家乡小镇的名字都会感到亲切、心动。那么仪态万方而有深情古意的乡镇名字啊。胜芳，胜水荷芳。天下谁人不识胜芳呢？南有苏杭，北有胜芳。

老人们说，没根治海河的时候，霸州的水才大呢，东边几乎全是水——从前出行是坐船的，一种叫"火轮"的船……知道"胜芳"八大家吗？还有"张家大院""王家大院"？千年古镇胜芳。传奇故事可以拍成百上千集电视剧，尤其胜芳花会，一到正月里，就那样跳着唱着。每年正月，我都要挤在人群中看花会看灯会，特别是正月十五的灯会，让我常常以为在南宋呢……

胜芳有小桥、流水、青砖、红灯笼，还有河蟹、松花蛋。北方古镇，胜芳算是翘楚。不游胜芳古镇，难解心头一瘾。某夜，夜宿古镇，听得芦苇让风吹得歌唱，看见渔船停泊，正是秋天，芦花如雪，被风吹得乱舞……远处有人唱李少春先生的《大雪飘》。

闲来无事时，便会去胜芳大悲禅寺上炷香，小镇上走走停停，坐在河边吹吹风，登上文昌阁望落日。有些小镇，命中注定永远是我精神上的"圣城"。

一日翻古书，看到陆羽《茶经》中写到唐代人"煎茶"，还有古诗"自吹炉火夜煎茶"，意境深美。而霸州便有小镇唤"煎茶铺"，简直美得深远旷达，古意盎然。古人在那里煎茶吟诗吗？这么美的名字来唤一个小镇，是小镇的造化。

又有文天祥夜宿"信安"，他在押解途中宿在此地。信安两个字也美，有说不出的深情与厚谊，像两个有信义的男人。文天祥一定会喜欢这个古镇喜欢这两个重情义的字。他被关押的数年，幽居不见天日之囚房，早已经分不清南北。行刑时，只问一句：哪是南边的方向？行刑官指给他，他面向南方（南宋朝廷的方向）跪拜，慷慨赴死。很多时候，霸州的气象与格局里，便有这样的飒飒风骨。

比如同乡少春先生。吾自幼好戏，便迷恋那西皮二黄。得知先生是吾之同乡，大喜。"大雪飘，扑人面，朔风阵阵透骨寒……"先生是余叔岩弟子，余叔岩只收了他和孟小冬。戏命也是人命。木心曾诗："我是一个在黑暗中大雪纷飞的人哪。"先生也是，一个人，行走在风雪中，演了林冲，成了林冲，悲亢中，是燕赵悲歌中的一曲。

乙未年正月初二，大雪纷飞，我去李少春大剧院，在李少春雕塑前徘徊低吟。我想和先生一起看雪，和先生一起吹吹霸州的风。

我给先生鞠了三个躬。

有时候想想，少春先生长相太过英俊逼人，仙风道骨。我见过的男伶，他的相貌算是奇绝。孤寂时一个人沏一壶老茶，听段《野猪林》，很多时候，那是我的日常。

有一年我陪裴艳玲先生去香港演出，她在香港中文大学有个讲座。听闻我是霸州人，学校的教授说："刚刚离世的陈之藩教授也是霸州人呢。"当下我心头滚滚地热。陈之藩是科学家，又是文学家，很多文章入选台湾的课本，一篇《失根的兰花》道尽对家乡刻骨铭心的思恋。不知老先生还会说霸州话不？

我是会的，且很正宗。近几年我大学讲座很多，大学生们往往让我说上几句家乡话。我就说，满场哄笑。那年在中国美院讲座，刚讲完几句霸州话，一个男生跑上来抱住我，眼里有热泪，他说："雪老师，我是霸州人。"
那种热度我深有体会。

几年前去意大利旅行，忽闻意大利语、英语夹缠的大街上有霸州话。是夫妻二人，开了面包店，我差点儿热泪盈眶，忙上去认亲，以霸州话热烈忘我地交谈。

方言力量朴素动人，却又伟大。"乡音无改鬓毛衰"，霸州话其实不好听，又倔又硬，听起来像在吵架似的。南方的吴语，听起来软软的，像有颜色似的。霸州话像有棱有角的坚硬物体，听起来硌人——在年少的时候，我的梦想是快些离开这个小城，再也不要回来，再也不要说这四声极重的霸州话。

多年之后，走得再远我也会定期回家，并且和亲戚朋友同学说着毫不走味儿的霸州话，我知道我此生离不开这片土地。这里有我的爹娘，我的亲人、朋友、同学，有少年时听过的风，有凝固的时间，有精神里最饱满最动人的支撑……

霸州，就是冀中平原上的一个小城。烟火日常，似水流年。一望无际的青纱帐、麦田、棉花地、中亭河……还有东淀的荷花香，还有胜芳蟹壳黄、信安"梅记"肉饼……霸州人都走过六郎桥、吃过"陈记小吃"，在"李少春大剧院"看过全国名角的戏。霸州人还津津乐道华夏民间收藏馆、中华戏曲大观园、荣高棠纪念馆、范家坊工笔画院、文丰书店、茗汤温泉度假村、日月潭酒店……

陈记小吃至少有三十年了。从八十年代直到现在，几易其地，老吃客不改初衷——那刚出锅的芝麻烧饼，那刚炸好的藕夹，那碗酸辣适中的素帽汤……霸州的食物不洋气，和南方食物比起来，不精细也不精致，更谈不上细腻，但自有一份长风浩荡在里面，香、脆、可口、果腹。那种叫"素帽"的汤真有古意。

为什么叫"素帽"呢？我只觉得它比西安的"胡辣汤"更好听也更好吃。炸好的丸子是那样地脆，夹放在汤里，再撒上芫荽，那汤酸辣之余还有和小炸物的缠绵，加上刚出锅的吊炉烧饼，最好站着吃，一蹴而就。小马是《南方都市报》的记者，在霸州小住过两年，走的时候抹眼泪，一是舍不下霸州人，二是舍不下霸州又清又甜的水，三是舍不下这烧饼夹夹和素帽汤。

我去南方久了便想起来。南方食物很糯很香。但在广州住上一个月之后，乏味感就袭击上来了。我就只想回霸州，站在不太干净的"苍蝇小馆"，要一碗素帽汤、两个烧饼夹夹，站在春风里吃。春风十里不如眼前这一个烧饼、一碗汤，我就这点儿出息了。

霸州人好，颇有古风，亮烈、贞静，眼里不揉沙子的凛冽。大多直肠子心眼好脾气暴，没有弯弯肠子，说话不会九曲十八弯让人猜。欲倾肠倾肺，生怕你不知道他的热情他的好，把一切都掏出来摆出来，嘴直心快得罪人。方言中又去声多嗓门还大，听起来像骂人似的，其实只是在说话。小马给我母亲取绰号"穆桂英"，恰如其分。母亲炖了肉总要端给邻居吃，而邻居包了饺子炒了好菜也要端过来。这样的古风，没有断过。

前几日我回乡，福明大哥端来自家炖的红烧肉，又拿了几个粗粮窝头，说我去南方多日肯定想吃了。没事的时候，他便过来陪父母聊天，说妹子你在外面放心，大叔大婶有我呢。这样的热忱朴素，每当返乡一幕幕全是，在我心里热气腾腾地滚着。

而霸州也变得越来越让我不敢认了，"女大十八变"，有人说霸州是县级市里气质最落落大方的一个。我极愿听到这样的褒扬。

回乡小住时，会骑自行车去泰山路——两边种满了法桐。落日下，路过戏曲大观园、游泳馆、日月潭酒店，骑得再远点，就到了大广高速。我喜欢那边的建筑和路，像上海的武康路、杭州的南山路、南京的梅花山……舒朗阔达，有气象和格局。

如果步行，我就去牤牛河堤上。那里有古霸台和范家坊工笔画院，像回到宋代似的。在亭台楼阁间，听晚风。晚风里，我看见河里的芦苇在摇摆，遛弯的男女老少在河的两岸，亦有工笔画院的学生在写生，这是霸州的清明上河图。

有时候来了外地朋友，便带他们去看华夏民间收藏馆。自行车收藏馆是全国最大的，朋友往往惊呼。而我在惊呼中有分外的自得和满足，仿佛这收藏馆是自己的一样。

也去李少春纪念馆的"小戏楼"唱戏。霸州不愧是戏曲之乡，"小戏楼"比较正式，大多戏迷散落在广场、公园的角角落落。早晨五点便有戏迷在纪念馆广场吊嗓子唱戏了。丁香花那里是评剧，池塘边是庞大的河北梆子乐队，足有几十人的阵容，乐队、男女主角、扩音设备……唱得不亦乐乎。京剧小众了些，但亦有三五知己亮开嗓子："我本是卧龙岗散淡的人……"琴师杨老师白发飘飘，常常给我拉一段《春秋亭》，月琴是王老师，七十多岁了，给我打电话："小雪你快回来啊，大家伙儿都想你了……"

清洁工的口袋里放着"戏匣子"，一边扫地一边听，走路的老人戴着耳机，正听《搜孤救孤》……我去过的小城，唯有小城安庆可与霸州媲美。在安庆，大街小巷都喜唱黄梅戏。特别是晚上，长江边，仿佛一个城的人都在唱戏，那一刻，我很动容。我问"黄梅皇后"韩再芬，安庆一直这样爱恋着戏曲吗？她说："是啊，这是一座唱着活的城市。"

那一刻，我想起了我的霸州。霸州，是唱着活的城市，是一曲婉转却又霸气的城市，在更多的时候，它一意孤行，它说一不二。我眼看着霸州一寸寸变成了今天这饱满动人的样子，又书卷又霸气，又饱满又动人，又宽厚又朴素。

更多时候，我选择在广场的法桐下发呆。什么也不想，只是发呆。我去过见过许多城市的广场，但我最喜欢家乡的大广场，气宇轩昂，又种了茂盛的法桐，成片成片的法桐。我认为中国的法桐，杭州为最，其次是南京和上海；小城之中，我认为霸州为最，如果不信，你可以来霸州看法桐。

那些广场上的法桐很飘逸很俊朗。夏天的时候法桐长得最热烈，而且广场上总得有几千人，跳广场舞的，跳交际舞的，跳伦巴探戈的……还有甩鞭子的，抽得啪啪响，还有围着市委大楼走圈儿的方阵，没有围墙的市委大楼，每天晚上总有几百人围着它暴走，还有骑单车和玩滑板的少年，尖叫着冲上市委大楼的台阶，再尖叫着下来。那跳街舞的少年酷极了，刚放暑假回来的学生，如我当年第一次回乡一样，操着不算流利的普通话，他们身边，是五六十岁的老太太在话家常。广场东边刚刚有人唱帕瓦罗蒂的歌，还有人在放孔明灯，广场上升起了很多的灯笼，真像杨德昌的电影《追风》，而我是那个少年，终于追到了风。

冬天的广场稍显寂寥，但有大美。法桐没了叶子，悬着它的铃铛。几个孤单青年弹吉他唱摇滚，三三两两老年人放风筝。此时最热闹的是温泉了，茗汤、日月潭、玫瑰庄园人满为患，周边城市的人们来度假泡温泉了。霸州距北京八十公里、天津七十公里、保定六十五公里。京津冀一体化后，城际列车将修到霸州，到那时霸州到北京只需要三十分钟，霸州到北京新机场，二十分钟。

弟弟说："姐，叶落归根，老了，你还回咱霸州吧，我每天让你吃素帽、烧饼，再给你养条大狗……"我听了心里发热，嘴上说："那是自然的。"

前几日去上海出差，遇见一个 CEO，霸州人。他突然不再用流利的英语和外国人谈生意，而和我用地道的霸州话交谈，谈到老了，他说："我每年清明都会回霸州祭祖上坟，老了必然要埋到自己坟地里去，我生是霸州人死是霸州鬼。"

我心头一热，心里想，我也是呢。那一天来了，我就埋在广场任何一棵法桐树下吧，看着霸州的天空，听着霸州的风，在霸州的土下，慢慢长成霸州的灵、霸州的魂儿。

❖ 有如候鸟

常常梦见自己飞，有速度有光感有力量，还有一种无可名状的性感。在夜空中飞，在星河里飞，在麦田里，在山川河流里，在无垠的时光隧道里，在你心里……

小时候看飞机拉线，一直看很久，不知什么人才能坐飞机。后来虽经常坐飞机，但对于飞行没有厌倦过——特别喜欢飞机起飞和下降的瞬间，心脏瞬间停止呼吸一般，耳鸣加上失重，那一时刻我仿佛是只在黑暗中渴望光明的鸟儿。

极小的时候一个人躲在菜窖中看过星空。北方的冬天严寒酷冷，我忘记犯了什么错误藏进菜窖。直到天黑下来，直到满天星斗。不到十岁的我不但不害怕，反而十分迷恋那说不清的恐惧。这种特质一直延续到现在—— 一个人走夜路，或者长时间一个人住，都没有过恐惧感。

人群使我惶恐。

特别是在熟悉的人群中，我一下子会变得羞涩、木讷、迟钝，甚至看起来十分笨拙。一旦融入陌生人群，哪怕是几千人听我一个人讲话，我也会立刻变得妙语连珠神采飞扬气场强大，宛如另外一个人。我会把光阴给我的力量全部燃烧，化成时光之核电，瞬间绽放。

去看过大夫，是儒雅的中年男子，他说："你稍微有些自卑。"

"挺好的，"我说，"我愿意这样。"

轻微的自卑，少与人来往，多和花草树木来往，不轻易倾诉。在迈向内心的通道里，唯有自己持有一张通行证。

更多的时候选择游走。一个城市，又一个城市，更多的城市，像飞鸟，永不停歇。那些擦肩而过，此生不再有交集的人。那些春江花月夜，喝酒唱戏，深情倾诉，明日各奔东西。那些永远刻骨铭心的瞬间——在长安，在去华阴的路上，郭三弦老师给我唱华阴老腔：去年今日此门中，人面桃花相映红，人面不知何处去，桃花依旧笑春风。是早春，才三月，柳树还没有绿，可是已经闻得到春消息。我忽然哽咽得难忍，看窗外的华山掠过眼前。

在华阴，"白毛老人"又唱这一段，八十岁的老人了，唱起来地动山摇——他久已不唱，但一唱眼里就有泪。我亦有泪，扑到镜子前哭。这是丁酉春天的三月一日，唐诗中的悲欢离合延续一千年还是那个悲欢离合。

丁酉初夏，我去隆福寺上香。长头磕下去，见天见日。《心经》上说：不生不灭，不垢不净，不增不减。在寺院喝禅茶，是朋友带的莲心茶，苦而涩。大殿中传来唱经的声音，是僧在唱《金刚经》——无所从来，亦无所去……一切有为法，如梦幻泡影，如露亦如电，应作如是观……我只觉得两行热泪下来。小半生已过，一直在路上，如候鸟来来回回迁徙。记得小时候和外婆去她妹妹家住，她们姐妹聊天，一说一个晚上，我蒙上被子睡觉，只觉得聒噪。但犹记得一句话，外婆说想去城里的庙会上去看看，她长到这么大最远才去过五十公里外的地方，她的妹妹便说她的梦想小，自己想去北京看上几眼……我那时不过六七岁，觉得远方是神秘的，将来是要去远方的。

收集了很多张登机牌，满满一大包，那是飞翔的证据。

翻看凯鲁亚克《在路上》，他说："我一辈子都喜欢跟着让我感觉有兴趣的人，因为在我心目中，真正的人都是疯疯癫癫的，他们热爱生活、爱聊天，不露锋芒希望拥有一切，他们从不疲倦，从不讲那些平凡的东西，而是像奇妙的黄色罗马烟火那样，不停地喷发火花。"那些火花是蓝色的、性感的、蛊惑的、说不清的。有多少人一生是为这些火花活着？他们奔波、追逐、永不停歇。

朋友 M 已经是三个男孩儿的母亲。她在遥远的青海，在一个县城做微商，兜售那些青海的特产……以为那些梦想死了吗？曾经她也辗转在机场、高铁，曾经也奔波在采访的一线。有三个孩子的她站在紫外线极强的高原上，精神铿锵，骨头上开花，穿了四十二块钱的球鞋，梳了马尾，坚韧地活成了一朵花。那些让人动容的野草从不娇嫩，风雨中涤荡出万千风情和精神强度，用双脚和双眼丈量生命给予的孤独和生活的分量。

甚至那些轻微的邪恶，那些无以诉说的生离死别，它们在飞翔的路上一直相随。不离不弃的还有那苔藓一样的孤寂，一片，又一片。它们成了海洋，在心中波涛汹涌，最终化成巨大的甜蜜和绝望，用来席卷时光。

特别迷恋一个人在路上的时光。飞机、高铁、汽车、拖拉机、自行车、牛车、马车，什么样的交通工具都尝试过。陌生的城市、县城、小镇，陌生人的微笑、哭泣、花朵、倾诉。

真好啊，那迷人的陌生。常常游荡在那些陌生街巷，在街边吃"苍蝇馆子"、大排档，然后不停走啊走。看花、喝茶、拍照，享受那些孤独，经过这些陌生的排列组合，有了说不清的味道。

也遇见陌生的迷人的男子，并不交换姓名，也不会加微信。在落雨的咖啡馆中喝一杯咖啡，说着一些艺术、茶道、这个城市的天气。各自微笑着离去，这样的邂逅有很多，想起来时心里有惊鸿。

有人说如果人死了，她去过的地方她的魂灵都要再走一遍，于是暗自算了一下，那魂灵要累死了——走了万水千山了，我该如何安顿那些不安分的魂灵？那些陪我走了千山万水的魂灵？

经常会被问到最喜欢哪个国家哪个城市。这样的问题总是令我茫然。有一年在京都，仿佛遇见自己的前生似的，第一次动了想老了在一个地方住的念头，但只是一个念头。能在一个地方住多久呢？在路上习惯了，慢慢产生了一种惯性——有时居然只有在酒店中才能睡得着，有时醒来要努力分辨是在哪个城市，这种分辨让人有依赖感。分辨的快乐无人能解，在路上的快乐不被人知。有时候在山顶一个人长啸，有时在大海中游荡，有时在"北、上、广"这样的城市流连，有时隐居在终南山和武陵源。时间偶尔乱了秩序，分不清方向，就这样一直向前。有时甚至舍不得撕去行李箱的标签，行李箱用坏四五个了。机场大多长相类似，飞机落地一刹那是镇定又是喜悦的。

这样便把时间不断延展、拉长，也曾试图停下来，但会产生不适和疼痛感。有两年得了腰疾，但仍然坚持在路上，仿佛行走是力量和治愈，可以缓解疼痛。

一直无法理解一辈子没有出过小城的人。山水也是如来，是经书，要用心去量才能回首凝视自身。

去山西看过很多雕塑和壁画，很多壁画是六朝乱世所画。那女人的微笑淡定从容，明日不知生死，也许倏忽永隔。于是微笑，那是对人世间无常的敬畏和藐视。还有露齿菩萨，那牙齿真美啊，眼光中有邈远、肃穆，还有宗教般的端然。很多人很多事情都一样啊——既觉悟于生死一念间，又一生一世一往情深。没有办法啊，肉身迷离——我们爱这男男女女，我们又爱这刻骨的寂寞和销魂的孤独。

那土耳其的以弗所，遗址间有广大阔朗的慈悲，还有柬埔寨的吴哥窟，尸骸般的石头无与伦比地动人，在时光中有人被打磨成了传奇，有山川被雕刻成万物慈悲。

有时和从小一起长大的朋友、同学吃饭，有说不出的局促和尴尬，不知说些什么，脸上堆着想讨好的微笑——那谦卑之气是江河山川所赠，有固定的美意。"世界不过是所有人一起做的一个梦"，年龄越长，越喜欢行走。在行走中，人和时间都是渺小的，在渺小中，又能找到时光的伟大。那伟大来自宇宙空间——以为走过的万水千山不过是地球上千万分之一。而在山水和时间里，在红尘城市中，最迷恋的还是人——人的温度、人的精神、人的光泽、人和人莫名的神秘交集。"人的思念，到最后永远还是人"。我在千山万山千水万水间去找人。这寻找的过程真迷人啊。各种各样的人，有光泽的没光泽的，不堪的、挣扎的、得意的、失落的……在万千面孔中寻找。那些脸真让我迷恋啊——有的转瞬即逝，有的铭心刻骨，有的刹那永生，有的照山照水。

我回忆起刚工作时在小城，以为此生会留在那个小城了。单位门口有两排小白杨，细细的，还有一个烧饼摊，还有空旷的麦地和可以无穷无尽复制的时间。

而我仿佛等不到小白杨长大了，也渐渐厌烦那单调摇摆的电扇和永远打不完的扑克，还有单位食堂单调的油条和豆浆。看着窗外的麦田和原野，还有更单调的风，我决定离开。并且，再也不要回来。

长期待在一个地方，会让我莫名恐惧。我对机场和高铁的人流深深迷恋。他们行色匆匆，但每个人脸上有说不清的"在路上"的表情。有很长时间我迷恋录这些小视频，在旅途中的人群进入了我的镜头，他们生动、芬芳，散发独特气息。

有好长时间喜欢听鼓声，优人神鼓，一声声似要击碎时光羽片。在鼓声中想起林怀民的云门舞集和赵梁的《双下山》，我对开在骨头上的绝望和孤独总有迷恋。有一日和赵梁在正乙祠楼说话，他的长发垂到腰间，眼神坚定复杂。"我用舞蹈在飞翔。"每个人的飞翔方式不同——我用文字在飞翔，它们是我的候鸟啊，我把它们派往南方，又派往北方。它们飞啊飞，飞啊飞，穿越我的神经末梢，撩动那些深海往事，把奇妙的时光穿成串，在阳光下晾晒、风干。所有的堪或不堪、光荣与梦想、徘徊与迂回。我的心，朝向万物开启，万物有深情，我有真情——像北宋山水画，山水间皆是冷萧嵯峨之高古之气，仿佛不食人间烟火，但看到底，里面躲着一个人，等着千年之后的我们，一眼辨认出。

朋友的奶奶快九十岁了，去看她时，她满脸喜悦在试自己的寿衣。从容赴老赴死的眼神，"视死如归"。她说寿衣真好看，花红柳绿的，假如平时也这样穿便是极好看的。我便鼓励她穿，她笑了，居然还有羞涩感。

请让我继续保持对时光的一往情深——有如少年，有如老年，有如山河，有如草木，有如候鸟。

请让我坚韧地在时光中任意蹉跎与等待，请让我活成时光的间谍。

"我有明珠一颗，久被尘劳关锁，今朝尘尽光生，照破山河万朵。"

在清晨，写下这样的句子，沏了一杯咖啡，听着窗外的喜鹊欢叫，厨房砂锅中煲了汤，菖蒲绿油油地绿着，樱桃、杏儿、荔枝……正是初夏好风景，朋友发来了去银川的机票信息。行李箱上一个封条还没有撕去，不过是几天前，这样一想，眼神中飘出一只小鸟儿，飞向了时光。

❖ 优雅地老去

优雅是件很难的事情，比矜持难，比无赖也难，矜持能装，无赖更容易，不要脸就会无赖了。

可是，优雅不行，优雅要气质，要资历，要岁月沉淀，要那份从容和云淡风轻、闲云野鹤。

优雅地老去就更难。老了，难免长了皱纹，衣服也不讲究了，妆也不化了，也说东道西了，也忘性大了。所以，翻着旧照和别人说，看，他年轻时追求我，我不同意——因为老了，所以，也许什么都可以原谅？

记得小区里有个老人，一头银发，大红的衣服多；瘦，时常穿牛仔裤，我喜欢她走路的样子，不老态，一点儿也不。见了年轻人，总会明媚地问好，她的心态好，非常让人心仪。

还记得看过一本书，孙犁的散文，写到老，他说："如果老了，我就什么也不干，发发呆，因为没有年轻时的睿智和聪明了，所以，我什么也不写了。我怕留下垃圾文字，我不让人笑话，我要优雅地老去。"

看到这里，我叹息一声。大道低回，这于一个作家来讲多么难得，如果我没有了才情，我宁可闲置，什么都不做，我怕会越写越烂。我想起张爱玲来，盛年只两年，此后，漫漫余生，几乎都在搞翻译工作，为了躲避媒体，她一次次地搬家，她愿意一个人享受上帝赠她的孤独，这种老去是贵族式的优雅。

我还看过一张画，我忘记是哪个大画家画的了。他穿着袍子，呆呆地看着脚下的纸屑，外面的阳光照在他的脸上，他脸上有表情也没有表情，很散淡，他和那些阳光融化在一起，我知道，那种老很优雅。

老去很容易。优雅很难，每个人都会老，每个人都怕老，可是，终究会老，只是如何老下去的问题，很多人糊里糊涂地就老了，一把皱纹了，啰里啰唆了，老得很不细腻，老得很粗粝。

那些半老更可怕，更能检阅光阴如何刀削斧刻在脸上。

张曼玉是妖精，总是那样精致的脸，不，不能光说是法国化妆品的作用，哪个明星都用化妆品，都舍得用极致的化妆品，可是，张曼玉不像四十多岁的，她举手投足，没有年龄。

王祖贤就老了，老得松松垮垮了，没气场了，托不住了。张曼玉始终有一处气场在托着她，很神秘，很说不清。这些半老徐娘，她们两个是极端，一个永远不老，一个迅速地老了。

我能想象张曼玉八十岁的样子，一定还是个妖精一样的老太太，看不出年龄。就像我去香港时参加了一个宴会，我看到一个披着红色披肩、戴着珍珠项链的八十岁的女人。她哪里像八十岁啊，一头卷卷的发，不黑，亦不白，是刚刚正好的那种颜色。她手上戴几克拉钻戒，手背上印了蓝色小蝴蝶，眼睛大而迷人。眼睛大的人容易有眼袋，可是，她没有，好像还只有五十岁，冲我嫣然一笑：看，我的蝴蝶好看吗？

当然好看。这么精致的女人，八十岁了，还要在手背上印上蝴蝶才来参加晚宴，而且迷人地笑着，问我们有爱情没有。她说，爱情是个好东西，可以让女人看起来年轻十二岁。

她轻声与我们交谈，英语、印尼语和日语混杂着，并且轻吻年轻男子。我旁边的男子六十多岁，哈哈笑着与她开玩笑，说她老不自重，她也笑着："我年轻时活得太严谨，八十岁再不轻薄，来不及了。"

我喜欢这种老不自重，优雅得十分有道理，是另一种雅致，别有风味。

临别她飞吻我，然后把手轻轻放在嘴边，再轻轻地吹一下，亲爱的，接住啊。

我眼睛差点儿湿了，这是怎样的童心？我们约了明年再见，她说要带蝴蝶给我，也给我的手上印上蝴蝶。

我知道优雅地老成这样需要仙风道骨，可是，我宁愿努力地去老，就像明知思君苦，还要苦相思；就像知道爱情有时不过是一场盛大的烟花，还是要努力地去开去绽放。那么，我也希望优雅地老去，老出风骨，老出一锅汤，也老不自重，也在自己的手背上印上一只蝴蝶。我也要穿红，红得不能再红的红，到那个时候，我知道，我一定比现在还要美还要妖。

为什么不呢？如果，如果自己喜欢。

❖ 山河故人

今年的蔷薇开得真好。我折了一枝插在瓶子里，几天了还没有败。于是我坐在灯影蔷薇下写这两个人，心头有春意，却又藏着山河，那山河里，是我的故人。

一男一女。我管男人叫哥，女人叫姐。H是男人，华是女人。两个人皆是我同乡。霸州人，生在霸州，长在霸州，至今，还在霸州。

我与华是少年同桌。彼时十五六岁。只两个人玩，不肯与其他女同学玩。两家又离得近，周末便找来找去。她容貌清丽，一直美得清澈、涤荡，大气凝练，这种本性保持至今，虽至中年，倒让光阴洗练得更加澄澈——我未见过比她更澄澈的女子，仿佛天地初开，便是那透透明明的样子，她不但保持住，而且染不了尘埃。

我每次下笔想写她都觉得艰难，甚至有无力感——大概三十年积攒的细节过多，反倒忘言矣。我在石家庄上大学时，她与母亲去看我，倒了一天的车到石家庄。二十年后她告诉我：只去过那一次石家庄，只为看你……永远记得我生日的是她，我声名鹊起时她不靠近我，怀着近乡情怯的小心去每天看我微博。这样她便心里踏实。

她见我时还紧张过，抱着我爱吃的榴莲脸红着。人至中年仍然羞涩、本真。把辟邪的东西给我挂上，嘱咐我哪个时辰对着哪个方向……她去澳洲看侄子，在海滩上写下我的小名，然后用玻璃瓶把沙子装起来带回，塞到我手上：这是你的名字……

我去讲座，带她去苏州。她的身份证居然不能在网上买票——因为从来没有在网上买过票，没坐过高铁……后来多次跟着我，同屋住，熨烫好了衣服，又泡好茶端到我面前，与众人吃饭，她寡言，亦不说普通话，只说那率真的霸州方言。有一次，我剩下半块点心，她从我盘子里拿走便吃掉——那个细节令人震撼，除了她，没人吃我剩下的东西。

闺密小金同学做"3时"品牌的衣服，以棉麻为主，大气飘逸。小金见我总说我姐，执意要送她衣服。我断然拒绝——她只穿最干净最简单的衣服，几乎不穿裙子，牛仔裤买一条穿三年，从不戴任何首饰，二十块钱的表，双肩背的牛皮包，笑起来眼角有皱纹，脸上有生动的雀斑——但我的确没见过比她更美的女子。华，我姐。

那天在岳西，我嗓子说不出话，她掏出消炎药。"你哪来的药？""我怕你上火给你准备的。"我调皮，腿磕破了，她疯了似的冲回酒店去取从澳洲带回的"万能膏"，细心给我涂上。"你咋啥都带？""我怕你万一用得着，你看，用上了。"她的手粗糙了，每天下班她去娘家，给八十岁的母亲洗澡、剪指甲、洗衣服……几乎是每天。"妈高兴了，我就高兴了。"我没见过比她更懂事更善良的女子。

高铁上，她与我聊家长里短。哥、弟、妹、母亲……又说起那琐碎事物的美与好，我不觉琐碎，反觉春秋大义原本就是这样的似水流年——她与我从不说艺术，但日常生活就是艺术，是庄子的遥不可闻，闻而非也，无声之中，皆是春秋。

　　说艺术的是我与H，一谈二十年，从未停息。早先我管他叫老黄，他年长我几岁，母亲便骂我没大没小，令我喊他黄哥。我回老家便去寻他，然后无边无际地谈啊谈，书法、绘画、戏曲、宗教、交响乐……二十多岁时，我未离开霸州，两个人打了盒饭开始说海子、俄罗斯诗歌、卡夫卡、阿赫玛托娃、茨维塔耶娃……争得面红耳赤，并手写了大量书信。

　　与华姐不同的是，我与H，从未中断一天联系。一直这样说啊说，说啊说，通宵达旦、秉烛夜谈。他一直经济困难，乙未年之前，租了别人的房子住，一住多少年。我去那座孤楼看他，总是深一脚浅一脚，有一次还绊倒了。冬天从不交暖气费，我们窝在他的书堆里看书，偶尔说一句，偶尔一句不说。他痴书，几万册藏书，又记忆力惊人，我随便一提，他便知出自哪本书。

　　高处不胜寒，人生有知己。有时候我回霸州，就是为了与H秉烛夜谈。昏天黑地谈，细水长流地谈，没完没了地谈。我的读者苏砚见了他，只觉天地洞开，称他民间木心，邀他去苏州玩。到了苏州，H几乎沉默，眼神间全是对苏州的炽烈——他少年时便爱这山山水水，但终究只去过那几个地方。有一次他说十二三岁时用锄头去够星空，想知道宇宙有多大，又给我看他十几岁时画的岳飞传，那神情啊……他简直是他自己的赤子。

　　二十年说过太多话，大多忘却了。他依然在乡下教书，我偶尔去找他，两人在秋天或春天的旷野中，没男没女，没有时间。他亦不忘从何处来又要到何处去，眼神依旧似少年，人至中年，还有非常干净的气质。

　　这两个人，就硬生生让我遇到了。一个与我相识三十年，一个二十年。乙未年春天，他们终于遇到了，好像遇见了多少年似的，两个人说着我、想着我，那时，我在云南，在西双版纳。

后来，H 终于有了自己的房子：一个六十多平方米的经济适用房，在古霸台旁侧。他带着我和书林去他的新房，兴奋极了，幸福极了，让我们建议他哪里打书柜……

这几天，他在搬家，装了几百袋子书，那六十平方米的屋子装满了书。他自己说："到处爆满、爆满……"书林说："真的，没见过比 H 老师更干净的男人。"

有一次我们三个吃饭，说着笑着。我就老想掉泪，老想快点儿老了，守着这两个人喝茶、聊天，或者什么也不说，就那样傻傻地坐着。我姐说了："莲，老了哪儿也别去啊，就回老家啊。"

今年的蔷薇开得真好。坐在蔷薇灯影里写下这些文字，觉得坐实了江山似的，因为山河里，有我的故人。

图书在版编目（CIP）数据

风物人间 / 雪小禅著. — 北京：北京联合出
版公司, 2020.12
ISBN 978-7-5596-4493-0

Ⅰ.①风… Ⅱ.①雪… Ⅲ.①散文集 – 中国 – 当代
Ⅳ.①I267

中国版本图书馆CIP数据核字(2020)第203988号

风物人间

作　　者：雪小禅
出 品 人：赵红仕
责任编辑：张　萌
策划编辑：孙文霞　刘文文
封面设计：周延辉

北京联合出版公司出版
（北京市西城区德外大街83号楼9层　100088）
北京时代华语国际传媒股份有限公司发行
北京盛通印刷股份有限公司印刷　新华书店经销
字数150千字　880毫米×1230毫米　1/16　18印张
2020年12月第1版　2020年12月第1次印刷
ISBN 978-7-5596-4493-0
定价：49.80元